雁子——著

遇見光年以外的你

我不懂寫小說，只愛說故事。

前言

這是一段已經消失殆盡的悲慘歷史……

兩億八千萬年前，前文明歷經天難，原有的古文明國家包括馬斯堪達爾聯邦、雄海巨疆帝國、新羅夢森盟邦大公國、神聖肯多米亞帝國皆不幸滅絕，倖存的「龐朵雅維克帝國」憑藉著極科技與強神力大舉移居，經過十二萬光年宇宙長征，終於抵達可以居住的紫血寶龍三百號寄宿星，但是帝國人民仍想回到母星海茨柏拉雅——地球。

第一批移民統治帝國的「尊天無極王朝」最初計畫是等待地球度過天難毒害、復原適居再回來，不料地球進化卻偏了方向，生物過於巨大，危及到環境的復育，於是透過折空間遙控發射巨靈天神級泰坦火砲一舉消滅萬物，生態再歸零重新進化。

六千五百萬年前，時任統治的「聖・愛隆尼亞王朝」決定編派監控巡航官嚴密監看，以防進化再度失控偏差。

原始巡航官族派十二萬八千人，編制到地球外圍執行監控，並且嚴格人口管控，讓監視巡航官人員維持最低的數量，避免族群擴大產生監控維生資源匱乏。

五千萬年過去，直到現在，巡航官族人數毫無成長、逐代凋零，目前僅存九千餘人仍在堅守崗位。百萬年前即已面此警訊向王朝求援，但是至今仍在評估，無有下文。

故事的主人翁，是駐守地球第一線的監視巡航官「光色水晶・安波提耶・坎優」，他是第六八零一代，隸屬母星巡航支部星際暗角分隊第五監視班，負責監看太平洋西岸區域，是屬於比較悠閒的區域……

航行半個宇宙，守候三十萬個日落，只為妳甜醇一笑、真愛回眸。
永別了……我的小不凡……

目次

楔子

某一天，在碧潭的渡船頭，雁子先生按下服務鈴，讓渡船載他到對岸的灣潭岸，他想在新店渡口文學步道散散步——他，有心事。

雁子先生在職場與世無爭地工作廿多年，直到意外發現副總貪瀆的證據並向上舉報，高層震怒之餘，立即祭出鐵腕鍘了副總，連帶一干附庸也被掃地出門，一時之間，人人自危。

引發了軒然大波，雁子先生始料未及；更讓他沒料到的是，他的上司竟是副總的黨羽，僥倖躲過掃蕩，表面安分，暗地裏卻在布局陰謀。前副總以「貪資」養了一群鷹犬，不少人靠這油水吃香喝辣，如今肥肉飛了，殘存的爪牙當然欲除雁子先生而後快！

為人正直卻硬石善茬的雁子先生，哪裏是老狐狸的對手？不到一年就被啃得滿身傷痕、黯然離開。這一天，正是他離職令生效的日子，為了自以為是的正義感，落得如此淒涼下場，百感交集、不勝唏噓。

第一個不必開車上班的上班日，他習慣性的開了車到了交流道，才發現自己已經不用再上高速公路。他在碧潭停好車，緩緩走往渡船頭，坐著船，上到對岸。他沿著僻靜無人、曲徑蜿蜒的灣潭小路散步，途經一個十字岔路，聽到路邊的竹叢裏，隱約傳來窸窸窣窣的聲音，原以為是小貓咪（他曾經救過三隻受困風箱管的幼貓），靠近搜找才發現聲音來自一本不起眼的小冊子。雁子先生撿起它來隨手翻閱，卻發現整本空白：「這不是整人嗎？不過為何有聲音？」

莫名其妙讓人想到紅樓夢。曹雪芹得到了石頭記才題寫出金陵十二釵，此刻的雁子先生亦有此靈感——但是，一片空白如何批閱？他左搖右甩，除了窸窣聲，空白依舊。

「小本本呀！我已經倒楣透頂，就別再玩我了。無字天書我參不透，好歹幾個字都行。」雁子先生席地而坐，對著小本子喃喃自語。說也奇怪，他這麼祈求之後，書裏竟然真的浮現出文字！他嚇得丟開本子，攤在地上的書頁如同有個隱形人打字一般，不斷跳出一行又一行文字，直到滿滿一頁，雁子先生才大著膽子過去看看這「高科技」的內容寫些什麼。這一看，他恍然大悟又入迷的往下看：

我不是你認為的文字，我是活的文字。透過你的心靈會呈現你看得懂的文字，所以我也不是文字。我是文字精靈，誠心祈求我才會出現。你有誠摯純淨的心，我可以讓你看到。

這是一本日記，記載著一位來自紫血寶龍星的海茨柏拉雅人的事蹟……

太陽都偏了西，雁子先生只把這本書看完一半。飢腸轆轆又口乾舌燥，手機響了好多回，他決定先闔上書本，用一片竹葉當書籤；他帶著興奮的虛脫，走到光明街填飽肚皮，回了家在月光夜色下繼續細讀這稀世奇書。

當天，雁子先生聽著程璧唱的〈我想和你虛度時光〉，徹夜未眠，反覆思索書中的滋味。黎明時分，在〈早晨到達〉（*L'arrivee dans le jour*）泫然欲泣的大提琴聲中，心潮澎湃、眼角潮濕的雁子先生，感念書中主人翁的遭遇，他奮然提筆，要將這荒誕離奇的故事公諸於世。事情的起源，要從愚人節那天說起……

壹　神祕的星子

四月一日，悠閒的午後四點時分，花蓮七星潭海灘旁的柏油小路上，一對揹著背包的年輕男女輕鬆的騎著單車，模樣優閒；他們在飛機導航燈塔這裏停下腳步，遠遠觀看著太平洋。

「妳知道，七星潭其實沒有潭嗎？」白淨的男生長相清秀、身型挺拔，穿著樸素休閒，卻藏不住壯碩的肌肉；微微海風吹動他時尚的髮型，輕輕飄動出好看的弧度。

「我知道，這個海灣以前叫做月牙灣。」甜美的女生脣紅齒白，右邊臉頰笑起來有個小小梨窩，勻稱的身材包在合身T恤裏曲線畢露，穿著短褲更加凸顯纖長的雙腿——身上飄散著淡雅迷人的香奈兒COCO Mademoiselle香水味，搭配她稚氣未脫的甜美嗓音，洋溢著純粹青春的氣質。

「不錯喔，有做功課。」

「當然，我還曉得其實七星潭原本不是在這裏，是因為日治時期要填平七星潭做建設，把七星潭居民遷到這裏，這些自稱是七星潭人的居民就把異地當故里，就此改了月牙灣為七星潭了。」

「薛琳，妳把維基的資料都背起來了嗎？記得這麼清楚。」

「南宮大少爺，你要出來玩都不先找資料了解一下嗎？還是都靠你爸的祕書幫忙找？」

「怎麼可能？我要是敢公器私用，讓我爸知道我日子就難過了。」

「不過你也很誇張，賞螢是在鯉魚潭，你卻訂到七星潭來，真是夠了。」

「反正都是『潭』，沒差啦！」顯然這個男生個性十分迷糊，竟然犯了離譜的錯誤。

「此潭非彼潭，不要混為一談。幸好本姑娘也喜歡看海，就饒了你這次！」

兩個人嘻笑一陣子之後，繼續跨上單車向海濱公園方向騎去。男孩用手機播放五月天的〈盛夏光年〉，跟著阿信狂唱「我不轉彎……」，卻左轉右拐不停轉彎，鬧得一旁的薛琳都笑開了。接近黃昏的海面，是一片寧靜，天空色彩繽紛變換，緩緩清涼海風吹來，景色煞是好看。

平緩的波浪拍打著礫石，激起小小的浪花，瞬間化成泡沫的波浪像地毯似的一波波刷上岸，又一波波不捨的退回大海。名叫薛琳的女孩看著海浪，停好腳踏車，逕自往海邊走去。南宮靖隨後跟上，他們脫下鞋子，捲起褲管，走進浪花與海灘的交界，享受海浪溫柔的按摩。在聽著海濤承受海天滌淨心靈的時刻，一個星星大小的紫藍色光點在遠遠的北方天空出現，原本是靜止不動，幾秒後逐漸變大轉換成橘紅色的扁平形狀，這奇異的景象引起了南宮靖和其他遊客的注意，紛紛拿出手機來拍照，不斷發出驚呼聲。

「薛琳，妳看到了嗎？這景象正常嗎？」南宮靖按下手機錄影鍵，非常興奮的望著薛琳，但是薛琳卻好像沒事兒一般，迷濛著雙眼，淡定的看著那不斷變換色彩的光點。

「妳不覺得很不可思議嗎？這是幽浮吧?!我竟然真的看到了！我要上傳到網路，點閱率一定超高——太酷了！」南宮靖持續錄影，薛琳的眼光淡淡掃過這一群有些歇斯底里的遊客，輕輕嘆了一口氣，轉身走回岸上。

「來錯地方，『他』會找得到我嗎？恐怕很難吧……」薛琳拎起鞋子，赤腳走回腳踏車邊，輕輕踢掉腳板沾附的沙子，從背包拿出毛巾擦乾雙腳，穿好鞋子坐在路邊看著沙灘上喧嚷不休的鬧劇。那光點在大家的注視下，忽然高速的沿著海平面無聲的往南飛去，然後又急停在空中，接著是呈現閃電型的路徑飛行，那景象就如同有個人在天空玩雷射筆，隨性而無規律。奇妙的光舞秀持續二十秒，光點突然直直的往海邊衝，速度之快讓眾人來不及反應，手機都還沒追蹤到，光點已經變成火球那麼大，就在要撞到薛琳前幾公尺處，一瞬間光點倏地爆開，冒出如同煙花燒盡的餘火星點，散在薛琳身邊，形成美麗卻恐怖的畫面。南宮靖嚇了一跳，立刻奔跑到薛琳跟前，抓著她的雙臂，左右端詳她有沒有受傷。

「薛琳，妳沒事吧？那是流星嗎？太詭異了！我的天呀！妳竟然毫髮無傷，真是太神奇了！」南宮靖驚訝得語無倫次，薛琳卻還是淡定地用無辜的眼神看著他。此時遊客們從海邊湧上前來，想看看神祕光點墜落處是否有任何遺留物，卻一無所獲。對於坐著面對光點襲來竟然沒有逃跑的薛琳，也是議論紛紛。

「這個人到底要不要來？真煩人。」薛琳念了兩句沒頭沒尾的話，沒好氣的牽起腳踏車跨了上去，說了句：「我累了，我要回飯店。」便逕自往大馬路的方向離去，撇下這群滿腹疑惑的人。

南宮靖見狀邊走去撿鞋子邊檢查手機的錄影片段：「這肯定有史以來拍到是最清楚的不明飛行物，太棒了……咦？怎麼會這樣？」他不敢相信的停下腳步，重新播放剛剛錄到的畫面，影片是過度曝光的白茫茫一片，除了錄到海浪聲和他的喊叫聲，什麼都沒錄到。後面的遊客也鼓譟了起來，他們錄到的影像也跟南宮靖一樣，大家都發出遺憾又惱怒的聲音。

「這段影片要是放上去，只會被當作愚人節的玩笑吧！」南宮靖嘆了口氣，拾起鞋子，沮喪的騎上腳踏車，天色逐漸昏暗，路燈一盞一盞的亮了。

「可能這個『東西』不想成為網紅，才會拍不出來吧！」當他們將出租腳踏車還回出租站之後，南宮靖對著天空自我解嘲。

「什麼跟什麼？我看是你比較想紅吧！」

「我並不想出名，我主要是分享，讓大家看看我發現的驚人神祕事件。」
「可是你上傳出去，大家不就都認識你了？」
「我都用分身『藍公鯨』的帳號發文上傳，沒人知道那就是我。」
「現在我不就知道了？嘴巴跟肉鬆一樣鬆的傻瓜。」薛琳看著眼前的二愣子，不禁笑了出來。
「對喔！我真笨！」南宮靖拍了一下額頭，肚子卻傳出咕嚕咕嚕的警報：「看來是血糖降低讓我變笨，我們去吃晚餐吧！」
南宮靖和薛琳在當地的海灣餐廳用過晚餐之後，就著滿天星斗，一起散步回下榻的飯店。
「薛琳，妳對下午的事情，一點都不會感到驚訝嗎？」
「有什麼好驚訝的？又不是第一次碰到。」
「什麼？妳以前有看過？真的假的？都沒聽妳說過。」
「就是因為太常看到，反而沒什麼好說的。況且，說了又怎樣？說我看到了自己都不明白是什麼東西的『東西』，說了沒人懂，搞不好以為我瘋了，我何必？」
走著走著，經過便利商店，南宮靖想吃他們家的霜淇淋，便進去買了兩支來消暑。南宮靖舔著香甜綿密的霜淇淋，一臉幸福滿足。薛琳努力舔著，卻不敵溶化的速度，不停滴下的霜淇淋看得南宮靖頻頻發出惋惜的聲音。
「他們家的霜淇淋很好吃的，妳好浪費。」
「那你吃，反正我也不太吃冰的。」
就這樣，南宮靖安靜的吃完兩支霜淇淋，走回了飯店大廳的沙發坐下，驚喜的聽到櫃台在播放小野麗莎的 *SAMBA DE VERAO*，超適合這季節的氛圍，於是開心的跟櫃檯要了兩杯咖啡，繼續聊著未竟的話題。

「要不是今天我親眼看到，我也很難相信……所以妳不跟別人說的原因，我能體會。妳第一次看到這個不明飛行物是什麼時候？」

「大概是我上幼稚園大班的時候吧！我也不是很確定，也許更早。總之，從我有記憶開始，就不斷看到『它』。」

「這麼久以前就看過？周圍的人都沒看到嗎？」

「好像都只有我看到，一直到國中我都覺得那是幻覺。像今天這樣大家都看見的情形，我也是第一次遇到。」

「不過今天也真實的太不真實了——妳懂我意思？」南宮靖喝完了咖啡，還想起身去跟櫃檯續杯，就被薛琳攔下：「別喝太多咖啡，會睡不著。明天早上說好看日出的，沒忘記吧！」

「放心，我記得。晚上我去GOOGLE一下關於幽浮的資料，我想弄清楚我看到的究竟是什麼東西。」

「你要是在課業上也這麼積極，你爸爸就不會請五個家教逼你唸書了。」

「欸！別哪壺不開提哪壺！我有自己喜歡的東西，就是不喜歡念書。」

「我知道，你想到處旅行，當個旅行作家。」

「對，我要走遍天下，看盡世界奇景。」

「對對對，行萬里路勝讀萬卷書。不過，如果你不能順利畢業，別說行萬里路，你連你家大門都別想踏出去。」

「幹嘛潑我冷水？真無趣，我要回房去研究我的幽浮了，晚安。」南宮靖扁著嘴巴，撇下薛琳一個人悻悻然的離開。

「幼稚！」薛琳覺得有點悶，便走到外頭聽著遠處的海濤，看著漫天星辰，像是眨巴眨巴著眼睛的小精靈，向她擠眉弄眼。

「你到底想說什麼呢？」薛琳仰著脖子對著一顆忽明忽暗的紫色星子，自言自語。

她並沒有跟南宮靖說實話，她曾跟一個以為很要好的同學偷偷透露這件事，這個同學不但不保密，反而逢人就說，遭到背叛又讓她成為眾人笑柄的雙重打擊下，從此薛琳把這個「東西」鎖在心靈底層，拒絕承認這如幻似真的存在。直到今天，竟然讓南宮靖看到她一直刻意忽略又不斷看到的東西，她的表情雖然鎮靜，內心其實非常激動，因為，南宮靖的眼睛也證明了她看到的東西並非精神異常所出現的幻覺，在某種程度上，她還挺感謝南宮靖讓她多年來心中的疙瘩煙消雲散。

「只是，以往都只有我會看到，為什麼突然大家都看得到了？莫非有什麼事情要發生了嗎？」

薛琳仰望的姿勢維持了好一會兒，覺得脖子又痠又痛，慢慢把腦袋瓜扶回正面的時候，卻被站在她眼前的南宮靖給嚇一大跳。

「啊！嚇死我了！你幹嘛突然出現？」薛琳氣惱的瞪著南宮靖，驚魂未定的罵著他。

「我剛回房才想到我話還沒問完，才出來就看到妳抬頭看天空看得好專注，連我叫妳也沒聽到，所以我就走過來看妳到底在看什麼看得這麼入神——妳在召喚幽浮出現嗎？」

「並不是！我只是覺得難得沒太多光害，可以看到很多星星，你想太多。」

「喔，我還以為妳會召喚，原來妳也只是普通人。」

「不然咧？難不成我是外星人？」

「妳是嗎？」南宮靖用詭異的笑容瞅著薛琳，看得薛琳不太自在。

「少無聊，我要是外星人，你還能站在這裏？早被我抓去做實驗解剖了。」

「真是兇殘的女人，我好怕喔！」

「不跟你瞎扯了，跟爸媽視訊報平安時間到，我要回房去了。」

「可是我還有很多事情要問妳耶！」

「明日請早，晚安！」

不等南宮靖回話，薛琳快步的跑進飯店、回了房，把請勿打擾的牌子掛上後，就鎖上了門。

「什麼呀？我還想問她以前看到的幽浮長什麼樣……她跟她媽媽一聊起來就沒完沒了……算了，明天再說吧！」說著說著，南宮靖也進了房、關上門，空蕩蕩的大廳，登時冷清了起來。

七星潭的天空，那顆薛琳仰望的紫色星子，在夜空無聲無息地轉了幾圈之後忽然消失，彷彿不曾出現過一般，無影無蹤。

聖．愛隆尼亞王朝
母星巡航支部星際暗角分隊第五監視班
月球監視巡航官日誌
登錄時人：王朝曆第六帝王年六八零一代
太平洋西岸區域巡航官「光色水晶．安波提耶．坎優」
太平洋洋流正常，海面溫度正常，動物活動正常，大氣活動正常，一切正常。
今日監控無任何異常。
完畢。

＊　＊　＊　＊　＊

地球紀元二〇××年十一月一日
今天仍然是漫長監控歲月中平凡的一天——再平凡不過。
我寫監控工作日誌，在必要的時候。日誌要上傳給極上層的長官。從來我不寫日記的，但是為了「她」，我要寫；倘若不留下隻字片語，這一段事跡就要永絕在時間洪流中了，所以更該寫——而且，我的時間，不多了。
該從哪裏講起呢？在講述之前的這個時刻，應該先來首查特．貝克的*Summer time*當背景音樂，才能襯托我優美的心情——我真喜歡爵士樂這神奇的力量！

就來說說我的工作吧！我的上下四周，有六千八百五十九座監控螢幕，每個螢幕切割出十八個子畫面，子畫面每秒會切換十二次，每個鏡頭……抱歉，我又開始碎碎念了。總之，我生存的目的就是每天每夜盯著螢幕看，是我唯一的工作，也是極上層賦予的唯一任務——「任務」是神聖的名詞，在我的世界裏是不能由我這樣低位階的人講出來的——說到我的世界「聖．愛隆尼亞王朝」，那是最偉大、最神聖、最尊貴的帝國！我族最崇偉的「無極天尊聖祖女皇陛下」，擁有無上的神靈力量與尊貴氣度，統治著整個帝國版圖……其實，位階低下的我，是無權透露我族的事情，不僅違反傳統，也是嚴重的道德瑕疵。關於我族的事先就此打住，還是談我的工作就好。

如前所述，我的工作就是沒日沒夜盯著螢幕，過了幾千年千篇一律的生活，枯燥無味、乏善可陳；直到十五年前，發生了我甘願賠上一輩子也無怨無悔的事之後，我的生活從此澈底改變——是好是壞我已不去深究，刻骨銘心是痛苦還是快樂也已不重要，因為我知道，我曾經，愛過。

十五年前，一架編號七八五號的監控星子在太平洋西岸梭巡，經過台灣上空遭到雷擊，瞬間失去動力——這是很常見的意外。不過，預估墜落點在人口稠密的台北市區，很可能傷及無辜；經驗豐富的我，邊吃冰棒邊啟動備用動力，調整方向舵，星子就避開鬧區、往郊區滑降。

星子最終落在新店山區，茂密樹林和鬆軟泥土的緩衝讓星子損傷降低，要回復滿載動力不成問題，但是需要時間。透過星子的鏡頭，看到墜落處是一間幼稚園的庭院，一旁有間儲藏室似乎可以藏身，便操控著動力很低的星子「滾」進儲藏室裏。裏頭光線昏暗，鐵架上的雜物頂到天花板，厚厚灰塵與滿佈的蜘蛛網顯示這裏鮮少有人出入，確然是極佳的藏匿地點。殊不料，一雙小眼睛忽然出現在畫面上，我震驚了：有個綁著兩條馬尾辮的小女孩躲在裏面！胖胖的臉蛋紅通通的，打開門的光線讓她緊閉雙眼，小聲的問說：「你是鬼嗎？」

這是危及工作前途的緊急事件！為了不讓星子暴露行蹤，隨機應變讓星子一扭一扭鑽進一旁紅髮的布偶裏，悄悄欺身在小女孩身邊；她在黑暗中抓住布偶的手，豎起食指擱在嘴唇上發出噓的聲音：「不要出聲音喔，會被鬼抓到。」

沉默了好一陣子，外面聽到有個小孩大聲喊著：「琳琳，出來啦！妳贏了……」她才爬起來拍拍灰塵推開儲藏室的門，轉頭看著我（其實是看著藏在布偶裏的星子）問道：「我叫琳琳，妳叫什麼名字？」

「……」雖然這裏的語言我已經學得精熟，但是從未跟地球人交談過，緊張到無言是難免的。

「妳是小班還是大班？」

「……」

「妳住在這裏嗎？」

「……」

「妳不會說話嗎？」

這個名叫琳琳的小女孩問題真多，我還卡在第一題，她又連問了三個問題，這要我怎麼回答？其實這也多慮了，星子只能收音，不能發話，白費心的。

「好可憐，不會說話……我有棒棒糖，給妳吃，就不可憐了。我要走了，掰掰！」

她從圍兜口袋拎出一支色彩鮮豔的棒棒糖放在布偶懷裏，對著我甜甜一笑，然後轉身走出去，儲藏室頓時變得陰暗——不是因為關了門，而是沒了那甜美無邪的陽光笑容，世界整個黑掉。

我用星子的機械手臂拎起那支棒棒糖，我知道沒辦法帶回監控站，可是我真的好想好想帶走它——這是我監控歲月裏第一次收到的禮物，沒有形容詞可以說明心情激動的程度，就在眼前卻無法碰觸更是難以言喻的痛苦！

※監控律法第一條，絕對禁止於監控地區接觸任何有機物品。

王朝律法不容挑戰，我一直遵守戒律不曾違抗——那天，我失控了。當我望著棒棒糖發呆的同時，一陣急促又沉重的腳步聲由遠而近傳來，直覺不妙的我，馬上連星子帶玩偶拖進鐵架裏藏起來；說時遲那時快，門霍的一聲打開，刺眼陽光灑進來，映照著漫天揚塵，有個胖女人搶進儲藏室東翻西找，然後回頭對外面說：「我沒看到還有其他小朋友，琳琳妳是不是看錯了？」

「她剛剛就坐在那裏，我還有跟她說話，真的。」

「那麼，她有說她從哪裏來的嗎？」

「她不會說話，她頭髮紅紅的，很可憐，我還給她棒棒糖。」

無辜的琳琳睜著大眼睛看著胖女人，胖女人對另一個牽著琳琳的瘦女人說：「我記得去年畢業表演有演『紅髮的安』，琳琳應該是看到那個布偶。」

「也是有可能。」瘦女人彎下腰，很溫柔的捏了一下琳琳的鼻子：「琳琳，以後不要到儲藏室玩，這裏髒髒，知道嗎？」

「可是……」

「好了，這件事情這樣就算了。」胖女人皺著眉頭，對瘦女人說：「這不是第一次了，我懷疑她有妄想症。」

「這個年紀有可能是看到『隱形朋友』，妳別想太多。」瘦女人牽著琳琳的手，邊走邊說：「我們去洗洗臉、洗洗手，回教室吃點心吧！」

三個人離開了儲藏室，我的心卻離不開了。

琳琳那無辜的眼神、無邪的笑容，第一次的交談（縱使，那不算交談），還有那支我拿不到的棒棒糖……全都緊緊勾纏我的心。這之後無時無刻不想起那一幕，甚至在表定休眠的時刻，無法專心入睡；在表定用餐的時候，全然失去胃口。

地球人的典籍中，經常提到「一見鍾情」，我總以為那只存在於不存在的幻想中──那是未曾經歷過的偏見。沒想到，那所謂一股電流讓五臟六腑翻騰澎湃、渾身細胞亢奮歡呼、全部毛孔張開哭泣的情況，真的就發生在我身上──等等，我並沒有毛孔，最後那一句不算──從那一刻起，我貧乏無彩的監控歲月，開始渲染出莫名的顏色。

為了撫平愈發強烈的情緒，我重設了星子巡航軌跡和頻率，把編號七八五號監控星子定在台北盆地上空定點盤旋，將我前面的主螢幕切割一塊專屬子畫面給七八五監控星子，不間斷傳送「特定地區」的畫面──這特定地區，就是琳琳生活的那一塊區域。

※監控律法第二條，絕對禁止從事非權責之監控行為。奉極上層命令者除外。

監控琳琳並沒有受上層命令，當然是違反規定，但是我控制不住自己，也不能尋求任何幫助──已經羞恥的違規，自然沒理由向上層請求心靈協助。

只要想到琳琳那無辜的眼神，我就心神狂亂。或許我需要挖掘這種感覺確實發生的原因，才能夠解除被這種感覺控制的力量，將自己的心思恢復到適合平靜監控的狀態──對工作的穩定來說，自我處理是極為洽當的做法。我真是聰明有遠見。可惜，沒有半個人知道我是如此有才。

每個監控站只有一位監視巡航官駐守，基於「防止身分曝光法」的管制，監控站彼此禁止私下聯繫。需要聯絡就紀錄在訊息匣中，當運補船到達時，一邊將補給品卸下，一邊把訊息匣交出去，運補官接送完畢就立刻離開，從來不曾停留交談。後勤補給是最忙碌的單位之一，在海茨柏拉雅周圍五十萬公里環繞的監控站就有一萬三千座，遠到百萬公里處還有五千多座，其他行星的監控站更是不計其數，忙碌的情形可想而知。任命運補官都是女皇御筆欽點，卸任後可獲得極上層榮譽士的殊榮，這可能也是他們不願意和位階低下的巡航官交談的原因——我想是吧！

剛剛提到了「海茨柏拉雅」，這是我族對母星（也就是地球）的稱呼；至於為什麼是我族的母星，以後慢慢說明，先說說琳琳對我的影響。

在這些多到泛濫的無聊畫面裏，唯一讓我感到心靈被滋潤的專屬頻道，就是看著琳琳，我的小不凡，她讓我的心靈深處第一次有融了化了的感覺。

我看過很多小說，其中有一本書名叫《羅莉塔》（*Lolita*），書中的描述讓人印象深刻；甚至也看過一九六二年與一九九七年根據這本書改編成的電影，因此透徹的了解這種病態，所以更確定自己被琳琳吸引的這件事，跟偏差的戀童癖無關。自始至終，我只想守護她、不讓她受到傷害，當看到她開心的笑容，還有她回頭仰望我的時候，那無辜的眼神，這樣就足夠了。

此刻的心情我想聽聽路易斯．阿姆斯壯一九六八年那首 *What a Wonderful World*，療癒這片愛傷的心海。因為這樣，我的心跳過度加速，這會讓我生命流逝得更迅速。

真是最美麗的糟糕事。

表定休眠時刻已經超表，我必須休眠讓心跳更緩慢才行。下一個日落，再說。

貳　謎樣的羽衣

清晨的七星潭，太陽從海平面緩緩升起，如同一顆火艷的蛋黃，溶了底似的從海天交接一線處，洩出粼粼蛋蜜汁，隨著波浪奔馳到岸邊，到薛琳的腳下，化成泡沫，又退回海洋。

「好美……」

一片片被陽光燒紅的雲朵，懶洋洋地移動。還沒有甦醒的沙灘上，只有薛琳孤零零佇立在碎浪中，這個畫面有種異樣的美。她抬起頭，那顆紫色星星慢慢隱去光亮，逐漸讓愈來愈亮的陽光吞沒，終至消失不見。

「一場烏龍來到這裏，『他』還會出現嗎？或者，那只是夢——一個過度真實的夢……」

薛琳嘆了一口氣，轉身背對著海浪，陽光剪出一個美麗的身影。海灣裏的小礫石在浪花裏輕輕滾動，有一個小小的反光在礫石中很不起眼；本來正想回飯店的薛琳，不知道為什麼——也沒為什麼——就想回頭再看一眼朝陽，不經意的眼光掃過海灘，就看到那低調又閃爍的反光物體，滾來滾去。

「是玻璃珠嗎？」

薛琳遲疑了一下，才決定走過去看看。可是，海浪的手卻慢慢的把那個物體抓向海灘更深處，薛琳看著那個東西要漂走竟然沒來由的慌張起來，甚至興起一定要撿到那東西的念頭，她脫掉鞋子快步走到那個東西最後出現的位置，彎下腰湊近臉去，才想看清楚那究竟是什麼，冷不防一陣瘋狗浪猛地襲來，薛琳轉眼間被捲進了大浪之中，強勁的離岸流此刻也跟著作亂，硬是把瘦弱的薛琳往大海的方向拖去。

「救……」薛琳跟本沒機會喊出聲，就完全被海浪吞噬。海裏非常吵雜，被捲起的礫石不斷擊中她的身體，雙手拚命擺動卻抓不住任何東西的薛琳，無助的像個洋娃娃任由無情巨浪翻轉，她的耳朵、鼻孔和嘴巴湧進大量的泥沙和海水……清晨的七星潭，沒有半個人的海灣，一名少女即將滅頂，眼看悲劇勢必發生的危急時刻，南宮靖竟從飯店漫步走過來——他們原本就約好看日出，只不過飯店晨喚過後，南宮靖賴床二十分鐘才起來，就這麼陰錯陽差錯過拯救薛琳的黃金時機。

「咦？這不是薛琳的鞋子嗎？人咧？」

「薛琳……薛琳……」

大聲叫喚也沒有任何回應，一股不祥的預感讓南宮靖寒毛直豎，緊張的看向海面卻一無所獲，沒有薛琳的蹤跡。直覺情況不妙的他，立即飛奔到飯店跟櫃台大叫著：「快點報警！我朋友不見了！」

這個上午七星潭多了許多海巡救難橡皮艇在海上來回尋找，一架直升機也在空中加入搜救的行列。海灘上救護車、警車與穿著橘色制服的救難人員在待命，南宮靖站在一旁用手機跟薛琳的父母持續聯繫，他們今早一聽到消息，第一時間帶領特助和祕書長火速搭乘普悠瑪號焦急萬分地趕往花蓮，在車上的薛夫人淚水沒有停過，薛爸爸無助的摟著她的肩膀，焦急難過的情緒溢於言表。

薛琳的爸爸薛文海是位白手起家的企業家，經營的科技公司是台灣頂尖的企業，在中國、東南亞、西歐都設有工廠，財力雄厚，在政商界有著舉足輕重的地位，外界尊稱他為「海爺」。海爺膝下只有薛琳這位寶貝獨生女，集三千寵愛於一身的薛琳，沒有富家千金的嬌氣，反而比鄰家女孩更沒架子，在朋友圈是出了名的小迷糊，常常忘了自己是百億身家的大小姐，喜歡跟朋友到處亂跑；有一次粗心露財、遇到賊人劫持，幸好靠著冷靜機智及時逃出，有驚無險、平安收場。這一劫非同小可，海爺立刻聘請特警出身的貼身保鑣、配備防彈專車隨時接送，安全防護務求嚴絲合縫，就怕迷糊公主又陷入不可知的險境。

這次隻身到花蓮遊旅，是與薛家往來密切的南宮家族大公子南宮靖所提，薛琳也想擺脫如影隨形、快讓她窒息的保鑣，便欣然前往；見有南宮靖同行，海爺這才勉強同意，不讓保鑣跟隨，不料卻碰上這樣的意外，海爺心中懊悔不已、深深自責。

救難隊在海面找了兩個多小時，薛家夫婦也十萬火急趕到現場，聽說還沒有薛琳的下落，薛夫人當下哭得兩腿一軟，幾乎暈厥過去。特助和祕書長先將薛夫人帶到飯店裏休息，海爺堅持留在海邊等待，祈禱奇蹟出現。

海浪平緩一波波，橡皮艇劃破浪頭持續搜尋，岸邊的人愈來愈多；媒體記者也聞風而來，原本寧靜的海晨，嘈雜得連礫石都要拚命逃奔回大海的懷抱。有一顆黑沉沉的礫石隨著潮浪滾動，滾過了疾馳的橡皮艇，滾過了一叢叢復育軟絲的竹子巢穴，才離開海灘不到五十米，更深處的海床就已經陡降到一百米深，礫石沉到黑黝黝的海底、靜靜的躺著不動。

魚群優游、海草輕飄的海床岩石縫裏，居然有微弱的奇異光芒閃爍，原本只有星點大小如同會發光的浮游生物，疏疏落落；不一會兒卻慢慢聚合起來，變成一個橢圓型的光球、不斷的擴大。旁邊的魚群非但沒有驚慌逃跑，反而紛紛貼近光球，層層疊疊的把光球圍繞個不透一絲光，彷彿在保護它似的。魚群成團挾著光球緩緩往海面昇上去，最後在距離海灘半公里遠的地方浮出水面，魚群往四面八方散開，那顆神祕的光球一接觸到空氣立即飄出縷縷塵煙，化成一片片半透明的鱗片，彼此交疊成一大張水母般的羽衣，在浪濤中載浮載沉。

直升機遠遠就發現這直徑超過三米的「巨型水母」浮出海面，立刻聯絡救難船前往打撈——雖然大家都不知道這個奇怪的東西和薛琳有什麼關連，但總之先撈起來再說。

「海爺，直升機回報外海有了發現，快艇已經趕過去了。」

「是嗎？是琳兒嗎？琳琳！我的心肝呀……」海爺心頭一揪，激動的就要往海邊跑，南宮靖趕緊抓住他：「海爺，請冷靜一下！再等一會，很快就會有結果。」

「我不應該答應讓她自己一個人來花蓮的，真是糊塗！你怎麼也沒看好她呢？讓她……」海爺說著哽咽起來，一時說不下去。

「都是我不好！我不該丟下她的，海爺，對不起！」南宮靖拚命道歉，淚水也飆出來。

「……現在怪誰都沒意義，祈禱上蒼垂憐，讓我的寶貝平安無事……」

「海爺，薛琳吉人自有天相，我相信老天會眷顧她的！」

就在眾人引頸期盼下，救難人員把不明物體拖上海灘，大家對著這巨大的東西議論紛紛，有說像大魷魚、有講是水母，也有猜是塑膠布的，不確定這是生物還是人造物。海爺覺得不可置信的過來察看，惱怒的對著救難人員就是一陣罵：「你們不去搜救我女兒，卻花時間拖這莫名其妙的……的什麼東西上來幹嘛？」

「薛先生，我們可以體會你現在的心情，我們不是怠於救援，而是不放過每一個線索。」搜救隊長跟海爺委婉地解釋，安撫他的心情：「我從沒看過海裏有這種東西，不過，這古怪的東西感覺裏面似乎有文章，所以，先拖回來再說……」

「隊長，裏面有東西嗎？那還等什麼？快點弄開吧！直覺告訴我，這必須打開。」南宮靖靈機一動想到昨天的幽浮，心裏某種還不完整的想法讓他覺得應該先打開這東西。

「是嗎？可是……能不能打開我說不準，貿然打開不知道有什麼風險？」

海爺六神無主，也只能死馬當活馬醫：「既然這樣就別猶豫了，你就試試看吧！」

於是隊長小心翼翼地摸索，果真在堅韌的表面摸到一道接縫，他使勁扳開縫隙往裏看，這一看可了不得：「我的天！我看到一隻手！」

「什麼？快讓我看看……」海爺顫抖著湊近縫隙望裏瞧，雖然只看到下臂，海爺卻一眼就認出手腕上那只紅色錶面的卡地亞Tank Française腕錶：「那是我送琳兒的生日禮物，是我的寶貝女兒！快、快把她救出來！」

「太不可思議了！我從來沒看過這種事……」眼尖的記者馬上圍上來拍攝，隊長速度更快的推開鏡頭：「弟兄們，馬上抬到救護車送醫院。」此刻警車鳴笛為救護車開道，直奔醫院進行搶救，大批記者也一路尾隨去搶新聞。這一大隊人馬遠離之後，圍觀的人群逐漸散去，善後的救難隊收拾好裝備也紛紛離開，七星潭再度恢復寧靜，只有風聲海浪聲彼此呼應，平和的對唱海洋之歌。

在花蓮慈濟醫院經過半小時的急救，醫生走出了手術房。在貴賓室等得心急如焚的薛家人，看到醫生來到，連忙上前詢問狀況。

「您女兒的生命跡象非常穩定，沒有外傷；除了意識還有點不清之外，並無大礙。呼吸道很乾淨，對於溺水的人來說，是奇蹟般的幸運。等一下送進加護病房觀察一下，就可以去看看她了。」年輕的醫生推了推眼鏡，愉快的告訴大家好消息。

大家激動的向醫生道謝之後，再也坐不住、迫不及待想立刻看到歷劫歸來的薛琳，大家隔著玻璃窗看到薛林躺得像個睡美人，臉色紅潤、皮膚光滑，怎麼看都不像是在海裏泡了兩三個鐘頭的模樣，大家雖然慶幸薛琳平安無事，心中也暗暗納罕：這難道是媽祖顯靈了嗎？

幾個守在門外的記者被擋在加護病房外，看到主治醫生出現，就團團圍住他想套點消息，年輕醫生興奮地脫口就說：「這件事真的很離奇！女患者抬過來的時候，本來以為外面那層殼需要用骨鋸才能鋸開，沒想到刀子一碰到那『東西』，整個就像乾冰遇到熱，一陣煙之後就完全消失不見！接著就看到毫髮無傷的女病患在煙霧中出現，真的不誇張，我從沒遇到這種狀況……」

醫院的公關主任風風火火地跑過來，硬生生擋在記者前面，阻止年輕醫生說話，陪著笑臉對記者說：「各位媒體朋友不好意思，稍晚會召開記者會做正式說明，剛剛的玩笑話請大家當沒這回事，拜託拜託！」

公關主任把記者通通請出去之後，轉過臉來對著年輕醫生劈頭就罵：「你這個大嘴巴！不想幹了是不是？這事千萬不能傳出去。」

「為什麼？有那麼嚴重嗎？」年輕醫生一臉無辜的問著，還帶著三分哀怨。

「就是那麼嚴重！你可知道那女孩是誰？薛氏集團大老闆的獨生女呀！要是你的多嘴讓外頭傳了什麼謠言，上頭追究起來，你可就吃不了兜著走！」公關主任氣急敗壞的直跺腳，年輕醫生這才知道「她」來頭這麼大，懊惱自己不該逞一時口舌之快，但為時已晚、後悔莫及，只好聽天由命了。

沒有大礙的薛琳沒多久就恢復了意識，但是身體仍然虛弱，對於事發經過也不復記憶。薛家的醫師團接到通知，用醫療專機接薛琳一行人回台北；在松山機場降落之後，停機坪已經備好接駁巴士，他們上了車就直接前往薛家位於金山的度假別墅，深居大院門禁森嚴，最能阻斷媒體的騷擾，讓薛琳可以安心休養。

在巴士裏，除了醫生在討論醫療安排，其他人都不發一語，大家共同的疑問就是：薛琳在海裏到底遇到了什麼事？溺水深海幾個小時竟然毫髮無傷?!這無解之謎，只能當神蹟來解釋了。

經過一個多小時車程到達了別墅，醫護人員作完相關處理，就退出薛琳的房間。薛夫人握著薛琳的手，徹夜未眠的眼睛泛著血絲，神情既寬慰又疲憊；海爺在一旁如釋重負的放鬆了肩膀，靠在沙發上閉目養神；南宮靖站在床邊，愣愣地看著躺在床上的薛琳，覺得這一切好不真實；管家指揮廚師們準備早餐，侍者在餐廳來回張羅，難得如此忙碌的早晨，讓靜謐的別墅頓時熱鬧起來。

滿滿一桌豐盛的早餐，廚子特地作了夫人愛吃的山藥蓮子梗米粥，薛氏夫妻卻沒胃口享用，喝了兩口就放下湯匙，離席回寢室歇息——一夜無眠也夠折騰兩位老人家的。南宮靖獨自坐在餐桌前，有一口沒一口的吃著歐式早餐，試圖在心裏連結所有的線索，可是拼圖拼到最後卻總少了關鍵的那一塊——未知的那一塊。

「前晚的幽浮，昨天的神祕物體……沉入深海奇蹟獲救……這到底是怎麼回事？」想破頭還是想不通的南宮靖，抓抓一頭亂髮，手掌油膩膩的，這才想到自己有多邋遢，於是擦擦嘴巴、推開餐具，就往泳池的方向走去。泳池邊的侍者看到南宮少爺要游泳，趕緊準備浴巾讓他淋浴，泳褲、泳鏡、泳帽一應具全，甚至泳池邊的吧台都調好了藍色夏威夷、播放魔力紅的*Lucky strike*，都是他喜歡的：他與薛家熟識的程度，可見一斑。

「這些事，肯定有關連。」南宮靖戴上了泳鏡，一身壯碩的肌肉展露在早晨和煦的陽光中：「游個泳，腦袋才會更清楚。」

南宮靖跳下泳池，在明淨的水花中看著陽光被切割得更細碎，灑在波紋漣漪的折射，映著他釋放力氣的表情，明亮而且透明。

夏天的腳步，更近了。

聖・愛隆尼亞王朝
母星巡航支部星際暗角分隊第五監視班
月球監視巡航官日誌
登錄時人：王朝曆第六帝王年六八零一代
太平洋西岸區域巡航官「光色水晶・安波提耶・坎優」

太平洋洋流正常，海面溫度微升，動物活動正常，大氣活動和緩，整體尚屬正常。
今日監控無重大異常。
完畢。

＊　＊　＊　＊　＊

地球紀元二〇××年十一月三日

經過兩天的調整，生理數值逐漸回復正常。擔任常態巡航官的體能標準就是要把心跳維持在一晝夜五十下以內，任何額外的思考活動都可能擾亂這種狀態。極上層為了控制巡航官的工作效率與穩定性，因此才用這種半冬眠的方法極限延長壽命，讓每一代監視巡航官以最長的服役年限執行任務。真糟糕，我這樣低位階的人是不該將「任務」這麼神聖的字詞說出來，我的記性不太完美。

上次曾提到「海茨柏拉雅」，這是我族對母星的稱呼。我族雖然離開了母星，但是並未放棄，等到有一天母星環境恢復到適合我族生存的狀態，我們必然會再回來。監視巡航官正是為這個目標而存在。

我族五千萬年前開始進行母星復育計畫時，最先設立的尖兵單位就是布滿整個母星外圍的監視巡航部，我在三千五百年以前繼承上一代巡航官的職位，正式成為第六八零一代巡航官……抱歉，我又開始碎碎念，我該學著改正這習性。

我的工作沒什麼好談，細節更是無趣。

幾千年來，經手監控的人類不知凡幾，男女老幼高矮胖瘦、美的醜的、各類膚色不同種族，沒有令我心神動念過；唯獨琳琳，第一眼就被她深深吸引——也許是因為，她是我唯一近距離接觸、互動的人類——不知何故，我看著她就會渾身輕飄飄；如果她哭泣，我會跟著憂傷；她開心大笑，我會被感染喜悅；她被欺負，我就忿恨的想開槍轟爛欺負她的傢伙（當然這是被嚴格禁止的）……無論如何，她這小小的女孩的一舉一動，牽動我所有的情緒；為了她，我幾乎違反了所有巡航官法律也在所不惜！人類說喜歡一個人沒什麼道理，還真是有道理！

儘管我為琳琳失心瘋，我還是恪守身為巡航官最後的操守——絕不接觸被監控的人事物——至少目前我還有一絲理智。可是什麼時候會失守，我自己也不能保證。

琳琳家境富裕，從幼稚園、小學、中學到高中，都是在新北市新店山區的貴族學校完成；因為一直都在相同的區域，所以不需改寫七八五號監控星子的路線，這十多年來才能夠僥倖躲過極上層的查核。

今年，她考上了台北藝術大學，爾後的路線更改幅員不小，被發現的風險增高，我還在思考如何解決——思考，不是巡航官的工作，我們被命令全神貫注監控、傳遞資料給極上層，他們才是有資格思考分析的層級；像我位階如此低下，不該越權作不夠格的事情——話說回來，為了琳琳，我的小不凡，錯得再錯都無悔，生命至少要來一次璀璨的冒險；為了琳琳心跳加速，少活千年都值得。

少活千年不是隨口說說，經過精密計算，我的監控年限將在三千八百五十二年後達標，那是正常情況下；以我目前超標的心跳速率來看，減少千年壽命是可預期的。監視巡航官六千八百個世代以來，代代都是七千五百三十二年年限達標才終止，若我短少千年，肯定會列入最不稱職羞恥榜——也罷，能為親愛的小不凡折壽，這在我族是極大的恥辱，在琳琳的世界是莫大的榮幸——我寧願當個平庸的地球人類。

說到地球人類，嚴格說起來，我族才是真正的地球人，只不過，我族離開母星太久，久到人類都誤以為我們是外星人——我族從母星渾沌形成的極古年代，就已經有太古文明紀錄，最早可以追溯到廿一億六千萬年以前。昌平盛世直到兩億八千萬年前，古前文明過度開發與極度汙染，造成母星反撲的天難巨災，原有的古文明國家包括馬斯堪達爾聯邦、雄海巨疆帝國、新羅夢森盟邦大公國、神聖肯多米亞帝國皆不幸滅絕，倖存的「龐朵雅維克帝國」憑藉**極科技**與**強神力**移動帝國艦隊離開母星，經過三百萬年的宇宙長征，終於抵達十二萬光年外可以居住的紫血寶龍三百號寄宿星，雖然異鄉變故鄉，我族人民仍以回到海茨柏拉雅為目標。

當年統治紫血寶龍星的「尊天無極王朝」，擬定的歸鄉計畫是等待母星自然過濾天難毒害、回復適居環境再重返母星，不料為了清淨環境培育的茂密植披，卻因豐沛的食物鏈把生物滋養得過度巨大，失控的進化讓復育方向完全偏離；缺乏監控的結果，等發現事態嚴重已經為時晚矣！眼見數億年心血毀之一旦，王朝上層只好做出痛苦的決定：透過「折空間遙控技術」發射巨靈天神級泰坦火砲，一舉消滅母星萬物、急速冷卻母星，讓一切歸零、重新進化。

所以，數量龐大的監視巡航官重返母星，就是為了杜絕憾事重演。

王朝極上層指導我們要保持「最高效率」，可是巡航單位的建立、啟航、定位、執行，竟然要花一千五百萬年才完成！這麼要求效率的極上層，表現出來的效率……嗯，我不該批評，人微言輕之外，低階如我去評斷上級是不道德的。曾在某本書上看過：螞蟻不了解人類在做什麼，人類也不明白上帝在做什麼——一切都有原因，上帝說得再仔細，人還是不會懂。所以，我不必揣測，就當個無知的螞蟻；一件事要花如此久的時間，肯定有充分的理由。

不談極上層，我不該談——這是很祕密的。講我自己的事吧。我找出了諾拉．瓊絲的 *Come Away With me* 來聽，緩和一下嚴肅的氣氛——唱到心坎的聲音，真舒暢。

每回見到琳琳，我的心跳會瞬間升高，這讓我暈眩。直到前幾年我才慢慢適應這樣急加速的心跳。七八五號監控星子是小型監控器，必須在兩公尺範圍之內才收得到聲音；琳琳還是小小孩的時候，用鑽進玩偶這一招，就能靠近聽她說話，在她小學畢業前，都不曾露餡過。好景不常，琳琳上了中學，學會了懷疑，把玩偶裏裏外外翻查一遍——我知道該改變策略了。

為了當巡航官，我擁有機械原理、設計、製造的最高級執照（當然，每一位巡航官都有，這是基本門檻），要改造星子成為雙向通話，不是難事，只要有材料——每次補給船來到，就「順便」把材料需求混進資訊匣，每次兩三樣，以免他們起疑。耐心等候十幾趟補給船，三個月後終於湊齊了所有材料，趕工三天，改造成全新的七八五號監控星子，我給它起了個暱稱：「琳星子」。我另外啟動一具庫房裏備用的星子，讓它代替七八五號作固定監控的作業，自此七八五號就變成完全獨立專屬的琳星子。

在那煎熬難耐、無法聽到琳琳聲音的幾個月之後，第一次真真正正的，和琳琳，交談。不過，這第一次，是驚險萬分的。

事情是這樣的：琳琳家離學校很近，走路也沒很遠，基於安全考量，放學她都必須先坐校車，到她家路口下校車，再由司機接駁她進家門，減低被綁架的危險。百密總有一疏——那天，琳琳坐上校車，但是沒在家門前的路口下車，反而跟幾個同學約去市區逛街。這突來之舉讓我慌亂，顧不得曝光的危險，讓琳星子緊跟在後，趁她下車瞬間鑽進書包裏，只露出一個小鏡頭觀察四周。她們走進麥當勞吃漢堡聊天，接著到七張捷運站附近小逛一下街。當天色漸漸昏暗，三個小女孩也該回家了，各自打電話請家裏過來接人。琳琳的同學住得近，來人很快把她們接走，只剩琳琳一人在捷運站前等待。

尖峰時刻的北新路車水馬龍，一輛計程車緩緩開到琳琳面前停下，司機搖下車窗問她要不要坐車，她擺擺手表示拒絕，不料後座忽然下來一個大漢，猛力一把將琳琳拉進車內，一關了門就立刻加速逃離現場，幾名目擊者錯愕了幾秒鐘，然後又低頭繼續滑手機，彷彿沒發生過這場擄人的戲碼。

情勢緊張萬分，但是琳星子沒有攻擊武器，只有防禦用的電擊器，擔心使用不慎怕會傷到琳琳，一時之間不知如何是好！歹徒開上了高速公路，大漢手持折疊刀威脅琳琳，要她打電話給家人。

「看制服就知道妳家有錢，剛剛在麥當勞就看到妳錢包裏有一疊鈔票，更肯定妳是一頭肥羊。乖乖打電話給妳家人，叫他們拿五千……不，八千……哼，就一億吧！拿一億贖妳回去，不然，哼哼，別怪我刀下不留情！」滿臉橫肉的大漢講得滿嘴噴沫，一嘴髒汙爛牙真是難看。

「用我的手機會被追蹤到信號，到時候定位被鎖定，你們還逃得掉嗎？」琳琳呀，妳怎麼可以把保命的資訊洩漏給綁匪？這不是自堵生路嗎？

「對喔！我都沒想到，幸虧妳提醒我。」大漢拿出自己的手機詢問琳琳號碼，司機馬上大喊：「用你的手機也會被追蹤啦！豬頭！」

「那該怎麼辦？」大漢皺著粗粗的眉毛，默默收起手機。

「當然是打公用電話啦！電影都有演，你沒看過嗎？」琳琳講出這段話讓我直冒冷汗：妳是嚇傻了嗎？還指導綁匪犯案策略……

「有道理，那我們找個公用電話要贖款。」司機深表贊同的點頭，琳琳接著說：「路邊不就有公共電話，打那個就可以了。」

「小丫頭，妳為什麼要幫我們？真是可疑！」一面容瘦削的司機比較機警，露出狐狸般嚴厲又狡猾的表情。

「我只是希望你們快點拿到錢，我就可以快點回家，我還有功課要寫。」

「大哥，她挺上道的，我們趕緊拿錢放人。」

「嗯……好吧！反正高速公路上，諒妳也跑不掉。」

就這樣，這一對天兵綁匪真的在路肩停下來，讓琳琳去撥打「她家」的電話。電話一接通，琳琳就用哭腔大聲對著話筒說：「爹地，我被綁架了，他們就在旁邊拿著刀威脅我，你們快準備一億來救我……」

等琳琳和歹徒輪番對著「她家人」講好付贖款和放人的細節之後，魚貫上車前往付款地點準備拿錢。歹徒此時鬆懈了心防，途中興奮的討論拿到贖金後要如何揮霍，刀子也不再揮舞，琳琳暫時鬆了一口氣，塞了耳機聽著蕾哈娜唱的*Only Girl*，緩和緊張情緒。但是面對琳琳的處境我再也按捺不住，於是把琳星子的聲音傳到她的耳機裏。

「琳琳……」我儘量壓低音量，但是再怎麼壓低，還是嚇到了她。

「誰？」琳琳不禁叫出聲，歹徒聞聲轉頭看她，一把抓掉她的耳機，奪過她的手機：「臭丫頭！想偷打電話求救嗎？」

「沒有，我只是聽音樂，真的，你自己看……」琳琳不停解釋，但是歹徒堅持要拿走手機，她只好沮喪的貼靠在椅背上。這個時刻我更不能放棄，伸出細長的擴音器，慢慢伸到琳琳耳邊輕聲發話：「別害怕，在下是來救琳琳小姐的。」再度被驚嚇的琳琳聽到是來救她的，很快恢復鎮靜，四處搜尋聲音的來源。

「請勿出聲。等他們停車開門的時候，只要抓準時機行動，必能平安脫困。」琳琳瞥了一眼書包，看到延伸到耳邊細細的擴音器，確定自己沒聽錯，用氣音說：「你是誰？」

「在下是琳琳小姐的守護者。」

「我該怎麼辦？」

「別怕，等一下他們開車門的時候，您要毫不猶豫的跑走，愈快愈好。」

「萬一，他們追上來……」

「您就盡全力跑走，剩下的事就交給在下。」

「雖然我不知道你是誰，但是我只能靠你了……我相信你。」

「很好，請隨時注意在下的暗號。」

當車子停在付款地點時，歹徒打開車門的剎那，我大喊一聲「就是現在！」琳琳就抓著書包奪門而出，說時遲那時快，琳星子瞬間飛出書包，迅雷不及掩耳地對著車子發出一萬伏特高壓電，歹徒當場被電得渾身抽動、昏死在車門邊。耗掉百分之九十五動力的琳星子，用微量電能悄悄滑進路邊樹叢裏，慢慢等待回復電量，靜靜看著琳琳平安獲救，以及歹徒翻著白眼、全身焦爛送上救護車的畫面。只可惜，我沒有足夠的電力追上琳琳，向她說明這一切，只能眼睜睜的看著事件落幕……

沒關係，只要能護衛琳琳公主的安危，我願意成為籍籍無名的幕後英雄。

想到這一段太熱血沸騰，我的心跳又過快了；這時候該聽一首輕快的歌曲，妮娜．賽門的 *my baby just cares for me*，平緩一下過蕩的心。今天到此為止，我該去調息回復心跳了。

晚安，琳琳，我的小不凡。

參　未知的聲音

「我在哪裏？」

琳琳意識清楚後的第一句話，驚得一旁滑手機的護士差點從椅子上跌下來，連忙通報醫療團隊，南宮靖得到消息第一個衝到病床前：「薛琳，妳總算醒了，感謝上帝！」

「發生什麼事？」薛琳想坐起身，南宮靖示意她躺好，幫忙調整床枕的角度，讓薛琳能夠舒適的談話：「妳都不記得了嗎？」

薛琳搖搖頭。某些歷經事故昏迷的人，醒來後會產生短暫性的失憶，完全忘卻事故發生時的情況，有些是心理防衛機制所導致，薛琳似乎就是如此（或是不是如此？）。南宮靖耐心的對著初醒的薛琳仔細解釋，慢慢讓薛琳了解整個事件的來龍去脈。

「……簡單來說，就是妳被海浪捲走，然後被救回來；這裏不是醫院，是在妳家的別墅裏。」

「呃……這些我都沒印象……我只記得躺在很柔軟很溫暖的地方，周圍很明亮，但是很柔和，還有咕嚕咕嚕的水聲氣泡聲，甚至一度我真切認為聞到淡淡的花香……我分不清是作夢還是幻覺，總之感覺很真實，又模糊……」

「妳說的好像是天堂。不過，幸好妳沒事，不然我會自責一輩子。」

「又不是你的錯，何必自責？看日出也是我提議的，跟你沒關係……」此時醫生進來，作了幾項檢查，確認薛琳沒有大礙，就退出了房間。

「薛琳，給妳看妳被救上岸當時我拍的影片，很誇張不騙妳……」南宮靖翻出手機打開相簿，但是他要點閱的影片卻跳出錯誤訊息無法播放，點了當天拍攝的其他影片也都是相同情況。

「太詭異了，我拍那個會飛的光點就曝光過度看不到，拍那個包著妳的奇怪東西影片又故障……詭異，這件事情，真的太詭異了！」南宮靖翻查更早以前拍的影片，都能正常播放，唯獨那幾段有問題，他對著薛琳說：「我覺得，這事情有繼續查下去的價值。我去找詠晴一起幫忙好了。」

「你找他幹嘛？」

「我記得詠晴認識幾個大師級的電腦高手，找他幫忙也許有辦法救回這些影片。」

「他在德國很忙的，哪有時間幫你？」

「放心，我們常常視訊聯繫，這件事不是非要見面才可以解決，好，就這麼決定了。」

「你們不要耽誤到功課了，要是被你爸抓包，到時候你們被罵、我也跟著倒楣。」

「我保證不會連累妳，我發誓。」

「你自己拿捏好分寸就好，發什麼誓？神經。」

他們話裏談到的詠晴，是薛琳的男友，複姓上官，是台灣知名企業集團的第三代太子爺，家族富可敵國；上官詠晴目前在柏林洪堡大學攻讀經濟企管，跟南宮靖從小學同班到高中，是無話不說、非常要好的死黨。

「對了，昨天有好多記者去採訪，我來查查昨天的新聞，說不定有拍到什麼。」南宮靖連上谷歌搜尋，但是打了一堆關鍵字，就是沒有相關的報導——一則也沒有。

「好奇怪，怎麼都沒有？我明明看到很多攝影記者在拍，為什麼都沒有報導？」

「這麼小的事情哪有新聞價值？不報也是正常的。換作是我當電視台主管，也會抽掉這麼沒價值的報導。你先回去吧，我有護士守著，沒事的。」薛琳覺得有些疲倦，催促著南宮靖離開，他講了幾句話之後，就搭著薛家的車子回台北。

薛琳在床上閉目養神，腦海裏不斷努力回想那些片段，似乎清晰卻模糊的兜不起來，前後次序錯亂，唯一很清晰的就是：沒有一絲恐懼。這讓薛琳更混亂，哪有溺水的人會感覺溫暖舒適又明亮的？她真的不懂——相信大多數的人也和她一樣，不能理解。

「我是不是中邪了？」薛琳微微張開眼睛，凝視著天花板，輕聲的自言自語。

「琳琳小姐，妳很正常，沒有中邪這回事。」空中傳來空靈又低沉的聲音回答她，薛琳震了一下，看了看四周，房間裏除了護士沒有第三個人，護士沒有任何反應地繼續她手邊的工作。

「誰？你是誰？」薛琳側過臉，更輕聲細語的對著空氣問話。

「琳琳小姐不記得在下了嗎？」

「聽你說的，難道我們見過面？」

「嚴格講起來，見過不只一面；現在對琳琳小姐來說，在下只是個熟悉的陌生人——在下倒是認識琳琳小姐很久了。」

「你叫什麼名字、從哪裏來的？快點告訴我。」

「琳琳小姐竟然完全忘卻了，這讓在下覺得傷悲。」空靈的聲音略略頓了頓，又繼續說：「也許將琳琳小姐與在下認識的過程說一遍，能讓琳琳小姐恢復記憶快更多。」

「我腦海混亂的很，我等不及要弄清楚這一切，你快說！」或許是因為激動而提高嗓門，護士立即放下手上的醫療用具，走近薛琳並親切的問著：「小姐，怎麼了？哪裏不舒服嗎？」

「我沒事，我……我想一個人靜一靜，想點事情。」薛琳心虛地側著身子，背對著護士講話，彷彿做了壞事一般心鼓狂跳。

「是，我明白了。如果有什麼需要就按個鈴，我就在外頭。」護士推著推車出了門，將房門輕輕闔上。

「琳琳小姐真的不適合犯罪，說謊就顯露害怕。」空靈的聲音再度從空中傳來，薛琳不需要顧忌旁人，轉過身子朝著聲音的方向說道：「我天生如此，你不曉得嗎？」

「在下知道是當然的，而且，在下可能比琳琳小姐還要了解自己多一些。」

「好怪的文法，你是外國人嗎？還自稱在下，有夠老派。」

「嚴格說起來，在下不是外國人，在下比琳琳小姐更了解台灣多更多。」

「好了，停止！聽得我頭更昏了。你先說，你叫什麼名字，看我有沒有印象。」

「在下是『光色水晶．安波提耶．坎優』。」

「什麼？再說一遍，我沒聽清楚。」薛琳以為自己聽錯，差點笑出來。

「光色水晶．安波提耶．坎優，聽清楚否？」

「這是什麼怪名字？你不可能是台灣人，台灣人不可能取這種名字。你到底是哪裏來的？」

「這個說來話長也不好解釋，總之，我們都是人類。」

「好奇怪的說法。我猜測你應該也是人類，才會說人話。」薛琳摸不著頭緒，凝視著天花板，沉默了好一會，空靈的聲音再度飄出：「怎麼不說話了？」

「我看過關於人格分裂的醫學報導，有些分裂的人格知道彼此的存在，就是所謂『並存意識』，有些甚至可以內部溝通、會議，我懷疑『你』或許只是分裂的自我人格之一，其實我是在跟自己對話。」

薛琳覺得自己可能罹患了精神疾病——從她小時候跟玩偶說話開始，就一直懷疑自己有精神病——更真確的講，是聽過薛琳講述心事的師長給她的「病情分析」後，讓她幾乎相信自己確然有精神疾病。

「非常肯定的告訴琳琳小姐：在下不是虛構的心理狀態，而是真真切切的存在的血肉之軀的人類。」空靈沉穩又溫暖的聲音，有著讓人安定的力量，稍稍紓解了薛琳的焦慮。她聽著這磁性的嗓音，某一條記憶線忽然串連過往，靈光一閃讓薛琳確定這聲音的確在什麼地方聽過，只是現在還連不起其他的記憶線——至少，她記起了這聲音。

「我有點想起來了，你的聲音，和奇怪的文法。」

「在下學中文的時間是琳琳小姐難以想像的久，竟挑剔在下的文法？」

「說得好像你有多老似的，聽聲音頂多是個大叔，別裝得一副七老八十的樣子，我學校的教授比你還老。」

「那些教授的年紀，只是在下的零頭還不到。在下今年正好滿三千六百八十歲。」

「吹牛不打草稿！你三千歲我還三萬歲咧！怎麼可能？」薛琳對這荒謬的答案嗤之以鼻，不僅表情不屑，連酸語都脫口而出。

「料想琳琳小姐是記憶還沒恢復，這事情在下以前說過。」

「以前？多久以前？這麼玄的事情我沒道理不記得，你在唬我，我不信。」

「有句俗話：說不說由我，信不信由妳。琳琳小姐不信，不勉強。總之，在下說真的不能假更多。」

「天呀！多奇幻的文法。」

「在下……」空靈的聲音正要往下說，門口傳來敲門聲，他的聲音戛然而止。進門的是醫生和薛氏夫婦，薛夫人看著平安無事的薛琳十分憐惜的相擁而泣，海爺也在旁邊頻頻拭淚。

「這次回台北之後，我要保鑣寸步不離的保護妳，再不准有半點兒差池。」海爺餘悸猶存的拍拍胸口，接著說道：「公司還有事情要處理，我先回辦公室。妳好好休息，過兩天再回家吧。」

「老公，我想帶琳琳出國散散心，你說去哪裏走走比較好？」薛夫人牽著薛琳的手，抬頭徵詢海爺的意見。

「出國散心也是個作法，上回去柏林參展太匆忙，沒時間參觀博物館島，妳們趁這機會去那裏走走，順便去洪堡看看詠晴那孩子。」

「是呀，也有一陣子沒看到詠晴，就去柏林吧！」

「我回頭交代特助處理妳們的出國事宜，琳琳，妳沒問題吧？」

「爸，我沒事，您別擔心。」薛琳微笑著目送海爺離開，薛夫人和她說了幾句體己話，也離開了房間。陽光透過暖色窗簾，更是和煦照人的柔和，安靜的室內，靜得連針掉在地板都聽得見——實在靜得有些嚇人。

「喂，那個奇怪名字的『在下』，還在嗎？」薛琳忍了三分鐘，終於耐不住性子，輕聲試探地問著，可是，半天沒有回音，除了安靜，還是安靜。

「怎麼回事？剛剛不是聊的很熱絡？難道是我奚落他，生氣不理我了？」

「喂，什麼水色精靈的，你生氣了嗎？如果是這樣，那我跟你說對不起，出來聊聊吧！」

夕陽從窗外照進來，灑了一地橘紅色的光影。薛琳等了幾個小時，等到日頭向西也沒等到那空靈的聲音出現，委屈失望全寫在臉上。

「真是糟糕的感覺。」薛琳玩弄著手指，心情美麗不起來，開始自怨自艾：「就算沒有精神病，這樣子想出現才出現、說消失就消失，遲早我會被折磨得人格分裂，真的。」

薛琳感到煩悶，叫護士推她到外頭呼吸新鮮的空氣；黃昏的海面上雲彩絢爛變幻，沒多久天色暗了下來，別墅裏柔美的路燈一盞一盞亮起來，漫天星辰也逐一露臉，增添夏日夜晚無比浪漫的氛圍。薛琳無心欣賞，要護士推她回房間，途中遇到別墅管家過來找人，表示晚餐已經備妥，於是護士轉將薛琳推到餐廳，薛夫人已經在品酌著餐前酒；薛琳正要起身走動，薛夫人示意護士直接推薛琳入席，這倒是引起薛琳的小小怨言：「媽咪，我又不是生什麼大病，我可以自己來的。」

「妳爹地可不這麼想。我們就妳一個心肝寶貝，妳被蚊子叮了一口，妳爹地都會心疼得不得了，何況妳差點命都沒了，妳爹地這兩天有多煎熬，配合些讓他心安都好，乖。」薛夫人喚人送上由芳療師選用 Otto 大馬士革玫瑰複方精油，滴入冷噴擴香瓶中，頓時安定精神的香氛瀰漫空氣中，讓人心舒氣爽——薛家夫婦對這寶貝女兒的呵護，可見一斑。

「可是爹地又不在這裏……」

「妳這丫頭，妳爹地不在，我在。妳有個什麼閃失，我同樣受不住——快上桌吧！廚子煮的都是妳愛吃的，趁熱吃吧！」

「謝謝媽，媽咪請用。」

薛夫人特別交代用餐時要播放保羅．戴斯蒙一九六六年的爵士專輯 *Easy Living* 給薛琳聽，那是海爺很珍愛的黑膠唱片，薛琳常和海爺一塊聆賞，她以燦爛的微笑感謝薛夫人的用心。她們母女倆邊吃邊聊，薛夫人告訴薛琳前往德國的事已經安排好，學校也已請好假，要她放心去德國好好放鬆度個假。

「特助辦事真有效率，這麼快就全弄好了。」薛琳用完正餐，侍者端上一盤冰涼又切得飛薄的網紋洋香瓜，頂級的口感讓薛琳驚艷；薛夫人不愛瓜果，廚子為她準備的是冰糖蓮子燉燕窩。

「要是能力不夠，怎能待在妳爸身邊做事？」薛夫人緩緩舀了一小匙燕窩，優雅的細細品嘗。
「也是，爹地對任何事都很要求，才可以管理這麼大的公司。對了，媽咪，我可以問您一件事情嗎？」薛琳吃完洋香瓜，侍者捧來檸檬水讓她洗手，接著遞上溫手巾擦拭水珠。
「可以呀，妳想問什麼就問。」
「南宮靖說，我獲救的時候有很多記者來，可是連網路謠言都會報導的新聞台，居然集體放棄報導這件事，是不是很離譜？」
「所以呢？妳希望這件事上新聞嗎？傻丫頭。」薛夫人放下湯匙，擦了擦嘴，要侍者撤走燕窩。
「我當然不希望。只是新聞都不報的狀況很不尋常，我第一個反應就想：是不是爹地做了什麼……」
「真是鬼靈精，沒錯，妳猜對了。那天妳爹地運用他的人脈透過各種管道，讓電視台『自動』忽略這條新聞。」
「我就知道是這麼回事，爹地也太霸道了吧！這是箝制新聞自由……」
「別這麼說妳爹地！這也是要保護妳，不得已才這麼做，不要誤會妳爹地，他不是那種蠻不講理的人。」
「我沒有怪爹地的意思，我知道都是為我好。」薛琳要護士過來推輪椅，她對著薛夫人微微欠個身：「媽咪，我先回房去，南宮靖在我們的朋友圈裏發了消息，他們肯定很著急，我要跟朋友報個平安。」
「妳去吧，別聊太晚，明早陪我去拜拜。」
「好，媽咪晚安。」

這個寧靜的夜晚，這個寧靜的海邊，一顆微光漂流的星子，在浪漫的別墅上空，停住；滿山遍野聒噪的蛙鳴蟲叫，遮蓋過星子微弱的機械運轉聲，它緩緩移動觀察，到達薛琳房間的時候，便躲在窗外的椰子樹上，透過鏡頭將畫面傳給外太空的另一端，那一雙燃燒的眼睛裏。

夜，更深了，當薛琳房間燈光熄滅的時候，星子也同時關閉鏡頭，在星空下等候明天的到來。

聖・愛隆尼亞王朝
母星巡航支部星際暗角分隊第五監視班
月球監視巡航官日誌
登錄時人：王朝曆第六帝王年六八零一代
太平洋西岸區域巡航官「光色水晶・安波提耶・坎優」

太平洋洋流正常，東方海面有氣流擾動，可能形成颱風，其他狀況正常。
今日監控正常。
完畢。

＊　＊　＊　＊　＊　＊

地球紀元二零××年十一月十一日

經過數日調養，心跳已經恢復正常值，真是超越祝福的領域。
琳琳遭綁架事件落幕後，從此身邊多了兩名保鑣，除了學校和家裏，隨時隨地嚴密保護，想靠近琳琳加增了不少難度。但聰明如我，不會因為這點難題就卻步，製作微型雙向接收器小事一樁，放進她書包也不困難，麻煩的是如何讓她聽到對話而且還不被旁人聽到，這是個挑戰。
我們「前文明神人」不只擁有高度發展的**極科技**，更有無與匹敵的**強神力**。當年帝國工程團隊在天難巨災嚴重威脅之際，短短十八個月造出兩萬艘宇宙航艦的奇蹟，端賴全國強神官集中神力加持下才能完成；更靠著強神官光榮犧牲，方可在能源吃緊的艱困情形中，將航艦推向太空。強神官為減輕負擔，選擇留在地面全力移浮航艦，持續數晝夜不停息地發送**強神力**，直到所有航艦脫離引力圈才停止；完成最終使命已精力極限耗竭的強神官，無力抵擋天難巨災的侵襲，在所有航艦人民的悲慟淚眼中紛紛倒下！送上太空的四億帝國人民零傷亡，九萬八千位強神官全員殉難、無人生還！這段可歌可泣的血淚事蹟，是我族永難磨滅的悲壯歷史傷慟！

前面我寫到「前文明神人」這個詞，那是琳琳發明的。她認為我族要與現代文明區分，應該稱為前文明；我族跟地球人相比壽命超長、智商特高、科技驚人，加上與生俱來不可思議的神力，簡直就是神人！於是用了「前文明神人」來稱呼我族——因為具有褒義，我也欣然接受——這是題外話。我主要想講的是如何與琳琳對話的方法。

我族人民天生擁有神力，會運用實體接觸與神力控制兩種方式來進行溝通、移動等日常行為，我族對神力習以為常，不覺得有何特異之處。強神官的神力至少是普通人民的五百倍強度，唯有天賦異稟的人可以入選；目前紀錄最高的強神力是七千一百倍，至今無人能破。可惜，紀錄保持者在兩億八千萬年前天難巨災中壯烈犧牲，時年僅僅六百歲，真的很可惜……

話說我也具有神力，雖然在我族來講能力一般，不過已經足夠解決與琳琳通話的問題。我先透過監控站的天線將精神波發射出去，琳星子接收後傳送至琳琳書包裏的微型接收器，再把精神波傳到琳琳的腦部……抱歉……我又開始碎碎念，總之，我可以透過這樣的方式來與琳琳交談了。

為什麼之前都不這樣做呢？因為運用神力會消耗精力，運用過度就會引起官能衰竭、精力耗盡而亡，天難中犧牲的強神官就是因此殞命的。我也不想嘗試從監控站向琳琳傳送，那麼遠的距離超過我的能力，明顯不可能。透過星子傳送，可以加大精神波的強度又不會增加我的負擔，我真是聰明。

因此，琳琳能夠無障礙的以精神力與我交談。

問題解決之後，往往會衍生出新的問題——這是無可避免的「問題成長法則」，最初的問題只是一粒小種籽，解決問題的心血使得種籽萌芽，表面上問題已經解決，實際上是問題默默成長，最後長成巨樹、開枝散葉，無法收拾！

與琳琳精神交談的結果，是她對我的存在的懷疑以及對她自己內心狀態的不確定，自我認知的的矛盾導致產生心靈抽離感，影響到她的心理——簡單說就是人格分裂了。讓琳琳痛苦絕非我的本意，這是沒有預期到的嚴重後果！我重新檢討設計，思索什麼樣的方式才能解除這種不良影響——想了許久，還是想不出對策——畢竟，思考不是巡航官的訓練項目，想不出辦法也是無可奈何。

直到有一天，和琳琳的交談中找到了解決之道——這就是所謂天無絕人之路吧！老中國的成語還是有保存的智慧。那是個冬風颯颯、淒雨綿綿的某天下午，課間休息的她避開人群、躲入長廊盡頭，看著陰冷天空飄飄雨絲，發出少女令人不忍的嘆息。那緋紅臉頰、勻嫩臉龐，稚氣未脫的清澈眼眸蒙上一層憂鬱的霜。

「你在嗎？」也許是旁邊無人，琳琳沒有用心靈，而是從口中說出這句話。

「……」

「你在聽嗎？」

「……」

「你，真的存在嗎？」

「………」

「你只存在我的幻想中，是嗎？」

「……」

「我真的瘋了……又再對著空氣講話……」琳琳沮喪地蹲下身子抱頭啜泣，柔亮長髮在她低頭時如飛瀑洩下，軟弱地垂蓋她的臉，畫面好看卻讓我更不捨。

我不是故意不說話，心靈和聲音的通訊系統不同，也無法同時並用，轉換模式不可能像人類能夠秒換，需要四十秒時間；這短短的時間裏我比誰都焦急，恨不得立刻衝破大氣層，來到琳琳眼前告訴她一切真相！

「琳琳小姐。」終於可以恢復通話，強作鎮定的我，微微顫抖的說著話。

「誰？誰在說話？」琳琳愣了一下，緩緩抬起頭，有些害怕的小聲詢問。

「別怕，在下是琳琳小姐的朋友。」

「朋友？是『真的』朋友還是『假的』朋友？」

「琳琳小姐很小的時候我們就認識了，琳琳小姐忘了嗎？」

「小時候，我抱著娃娃說話還被帶去看心理醫生，我怎麼忘得了？醫生『診斷』那是我的幻想朋友作祟。」

「心理醫生必須想像力、創作力兼備，才能解釋他自己都不明白的世界──合理化解釋一種現象，就如同撿一堆枯枝落葉拼湊成一棵樹，然後跟大家解釋說：這就是一棵樹──推理或許正確，結果卻完全偏離。」縱使略微緊張，我理性腦也不會被凍結。

「所以不是幻想，是真的有你這號人物？」

天空飄飄雨，無力的墜落地表，晦暗的烏雲層疊罩住天空，寒冷的穿堂風呼嘯捲過長廊，逼得琳琳瑟縮到牆角避風。

「琳琳小姐看起來很冷，回教室吧，快要上課了。」

「你看得到我？你在哪裏？」琳琳焦躁的環顧四周，我正想解釋，無奈上課鐘響，情急之下讓琳星子飄到琳琳眼前：「琳琳小姐先回去上課，今天晚上我再向琳琳小姐解釋。」

「突然現身」是我最愚蠢的決定之一，琳琳被琳星子這一嚇非同小可，非但沒能解除她的疑惑，反而驚得琳琳臉色發白，竟然當場暈了過去！當下我二話不說把琳星子音量調高，大聲的呼喊救命，果然引起旁邊班級的注意，老師出來發現琳琳倒在地上，馬上衝過來查看並呼叫校醫過來急救，然後用救護車緊急送往醫院。

琳星子躲在病房窗外等候時機，但是一大群人在病床邊把琳琳圍得密不透風，病房外聞風而來的閒雜人等還把走道擠得水洩不通，想靠近都不可能，更別說要跟琳琳說上話，所以只能等這群人散去再找機會了。

到了晚上八點，完全沒事的琳琳讓家人帶回家去，醫院才恢復了清靜。琳琳躺在自己房間大大的公主床上，雖然面帶倦容，但是精神還不錯，她爸媽離開房間之後，暗暗的房間裏就剩下我和她，解釋的機會終於來了。

「琳琳。」

我刻意調低音量，但是琳琳沒反應，我提高音量叫了幾聲，琳琳才無奈的張開眼睛回答：「白天嚇不夠，晚上還不放過我，你到底想怎樣？」

「對不起，在下不是有意的，請諒解在下的苦衷。」

「不諒解又能怎樣？我又不知道你到底是不是真的。」

琳星子再次緩緩飄下，保持在琳琳可以看到的距離外：「抱歉，唯有現身才能讓琳琳小姐相信在下真的存在不是幻想。」
「你就長這樣？像顆會飛的棒球，根本不是人類！」
「基本上，在下是來自地球的外星人。」
「你這是什麼文法？外星人就外星人，地球人就地球人，哪有什麼來自地球的外星人？」
「琳琳小姐沒聽過某某裔的某國人嗎？在下是地球裔的紫血寶龍星人。」
「地球人哪是長得這樣？你騙人！」
「在下沒騙人，是真的……這顆『棒球』是傳送聲音的裝置。」
「我不信，除非你出現讓我看到。」
「這……」
「猶豫！連臉都不敢露，還說不是騙人?!」
尷尬的我是百口莫辯，迫不得已，只好來個「眼見為憑」。監控星子其實是有視訊功能，但是基於「防止身分曝光法」的管制，監視巡航官禁止使用星子做為聯繫工具——當初花下心力在星子上建構影音通訊裝置，卻完全不准使用，這疑問一直困擾我，又始終得不到答案——我何必妄自揣測？極上層做任何事都自有道理——也許吧！
法律規定監視巡航官不得以星子聯繫，但沒規定禁止與地球人聯繫，所以和琳琳用聲音、心靈甚至影像溝通，都不算違反規定，對否？說服自己之後，我緊張又興奮的開始準備播出幾千年來頭一遭的視訊處女秀，調整鏡頭角度、整理服儀、控制視訊品質，最重要的是要把畫面中的自己微調得接近正常人類——我族跟現代地球人外型是有差異的，修個圖，是道德的。
「好的，在下要傳送畫面了，準備接收……」

「真的嗎？你真的要出現嗎？等一下，我還沒準備好……」琳琳驚慌的隨手抓了一支篦子梳頭髮，然後又說：「怎麼辦？我突然好緊張。」

「琳琳小姐是我第一次視訊聯繫的對象，對在下來說意義非凡……」

「非凡什麼啦？我好邋遢……怎麼辦？」手忙腳亂的琳琳，經過我耐心安撫之後才逐漸冷靜下來，坐定在床上等待我的現身。琳星子射出數道光芒把我的影像，投影在半空中——我這時才知道，極上層不僅建構了視訊裝置，還是高解析的立體成像！這樣我更難理解製造高端通訊設備卻完全禁止使用的用意何在？極上層的高深莫測已到達無法祝福的領域！

「這就是你？真的是你？」

「正是在下，長得很普通，但絕對是人類。」

「你……長得一點都不普通！你騙人的吧？」琳琳跳下床來，繞著我的影像左看右看，眼睛睜得老大，嘴巴都合不攏。

「是哪裏奇怪嗎？在下可以改一下……」我被琳琳講得慌了，難道她看出我有修圖的詭計？

「改什麼改呀？這真的是，太……」琳琳抓著頭髮緊盯著我瞧，話沒說完低頭看自己的睡衣睡褲，瞪大眼睛問道：「你……你看得到我嗎？」

「看得很清楚，怎麼了？」

「啊……天呀！」琳琳突然尖叫著鑽進被窩，在被子裏還能聽到她瘋狂地喊叫，正想追問原因，房門霍地被打開，我反應雖然夠快，立刻關閉通訊、調離琳星子，我的影像還是被來人看到……

「小姐房裏有人侵入！」第一個進來的是管家，聽到他的話，身後的僕人馬上進門保護琳琳並搜尋「侵入者」——就是我。

接下來的情況可想而知又是一群人包圍住琳琳，保全個個繃緊神經，警察四處穿梭蒐證，鬧得薛府上下驚驚炸炸的。我曉得今天、甚至接下來好一陣子都不可能有機會接近琳琳，所以我讓琳星子悄悄沿著天花板邊緣滑出薛府，重回巡航軌道，執行原來的區域監控工作，等待下一次防衛鬆懈的時機。

生平第一次的視訊經驗，就這麼短暫又滑稽的結束；最慘的是，我還沒問到琳琳不滿意我哪裏就被迫結束……下次不知道該修正何處再出現，想想很是苦惱。

可以記憶的事情不少，足堪紀錄的項目不多，我紀錄得些許疲累，剛剛調整好的身體狀況必須維持，今天就寫到這裏。

肆　虛幻的存在

清晨亮得發燙的陽光，均勻灑在薛家別墅的白牆紅瓦上，輝耀出萬千光晶，跟草地上新結的露珠互道早安。薛琳昨夜帶著心事入夢，睡得不甚理想，倦著一張苦瓜臉在餐廳與薛夫人共進早餐。

「我的寶貝呀，是不是沒睡好？看妳黑眼圈兒都上臉了。要不要再去歇會兒？」

「媽咪，我不要緊。先吃早餐吧！」薛琳拎起切好的三明治，一口塞進嘴裏，鼓得腮幫子跟隻猴兒似的，惹得薛夫人嗔笑她沒個大家閨秀的樣子。

「媽咪，我不要當千金大小姐，那樣太累了，我並不想。」薛琳囫圇吞下三明治，喝了兩口果汁，匆匆親了薛夫人臉頰，就衝回房去。

「這丫頭，這麼大了還是改不了毛毛躁躁的性子，真拿她沒辦法。」薛夫人對著一旁伺候的女管家抱怨，她微笑不語，俐落的收拾薛琳的餐具，轉身整齊地擺上餐車。

「一個人吃飯還真孤單——都收走吧！我要一杯咖啡。」

「是，夫人。請問您今天想喝哪一種咖啡？」女管家親切溫柔地邊收餐盤邊問著話，薛夫人靠著扶手支著頤，閉上眼睛說：「不如妳幫我選吧！」

「是，夫人。上週剛進了茵赫特莊園的帕卡馬拉咖啡豆，我去請咖啡師為您煮上，您請稍候。」等待煮咖啡的時候，女管家很貼心的為薛夫人滴上薰衣草精油擴香，並且播放馬友友獨奏的巴哈〈大提琴第一組曲〉，薛夫人會心的對著她點頭微笑。女管家推了餐車進入廚房，一會兒後用銀托盤托著一應俱全的咖啡器具，和一杯香氣四溢的熱咖啡，端到薛夫人跟前。薛夫人小口啜飲極品咖啡，看著窗外清新的晨光，凝神沉思。

薛琳答應今天陪她媽媽去廟裏拜拜，她們換好素雅的服裝便趨車前往台北。薛夫人拜拜可不會只拜一間廟，司機從高速公路下來之後第一站是行天宮，然後依序到大龍峒的保安宮、大稻埕慈聖宮、迪化街的霞海城隍廟、成都路的天后宮、萬華龍山寺，接著繞到中和區的烘爐地福德宮，最後回到新店區參拜位於薛家山腳下的太平宮——參拜行程安排緊湊，這是薛夫人一貫的作風——當參拜完八間廟宇返回薛家大宅時，已經是華燈初上的傍晚時分。

海爺乘高鐵去台中水舞稻葉赴宴，晚上入住林酒店不會回台北；薛夫人奔波一整天，心靈滿足、身子骨可就累壞了，晚餐喝了幾口雞湯便回房歇息；薛琳倒不覺得累，用完晚餐就回房跟朋友聊天。薛家大宅的地下停車場裏，還造了一座獨立伺服器主機機房，架設極速的私人光纖網絡；如此高檔的設備，薛琳卻不愛用，因為會有電子管家監控：薛琳上網太久或是造訪不適當網頁，電子管家就會適時的「親切提醒」——薛琳平常就被貼身保鑣纏得喘不過氣，上個網還要被監控，自然是會反抗的——上有政策，下有對策，薛琳的男友上官詠晴和南宮靖就為她設計一套繞路軟體，輕鬆避開電子管家的監控。海爺看著電子管家的數據還以為薛琳不常上網，甚至鼓勵她多跟世界各地的朋友聯繫……父母與孩子的親情拉鋸，孩子總以贏過父母為目標，父母總認為輸給孩子又何妨？這不需解開的親子結，只有一家人才會懂吧！

閒話休說，薛琳用視訊問南宮靖研究幽浮的結果，一頭熱的他沒找出什麼具體資料，倒是看到一大堆惡搞假造的影片，以及宣稱看到外星人的目擊者，繪聲繪影說得煞有介事。南宮靖總結一個共通點：

沒有任何直接證據可以證明外星人的存在。

「所以世界上沒有外星人，這是你的結論？」

「不，我堅信是有的，只是外星人不想被我們發現。搞不好他們一直在觀察，等待適當的機會再出現在世人眼前。」

「說不定你是對的喔！」薛琳心中雖然有想法，但是不想跟南宮靖抬槓，他這人的毛病就是一旦槓上，會像橡皮糖卯起來黏著人辯，甩都甩不掉——除非你認輸，否則他會懷怨記恨很久。

「妳也認同，是吧！我就說我有慧根——我應該去查更多的資料，說不定畢業論文可以以此為題喔！」

「是是是，真是好棒棒……」薛琳不想對單純幼稚的南宮靖潑冷水，隨便敷衍他兩句。

「薛琳，聽說妳要去德國。」

「你怎麼知道？誰告訴你的？」

「我昨晚和詠晴聊天的時候，他說的。」

「對呀！我要去德國玩幾天。」

「真好！我也想跟……」

「好呀！只要你爸點頭，我就去訂機票和飯店。」

「妳在開玩笑嗎？我爸怎麼可能准？我幾乎只剩生重病才有請假的福利，其他？想都別想！」

「那我也愛莫能助，就這樣吧，我要離線了。」

「讓人忌妒羨慕恨……好啦！晚安啦！」南宮靖一臉哀怨的關閉畫面，薛琳丟開手機，雙手枕著後腦勺，躺在床上凝視天花板。

「好無聊……」薛琳嘆了一口氣，轉過身改成趴著的姿勢，抓起COCO香水點在身上，讓迷人的佛手柑味道淨化紛亂的心情。此時，空中傳來那熟悉空靈的聲音：「琳琳小姐，無聊嗎？要和在下聊一下嗎？」

「吼……你這個『在下』終於出現了！昨天叫你叫半天也不回答，還以為怎麼了……」薛琳馬上跳起來坐在床沿，四處尋找聲音的方向。

「當時因為補給船恰好到來，在下去應付，沒辦法顧及與您的通話，抱歉！」

「補給船？你是船員嗎？」

「琳琳小姐的狀況比想像中更嚴重，解釋過的事情都不記得——這是麻煩的事情，對您對在下來說，都是。」空靈的聲音，穩定又哀怨；薛琳對他感覺是一種極為遙遠的熟悉，但是熟悉的記憶像失焦的銀鹽相片在顯影液裏溶化，扭曲模糊還泛白。

「你，可以把你說過的再講一次嗎？說不定我就能找回失落的記憶。」

「這些年下來，在下講了許許多多，該從何開始？」

「嗯……不然，就說說在我出事之前，我們最後一次交談是在說哪些事吧！」

「那天，琳琳小姐與在下……這個……」

「怎麼了？不好說嗎？」

「不太好說，會讓在下覺得窘迫，請容在下爾後再談。」欲言又止的語氣，讓薛琳有些莫名的不安，難道自己說了些不該說的話？

「好吧！你，除了我之外，還會和誰聊天？」

「沒有，自從三千多年前擔任巡航官至今，只與琳琳小姐一人談過話。」薛琳聽到這樣的回答放心不少，就算失言也不需要太擔心會傳出去。她隨手拿起化妝檯上那瓶香奈兒COCO香水，點出迷人淡雅的少女芬芳。

「你……對了，記得你說你名叫什麼『色色精靈．悠悠』還是什麼的……」

「真是失禮！在下的名字乃是『光色水晶．安波提耶．坎優』。」

「好長一串，太難記了啦！我只記得水晶，那就叫你水晶好了，比較好記。」

「琳琳小姐之前也是這麼說的，一直稱呼在下水晶——雖然在下並不歡喜。」

「你可以別叫我琳琳小姐嗎？超怪的！」

「琳琳小姐之前也這麼說過，但這是對琳琳小姐的禮儀。」

「停停停！比我爺爺還囉嗦！我確定你是超齡老爺爺了……」

「之前琳琳小姐也是這樣說……」

「……」薛琳白眼都快翻到頭頂，經過一番功夫反覆琢磨，鬼打牆的對話好不容易溝通到彼此有些共識，才開始進入薛琳尋回記憶的主題。

「我們怎麼認識的？」

「十五年前琳琳小姐在幼稚園玩鬼抓人遊戲躲在儲藏室，是第一次見到琳琳小姐。」

「這個……我真的沒印象。後來呢？」

「後來……」

這一晚，他們在空中如此奇妙地對談，將薛琳從小到大歷經的趣事無所不聊，許是年幼不復記憶，薛琳記得的並不多，但是「水晶」對每一件事如數家珍、鉅細靡遺，令薛琳驚訝不已。

「好多事我都快忘了，你怎麼記得這麼清楚？」

「在下的專長之一就是博聞強記，每天工作之外，就是飽覽群書、學習地球人類文化。」

「你不是說你是外星人，怎麼會中文說得這麼好？」

「三千多年以來，在下不只精通中文，亞洲大多數的語言我都能通，遠到大洋洲、澳洲的原住民語，也都難不倒在下。」

「厲害！可是你說只跟我一個人通過話，學這麼多語言要做什麼？」薛琳走到房間一旁的彩繪牆前把隱藏拉門打開，裏面有一座精緻的小吧台，她從冰箱拿出果汁，在吧台前坐下來小口的喝著。

「在下剛派遣來的時候，全心專注在工作上，第一年過去已經全然熟稔工作內容，第二年便開始學習監控區的人類文化，也是這樣豐富多樣的學習，才能讓在下挺過三千多年的孤寂歲月……」

「你說的我很難體會，但是無所事事的確很難熬……」薛琳邊喝果汁邊講著話，不知想到什麼忽然擱下杯子，低頭沉思，房間內好是沉默了一陣子。水晶沒搭話，讓沉默繼續沉默。約莫三分鐘後，薛琳才幽幽的嘆了口氣，說道：「我為什麼要跟空氣說話？這麼荒誕的事情，我是不是真的瘋了？」

「琳琳小姐，雖然說過無數回，在下還是要再次聲明：在下是存在的真實。」

「真實存在我的虛幻世界裏、還是我仍在睡夢裏？」也不能怪薛琳如此懷疑，正常人誰會對著空氣說話？而且還必須相信說話的對象是存在的。

「琳琳小姐，對著不存在的世界裏不存在的人說話是很常見的，廟宇裏對神祇祈禱、墳前對逝者膜拜、甚至對著天空許願、祈福，比比皆是。不單琳琳小姐才如此。」

「所以，你確實不存在……」薛琳露出悽慘的表情，眼淚在眼眶裏滴溜溜猛打轉，水晶不知該如何解釋，尷尬的無言以對。薛琳抹去奪眶的眼淚，深呼一口氣，對著天花板說：「我真的要被你逼瘋了……不管我信不信，你說你存在，證明給我看。」

「這的確是證明過，只可惜……似乎在下這一條記憶線，被琳琳小姐遺忘。或許是之前刷白記憶的力道太強，讓琳琳小姐連在下都不認得，這要空口說服小姐相信，想是難。」

「那就再證明一次。」

「非常遺憾，因為被在下的長官察覺，目前無法使用這個方法。容在下多些時日思考對策。」

「說了半天還是推托，根本沒誠意。算了，今天也夠累的，我要睡覺了。」

「那，在下不打擾琳琳小姐，晚安！」

薛琳在滯悶的空氣中，拿起棉花糖（katncandix2）的專輯，不斷重複聽著〈再見王子〉這首歌，希望從歌聲裏得到救贖——縱使沒有，至少可以得到眼淚。台北的夜空，沒有藍黑暗暗的夜色，而是被五光十彩的霓虹染得一片俗麗，勾織出熱鬧不夜城獨有的疏離氣息；隨著塵埃糝落一地枯萎的寂寞，鋪天蓋地壓制住無心的睡眠，那看著子夜仍不成眠的戚戚夢境——薛琳懷著少女多愁善感的煩惱，雜雜然地胡想，然後迷糊糊地，沉睡了。

一顆火金姑般微光若亮的光點，在窗外無聲無息往高空更高處盤旋而上，最後虛列在萬千星辰之中，定定的俯瞰這新店山中的豪門巨宅，靜默守候它的琳琳小姐。

夜，更沉；月，更偏西。

聖．愛隆尼亞王朝
母星巡航支部星際暗角分隊第五監視班
月球監視巡航官日誌
登錄時人：王朝曆第六帝王年六八零一代
太平洋西岸區域巡航官「光色水晶．安波提耶．坎優」
太平洋洋流溫度略升，東方海面氣流減弱，其他狀況正常。
今日監控無發現異常。
完畢。

＊　＊　＊　＊　＊　＊

地球紀元二〇××年十月十一日

又過了幾許日子，身體的狀況必須悉心養護，否則生命消逝得將比預估得更快。生命如沙漏，若貪心想竊取多一些生命質量，就等同把漏斗頸子掰大，生命時間漏得也忒快，這還真的沒法子兩全呀！

自從那天第一次現身之後，琳琳的保鑣真真嚴防的滴水不漏，房門口也二十四小時警衛輪班站崗，活像坐牢。平常只能趁著她下課的空檔，與她說上一兩句話，她真夠忙碌。

聰明如我，自然不會讓耐心白費，終於等到她強烈抗議之後的結果——撤除門外警衛。當我看到警衛撤哨的即時畫面，我竟然失態歡呼。等著琳琳回家這難熬的，一秒都像一年；等到夜幕低垂、琳琳寫完功課，感覺已等上一千年。這急的，怕是沒有幾個人能懂得。

「琳琳小姐，晚安。」

「水晶！是你嗎？好久沒聽到你的聲音，你在哪裏？」琳琳又驚又喜，跳到床上盤腿而坐，抱著枕頭四處張望——我不懂這是什麼樣的情緒表達。

「在下就在屋裏。」

「屋裏？可是我沒看到呀！」

「琳琳小姐，在下不敢現身，怕不好看又嚇到了您。」

「不好看？你哪裏不好看了？」

「琳琳小姐那日看到在下，滿臉驚恐，想是在下容貌醜陋……」當時我確實如此想著——後來才知道，地球人的審美觀和我族是有一段差距的。

「你哪裏醜呀？你要叫醜，那麼天下就沒有美男了。」

「琳琳小姐是善良的，懂得體貼安慰人……」

「是真得很帥！比明星還要像明星，說真的，我身邊還沒看過比你更帥的——就連我男朋友都沒你……好看……」

「琳琳小姐有男朋友了？」當時我知道琳琳有男友，確實醋飛酸溜了一下子，不過這不礙我對琳琳的喜愛，很快我便恢復平靜，繼續對話。

「其實我也不確定算不算男朋友，他曾經跟我告白過，我沒答應也沒拒絕，久了就不知不覺被連在一起——可是我們沒約過會，接吻更沒有——我身邊這麼多保鏢，別說他，就連一隻蒼蠅都很難飛到我身旁。」琳琳一臉無奈，輕輕嘆著氣。

「那在下能如此貼近琳琳小姐，真是三生有幸。」

「水晶先生，你能不能說話放鬆一點？這樣說話不累嗎？」

「琳琳小姐若要在下放鬆，在下自然盡力學習放鬆。」

「你真的好可憐！『放鬆』還要花精力學習，真的是外星人。」

「……」這句話我不知如何回答，在我搜索枯腸的時候，琳琳跳下床來，拉開牆面後隱藏的吧台，拿出兩只杯子倒了果汁，一杯她自己喝，推了推另一杯，然後說：「水晶，這杯給你，你出來吧！」

「這是琳琳小姐要給在下的嗎？在下超級想喝，可惜身不由己呀！」琳琳小姐自從幼稚園給我一支棒棒糖之後，我多渴望琳琳願意開口再送我禮物——縱然我無法親自收下，那也心滿意足矣！

「你就出現，然後拿起來喝掉，就這麼簡單都不會？」

「琳琳小姐，您前回看到的不是我的實體，那是虛幻的立體影像。在下現階段無法與您見面，技術問題尚未解決。」

「為什麼？我不明白。」

「事情是這樣的……」我把我的工作內容大致解釋了一番，琳琳似懂非懂的點點頭，瞪大眼睛聽著我倆「一個在天、一個在地」的事實。

「……因此，我無法到地面上，請您見諒。」

「你的故事，比那種自稱中情局特務的還要離譜……不過，蠻酷的。」琳琳喝完果汁，順手把另一杯我無緣喝到的果汁倒進水槽，然後關上牆門。我的心如刀割呀！

「不管你是什麼人，總之我們認識就是朋友了，但是，你來無影去無蹤的，我要怎麼聯絡你？」

「這點您不必顧慮，只要琳琳小姐吩咐一聲，在下就會出現。隨時隨地。」

「真的？就像召喚獸一樣，拍個手就出現？嘿嘿！」琳琳真的就拍了兩下掌，還露出抓狹的表情。
「在下不明白召喚獸是何物，但是拍手會讓在下困惑，請您必須認真的呼喚。」
「那……好，水晶，出現在我眼前吧！」
「好的。」
琳琳伸出左手食指，指向她的前方，我便讓琳星子滑行到那個位置，把我的影像傳送過去——小小修過圖的不完美的我的影像。
「哇！好棒喔！真厲害！」琳琳歡喜得直鼓掌，看來我的修圖沒讓她太失望。
「琳琳小姐，爾後請依此法叫喚，在下聽到了必然出現。」
「你真的很帥耶！」琳琳繞著我的身子轉了好幾圈，要把我看穿似的上下端詳、左右打量，雖然我對顏值有自信，也不習慣讓人直盯盯地瞧著。
「琳琳小姐，女子如此看人有失矜持，不合禮儀……」
「水晶先生，拜託你講話不要像個古代人，聽了超彆扭。」琳琳不僅僅看著，甚至伸手觸摸我的影像——當然是什麼都碰不到。
「在下研究中文已有兩千餘年，一直都是緩慢穩定的進展，最近這幾十年急速變化，在下還來不及習慣，請見諒。」
「你到底幾歲呀？」
趁此機會，便將我的身分和我族歷史詳盡的跟琳琳敘述，她聽得津津有味，偶爾發問，大多時間是傾聽——真是一位好聽眾。
「原來是這樣，所以你是在外星誕生的地球前前前文明的後裔，現在回到地球監視我們？」琳琳盤坐床上，邊說邊伸懶腰，還打了個哈欠。

「琳琳小姐睏倦了，不然今日到此，改日再聊。」

「沒事，我不睏……」琳琳嘴上說不睏，但卻垂著眼皮緩緩趴下身子，嘴上還嘟噥：「你繼續說，我躺下來聽……」

看著琳琳已經疲倦得迷迷糊糊，我想靠近她、摸摸她清秀的臉龐——不是真實的接觸，但影像觸到她的頭髮，我竟如觸電一般，全身顫抖，激動的心情瞬間閃燃。琳星子伸出小小機械臂，幫她蓋上被子之後，便準備離開。

「晚安，琳琳小姐。」

「你好帥喔……水晶……」

琳琳話音剛落，便傳來勻細的鼾聲。我從沒被稱讚過，我族也從不讚美，縱使我看過無數次讚美歌頌他人的行為，幻想獲得讚美的期望也已經麻痺，當聽到對我個人獨一無二專屬的讚美之辭，即使是溢美，我也滿心驚喜！

這件事情，當然要好好大書特書，幾千年來第一次被稱讚，很值得紀念。

被讚美真是讓人舒暢的。

每回寫到琳琳，我的生命沙漏便又墜落更多沙礫。透過不甚精確的計算，三個鐘頭的心跳加速，可能要折七天壽命——很昂貴，但是為了琳琳，值得！

琳琳，晚安，希望彼此都能好夢。

伍　第一次接觸

旭日東昇，又是一個鳥囀花不語的靜謐清晨。這天早上薛琳不到六點就醒了，打著赤腳走到空蕩蕩的客廳，揉了揉眼睛，躺在柔軟的米色沙發上伸懶腰，然後盯著天花板豪華的水晶吊燈發呆。

「昨天，我是不是太兇了？」

薛琳自言自語的時候，傭人匆匆忙忙跑過來問候她，問她要不要吃早餐。還沒盥洗又頂著一頭亂髮的她沒胃口，打發傭人離開，到庭院的紅木咖啡座坐下，享受山間早晨獨有的薄霧朝氣，微微溼，微微涼，沁得皮膚是一層細水珠，肺腑裏滿滿是草葉的新鮮氣味。

「你，還會出現嗎？」

天空慢慢鍍上朝陽的熱情顏色，獨特紅橙光把薛琳美麗的臉龐，切割出柔軟細緻的弧線。發出細小機械運轉聲音的星子，從高空緩緩垂直降下，伸出六根支撐臂，停在薛琳跟前的咖啡桌上，薛琳惺忪著雙眼看著整個星子降落的過程，居然沒有半絲驚訝的表情，雙手枕著下巴趴在桌上說：「早安，蛋頭先生。」

「琳琳小姐，早安。不過，蛋頭先生是什麼稱呼？」

「你沒看過玩具總動員嗎？你長得就像蛋頭先生。」薛琳懶洋洋的趴著，有氣無力地說著咕噥含糊的話。

「在下記得琳琳小姐形容星子『會飛的棒球』，蛋頭先生的比喻是第一次聽到。」

「會飛的棒球……也是。」薛琳抬高雙手交握，伸個懶腰打個大哈欠，搓了搓鼻子，用手指碰了碰星子，一陣細微的電流讓薛琳登時嚇得跳了起來。

「哇……你有電……」薛琳不停甩動手掌，整個人澈底清醒。

「琳琳小姐，星子有防禦機制，在下不及警告您，抱歉了您的痛。」

「很煩耶！一大早就被電，倒楣！」薛琳惱怒的瞪著星子，沒好氣的坐回椅子，說道：「我晚上要去德國，你知道嗎？」

「在下知道。」

「那你在德國也會出現嗎？」

「歐洲地區不是在下的監控範圍，那裏有其他監視巡航官管轄，越區不妥。」

「那我不就一個禮拜都看不到聽不到蛋頭先生？」

「恐怕是如此。請別稱呼在下蛋頭，您不妨繼續稱呼在下水晶，是妥當很多的。」

「反正只是個圓呼呼的機器罷了，有差別嗎？」

「琳琳小姐完全不記得在下的容貌，真是遺憾！您總是稱讚在下帥氣，很是懷念那樣的說話。」

「帥氣？蛋頭棒球我會說帥？那我真是病得不輕！蛋蛋模樣還會漏電，我會說帥氣才怪！」薛琳兩手叉腰，低頭對著「蛋頭」嗤之以鼻地嘲笑。

「琳琳小姐，在下與母星巡航支部發生嚴重分歧，所以行事必得謹慎低調在目前。」

「用講的誰不會?!眼見為憑我才信。」

「琳琳小姐若是如此強烈要求，在下也……」

「也怎樣？也是不行嗎？算了啦！巴不準你又醜又肥還禿頭才不敢現出原形，用遙控飛機就想來呼嚨我？算了啦！我不想繼續被你玩弄了，你走吧！」薛琳撥了撥頭髮，轉身往房子裏走。星子傳來空靈卻不甚穩定、焦急的聲音：「琳琳小姐，且慢！」

「且什麼慢？夠了，我已經對你沒耐心了。」

「若在下此刻現身，只現身十秒鐘，琳琳小姐能接受嗎？」

「十秒鐘？好呀！我就錄影存證看看究竟有多帥。」薛琳真的從口袋掏出手機開啟錄影模式，嘴角往上一歪，冷笑著說：「出來呀！」

「琳琳小姐，在下冒著極大的危險一試，只能十秒，請見諒。」

空中的話音一落，星子飛到草地上，伸出許多小型碟狀物，交織出無數閃爍的光芒之後，一位年輕男性的立體影像就在亮光中出現：修長挺拔的身材比例，比櫥窗模特兒更完美；俊俏無瑕的長相，與明星相比真是有過之而無不及；如同海水一般迷濛深邃的眼睛，溫暖熱情還帶著智慧——如此迷人絕品的男子，簡直比夢中的白馬王子更夢幻、更王子！

「……」薛琳驚得瞠目結舌，拿著手機傻在原地，星子的影像消失了還沒回過神。

「琳琳小姐……琳琳小姐……」一陣急促的聲音把薛琳拉回現實，她關上錄影，慌張的回答：「這……這真的是你？騙人的吧！」

「琳琳小姐，不現身，您說在下有說謊之嫌；現身，竟說在下有騙人之虞……這……這讓在下困擾很多。」

「你……這帥得也太不科學了……怎麼可能？」薛琳打開剛才的錄影畫面，雖然有些晃動，影像還是清楚的紀錄下來。她定格檢視了幾遍，不敢相信這是真的——這男生好看得太超過、完美到太過分，這要其他男人何以自容？

「我不知道該說什麼好……這超出我的想像……」薛琳驚慌得花容失色，勻嫩的臉頰飛上兩片紅霞，久久不散。她似乎想到自己蓬頭垢面的模樣，擔心的小聲問道：「你現在看得到我嗎？」

「十分清晰。我族星子傳送畫質向來高清……」

「哎呀！我這個樣子……好丟臉呀！」薛琳把長髮晾在臉上遮住自己的窘態，一邊還懊惱自己為何挑這個時候看到對方。

「三年前首度視訊琳琳小姐時，狀況亦不滿意，今日歷史重演，在下倒是覺得並無不妥。」

「你哪會懂女生的心……我這麼醜的狀態……哎唷！太丟臉了！」薛琳乾脆轉過身，背對著星子。

「琳琳小姐無須在意，您的任何模樣在下都能接受。」

「我這是何必呀?!還要你冒險出現，我真是糟糕！」

「只要琳琳小姐能相信在下的存在、莫再懷疑自己的精神狀態，即使冒著天大的危險、在下都無怨無悔，是的，我心足矣！」

「所以……我在出意外之前，就看過你的容貌？」

「是的，在您高中某一日開始，約莫三年時間了。」

「我……我真的沒有印象……哎，這麼美好的一段竟然全然忘記，真是難過……」

薛琳話還沒說完，星子忽然傳出奇怪的嗶嗶聲，一陣混亂雜音後，星子飛了起來，水晶用相當惶恐的語氣說：「糟了！影像傳輸果然被支部偵測到，恐怕已採取行動，在下必須馬上中斷通訊——琳琳小姐，祝您旅途平安，再會！」

星子用不可思議的高速衝上雲霄，薛琳還來不及抬起頭看，星子已經消失得無影無蹤。薛琳的腦子裏一團亂麻，怎麼捋都捋不出個頭緒；這個衝擊來得太快太大，一時無法平息潮浪洶湧的情緒，就連薛夫人到她身邊了都沒警覺。

「琳琳，妳剛剛好像跟誰在講話，是嗎？」薛夫人緩步輕聲講著話，怕嚇到薛琳。薛琳多年來看過世界各地的精神科權威，但是都不見好轉，甚至愈來愈嚴重——這是自然，因為方向完全錯誤，薛琳根本沒病——薛家的人只要看到薛琳自言自語，就以為她又發病，剛才就是傭人發現狀況，特別去請薛夫人過來的。

「媽咪，我沒注意到您來了。吵到您了嗎？」

「沒有，我起來好一會兒了。」薛琳起身讓坐，吩咐傭人把早餐端出來，母女倆要在外頭就著晨光用餐。

「琳琳，怎麼了？一副失魂落魄的樣兒，沒睡好嗎？還是想到詠晴太興奮睡不著？」

「媽咪，才不是這樣，您別拿我取笑了。」此時傭人將早餐端上桌，薛琳是鮮菇歐姆蛋搭配凱薩沙拉與一杯鮮榨蔬果汁；薛夫人吃得清淡，一碗菠菜吻仔魚粥，配上幾碟五行小菜，甚是養生。

「媽咪，您以前有沒有被很帥很帥的男生『電』到過？」薛琳一邊用叉子攪著細嫩的歐姆蛋，一邊問著。

「媽媽的初戀就是妳爸爸，想打聽風流韻事，問我那真是問錯人了。」薛夫人笑咪咪的喝一口粥，再挾一口黑芝麻木耳絲，優雅的咀嚼著。

「連暗戀都沒有？應該有吧！」薛琳不死心的繼續追問，這讓薛夫人也疑心了起來。

「我說琳琳呀！妳這是怎麼了？難不成妳被哪個帥哥『電』了？」

「沒有，我只是隨口問問。」薛琳心虛的埋頭吃早餐，不敢正眼看薛夫人，心裏暗忖：還真被電了，一個被蛋頭電，一個被水晶電……

「妳這丫頭怪怪的唷！別胡思亂想，人家詠晴還在德國等妳哪！」薛夫人粥沒喝完就叫傭人撤了，要廚房用昨天喝過的茵赫特莊園帕卡馬拉咖啡豆，煮上一杯熱騰騰的咖啡端上來；她喝上一口，抿了抿嘴唇，對薛琳說：「等會兒媽媽要去安坑那邊的潤濟宮，妳也過去求個平安吧！」

薛琳答應了一聲，大口喝下果汁，若有所思的舒了一口長氣。薛夫人正要繼續追問，薛琳馬上轉移話題：「媽咪，您這麼虔誠禮佛參禪，怎麼不像那些信徒吃齋茹素呀？連牛肉都吃耶！」

「孩子呀！媽媽敬的是自在佛，參的是隨意禪，依循著自然循環，飢則食、倦則寢；飽不貪、乏不亂。雖然有些人不認同，但是媽媽認為執著形式色相，難免偏執失了純淨佛根……」

「媽咪，對不起，我不該問的，都聽不懂啦！」薛琳如鴨子聽雷，不待薛夫人講完，便趕緊舉手投降。

薛夫人再喝上一口咖啡，微笑依舊的看著薛琳：「這需要時間歷練，不懂也沒關係。晚上就要上飛機，若沒什麼事別亂跑，這十幾個鐘頭的飛機也挺累人的。」

「知道了，媽咪。」

當晚八點，薛家用完晚餐之後，穿著整齊的司機駕駛豪華氣派的Mulsanne，載著她們母女倆前往桃園機場。她們搭乘阿聯酋航空午夜起飛的班機，九個半鐘頭之後的清晨五點，降落在杜拜機場，先到過境飯店休息，下午再轉機飛往法蘭克福。行前海爺特別交代，不得讓母女倆感到一絲不適，航空公司也很上道，特別給兩位嬌客無微不至的服務。從杜拜起飛快七小時後，晚間七點半抵達了法蘭克福機場，風塵僕僕的她們先到當地飯店休息、調整時差，隔天清晨再乘坐德航前往此行的目的地——柏林。

四月的柏林，時序已進入春季，天氣仍有涼意，滿街是尚未脫去冬裝的人；許多植物逐一吐蕊含苞開花，群花爭妍，讓這古老現代並存的城市更添嬌美春色。薛夫人和薛琳下榻在巴黎廣場上的阿德隆酒店，不僅是柏林市中心知名的百年旅館，最重要的是離薛琳的男友上官詠晴攻讀的洪堡大學只隔幾條街，如此心細的安排真不愧是海爺特助辦的事，麻利又靠譜（奇怪，怎麼突然有了中國腔？）。

薛夫人中午安排好與當地商界的貴婦們餐敘，行李安頓好，已預約的美容師便進來替夫人做全身SPA、舒緩旅途勞頓。上官詠晴早上有課，中午才有時間與薛琳見面；薛琳並不會一個人無所事事，特助已經幫她擬好行程，預約一輛Velotaxi人力三輪車，載著她在柏林的各個景點輕鬆遊覽。她不是一個人，後面還有兩名保鏢緊緊跟隨——海爺表示：保鏢的事絕不再妥協，不論薛琳到哪裏，保鏢一定如影隨形——薛琳走路，他們就步行；薛琳坐人力車，他們就騎電動車，保持機動性——尤其人在國外，更要高度警覺。

薛琳小逛了幾個景點之後，跟司機說口渴想找地方喝飲料，其實是覺得逛得沒滋沒味的，好是無聊。她在漂亮的御林廣場下車，不是為了看大教堂，而是跑到旁邊一家百年的巧克力咖啡廳，時間剛好是開始營業的上午十一點，薛琳點了最喜歡的「巧克力櫻桃交響樂」慕斯蛋糕，搭配春摘大吉嶺紅茶是她最愛的選擇。她要離開的時候還買了一盒果仁巧克力，要與同樣是巧克力堅貞信徒的上官詠晴共享。

「嗯，好吃……這樣才叫放鬆……」薛琳走出巧克力專賣店，站在門外的保鏢立刻跟上來。薛琳不准他們跟進餐廳，硬是要他們在門外站崗，如此她才能好好享受最愛的美食。御林廣場只跟洪堡大學隔兩條街，薛琳表示要走過去與詠晴見面。

「你們要不要喝飲料？我去買。」薛琳悠閒的看著一臉嚴肅的保鏢，額頭鼻子都泌出細細的汗珠，有點不忍心。

「小姐，我們有自備水壺。」保鏢微微掀開外衣，腰間果然有扁平的水壺，還掛著其他不知道幹什麼用的物件。

「看起來好重，你有配槍嗎？」

「透過德國政府特許，我們配有防衛武器，確保小姐的安全。」薛琳的保鑣是一男一女，男保鑣解釋之後，女保鑣則是頷首示意。

「好酷喔！能借我看看嗎……」薛琳伸出手來，保鑣急忙縮身後退，直言這樣不妥，薛琳才自覺無趣的繼續往前走。不過五分鐘的路程就到了洪堡大學，薛琳和上官詠晴約好共進午餐，上官詠晴準時在大門口等候，看到久別重逢的女友，飛奔過來摟住薛琳。上官詠晴身材高大精壯，未脫稚氣的臉龐時時掛著迷人的笑容，和美麗的薛琳十分登對，在這風和日麗的柏林街頭，兩人成了最美的街景。他們卿卿我我的訴說一肚子窩心話，幾乎要忘了午餐的約會。

「小姐，餐廳預約的時間到了，請上車。」這回是女保鑣上前提醒，路邊已經停著接送他們去餐廳的兩輛奧迪轎車，他們這才暫休綿綿情話，在保鑣護衛下坐上車去。

「我爹地說要好好招待你，訂了Bieberbau餐廳，希望你會喜歡。」薛琳拿出剛剛買的巧克力，兩人就在車上拆開吃將起來。

「Restaurant Bieberbau真的很不錯，可是我們還是學生，這樣太奢侈了，而且離這邊又超遠的。」上官詠晴吃下一顆杏仁口味巧克力，滿足的吮了吮手指。

「我也是這樣想，去那裏吃總覺得好不自在，可是我爹地訂了又不能不去……」

「既然我們想的都一樣，那我帶妳去我喜歡的餐廳吃飯，怎麼樣？」

「餐廳預約了怎麼辦？」

「改成今晚和薛媽媽我們三人一起吃晚餐，不就解決了？和長輩去那裏比較合適。就這麼決定吧！」上官詠晴以德語跟司機談了幾句，司機用無線電跟保鑣車溝通，來回折騰了一陣子，才讓保鑣勉強同意改變行程，從菩提樹下大街右轉到附近的一心日本料理，就在亞洲客人居多的這家店吃了他們相逢的第一餐。

「這間的味道和台灣無法相比，但是能在德國吃到就已經很感人；離學校又不遠，所以，我經常騎著腳踏車過來用餐，希望妳會喜歡。」上官詠晴用他迷死人不償命的笑容對著薛琳說話，還用台灣男生獨特的貼心習慣幫薛琳拆筷套、遞毛巾，這讓鄰桌的當地人不以為然的側目而視。

「詠晴，旁邊的人怎麼眼神怪怪的看著我們？」薛琳也感受到異樣的氣氛，一邊看菜單一邊小聲問著話。

「對女生做出呵護的舉動，有些主張性別平等的德國人會認為是歧視女性。不用在意，點菜吧！我快餓扁了。」

其實他們不是此刻才受注目，打從這一對外型亮眼的情侶一進餐廳，就像耀眼的陽光立即擄獲眾人的目光，也難怪詠晴的小動作都被注意到。

他們點了生魚片丼飯和鮭魚茶泡飯，還點了松壽司拼盤、鮪魚肚刺身和幾碟小菜，愉快地享受豐盛的餐點，細訴彼此的思念之情，接著聊到學校生活，說著說著就講到薛琳在花蓮險些溺水的事情：「南宮有跟我提到，真的好驚險！我快擔心死了，幸好妳沒事，謝天謝地。」詠晴輕輕握著薛琳的手，心疼又憐惜。

「我完全不記得當時發生什麼事，也是聽南宮說了才知道事情經過。」薛琳吃下一片鮮嫩的鮪魚，眼神迷濛的望著詠晴。

「會不會妳被海浪打到有傷到頭部？醫生有沒有檢查出異狀？」

「檢查報告說一切正常，為什麼失憶我也百思不解。」

「只要身子沒事，我相信妳的記憶會慢慢恢復的。」

「希望是。對了，南宮最近好像迷上幽浮，他有沒有跟你提到幽浮的事呢？」

「有，他說那天在七星潭親眼目睹幽浮，說妳也有看到。妳記得嗎？」

「這個我有點印象，不過不知道為什麼，許多記憶好像白紙泡了水，又爛又模糊。」

「妳也不必勉強自己去記得這些事，慢慢來。幽浮的事，南宮說得跟真的一樣，但是他說拍到的影片大曝光，真是可惜了！」高大的詠晴不辜負他的食量，丼飯吃完就開始大嗑壽司，薛琳很愛看詠晴吃東西的模樣，讓人感覺普通的食物都變成珍饈。

「有沒拍到都沒什麼關係，人平安最好。」

「對呀！不論如何，平安就好，來，敬妳！Prost！」詠晴深情看著薛琳並舉起酒杯敬酒，兩人喝了一大口的生啤酒，繼續享用美食。

「這些不好的事先拋到腦後，這幾天我們在柏林好好玩一玩吧！」

「詠晴，謝謝你。」

「謝什麼？妳是我最重要的人，為妳做任何事都是應該的。」

兩人隔著桌子淺淺一吻，然後對視而笑，再對乾一口生啤酒。一個鐘頭之後，他們結帳走出餐廳，詠晴下午還有兩堂課，他回學校之後，薛琳也回到飯店歇息。薛琳回到房間，薛夫人飯局還沒結束，她從迷你吧拿出一瓶礦泉水，靠近窗台看著不遠處的布蘭登堡門，喝著冰涼涼的水，心頭卻是暖烘烘的。

在薛琳看不見的視野外，一道高速氣流劃過天空，沒仔細看還以為是普通的飛機凝結雲，這道氣流高速穿越阿德隆酒店的屋頂，掀起一陣煙塵和小小的震動；煙塵未散，後面有兩道氣流飛來，緊追不捨。這三道氣流在巴黎廣場上空轉了好幾圈，映入了薛琳的眼簾，她淡定地倚著窗，喝一口礦泉水，淡淡的說了一句「又來了」之後，懶得繼續觀看下去，就大字形趴在總統套房又大又軟的床鋪上，什麼都不想想。

三道氣流很快的就跟凝結雲一起消失，整個過程只有幾秒鐘；人群還來不及注意到，天空就已恢復正常，依然天是藍藍的，雲是白白的。

阿德隆酒店屋頂上凌空閃出一道人影，重摔在屋頂上滾了好幾圈，揚起的塵土未落盡，人影便迅速翻出頂樓圍牆外，後面很快的又有兩道人影追至，左右搜尋著，然後選擇打開頂樓鐵門進到飯店裏。

這些人會是誰呢？

鏡頭一轉，趴在床上的薛琳忽然想到：不對，那個「水晶」說歐洲不是他的管區，他不會出現在這裏；回想記得的過往，薛琳不曾在亞洲以外的地區看過這些「東西」，如今在德國居然也看到，這一點相當不尋常——雖然看到這些「東西」本身就不尋常。

「難道是我眼花了？還是……我的病……」薛琳坐在床沿深感納悶，窗戶忽然傳出聲音，她驚見窗外竟然有個人在焦急地拍擊窗玻璃，更讓她驚訝的是：那個人竟然是「水晶」！

「你……」嚇的說不出話的薛琳，渾身發抖的看著光色水晶，腳下卻一步也動不了。

「琳琳小姐，快打開……」

說時遲，那時快，厚重的房門被兩名身著銀色鎧甲的壯漢衝撞開來，嚇得薛琳不停尖叫。來人顯然不是衝著薛琳而來，他們直接撞破窗子要抓光色水晶，光色水晶身手也不是一般，一個翻身躲開便逃得無影無蹤，留下一地的碎玻璃和刺耳的警鈴聲。

薛琳驚呆的跪坐在原地，淚水爬滿了她美麗的臉龐；門外，兩名保鑣遭到重擊暈倒在地，酒店保全人員火速展開救援；沒過多久，大批德國警察在這裏拉開封鎖線，救護車將傷者送往醫院，酒店緊急安置薛琳到另外一間套房，聯繫所有該聯絡的人。

「嚇死我了……發生了什麼事？老天……怎麼回事……」可憐薛琳無助的在房間裏用被子緊緊裹住自己，止不住地顫抖，淚水不曾停過，語無倫次問著毫無頭緒的問題——相信這也是所有人想知道的問題。

到底發生了什麼事？在場的沒人知道；事情發生的太快，也找不到任何目擊者。警察在酒店四周嚴密蒐查，附近的遊客繼續他們的行程，天空依舊藍得無憂無慮，在柏林。

聖・愛隆尼亞王朝
母星巡航支部星際暗角分隊第五監視班
月球監視巡航官日誌
登錄時人：王朝曆第六帝王年六八零一代
太平洋西岸區域巡航官「光色水晶・安波提耶・坎優」

正常，正常，都正常。
今日監控正常。
完畢。

＊　＊　＊　＊　＊　＊

地球紀元二〇××年十一月廿六日

※監控律法第三條，禁止降臨監控區域。奉上層命令之特定監控行為除外。

監控律法是為了約束監視巡航官特別制訂的新法。說是「新法」，卻也是五千萬年前頒布的遠古法律，神奇的是，五千萬年不曾修法，一個字都沒改。原因是「律臻完美，法難修矣」……極上層是低階如我的人無法理解的。

個人對修法不表意見，但是這條規定倒是讓我有些想法：降臨是怎麼個降臨法才叫做「降臨」？就我的理解，在公開場合接受謙卑的眾人盛大歡迎才是所謂降臨，若是悄悄降落無人知曉，構成「降臨」的條件就不成立了。我真是杜甫筆下的冰雪淨聰明呀！

自從那日以影像「神觸」了琳琳的髮絲，我的心便一日澎湃過一日，再難平復。後來許多次的影像交談，我們聊的多是關於我的事情，琳琳從不質疑，只當是故事來聽——也好，若要佐證還真為難，隊部的資料庫防護嚴密，必須經過層層關卡審核才可能取得，並非易事。琳琳不太聊關於她的事情，也許對我有戒心，不願敞開心扉。

「獨自一人在無聊的太空站，住了三千年……千年孤寂，想來都冷。你，沒有想念的親人或是……女朋友嗎？」一次普通對談中，琳琳發出了這樣的疑問。

「親人……我族每一個人都是另一個人的親人，不分彼此，我們是『群生』族群。」

「聽不懂。說白話。」

「我族『聖·愛隆尼亞王朝』，是由最崇偉的無極天尊聖祖太皇王上王女皇陛下統治，偉大的后王女皇會不斷誕下胚胎卵，再由女神官悉心照料到孵化；幼雛成熟後交付適合的單位養育，承襲該單位的職務，終生不渝。」一如我位階低下之人，是不該談論關於女皇的一切，但是因為是我的小不凡想知道，硬著頭皮都要說。

「女皇？產卵？你是說，你們像螞蟻、蜜蜂一樣？真的假的？」

「高度社會化才能孕育純粹忠誠的後裔，恆久維繫龐大的帝國運作，盡忠職守是我族榮譽的表現。」

「呃……所以你就像是軍人，要效忠女王？」

「某種程度來說，是。」
「所以，不服從就是恥辱？」
「基本上來說，是。」
「因此，違規犯法是人生的汙點？」
「琳琳小姐所言甚是。」聽到這裏，我心中發出了警號，琳琳如此的問話，必然有可疑。
「那麼，為了什麼原因，你要『屈辱』的不從法令、寧願『蒙羞』也要違規與我……交談？」
「這……這……」
琳琳用她無辜的大眼睛看著我，這個問題我並不想告訴她答案。她再三追問，我只好三緘其口，言多必失呀！
「幹嘛不說話？生氣了？」
「您不再追這個問題，可以恢復談話，立刻。」
「好吧！」琳琳躺在床鋪上，眼珠子轉呀轉，這個表情我見過，肯定不是想什麼正經事。
「水晶，你到底有沒有女朋友？」果然，那表情不出所料，就是頑皮。
「我族皆是女皇陛下的子民，無分彼此。在下於紫血寶龍星接受過七百年養成教育，古訓告誡我族人莫存私情，專心職志。在下從未有結交女朋友的意想，亦無必要。」
「所以說，你從沒跟女生聊天哈啦，我是唯一的一個？」
「在下與女性講師、同儕對談過，僅止於談論專業議題；對談如琳琳小姐一般，沒有。不過，哈啦是什麼意思？」
「水晶！真的是浪費了你這麼帥！居然沒有女生欣賞你，她們的眼睛還好嗎？該檢查視力了。」

「這……她們視力有無問題，在下無法得知。哈啦是什麼意思？」

「哈啦就是天南地北亂聊——水晶，我們是朋友對不對？」

「是，是朋友。」我又感到不安，這種開頭總令我不安。

「既然是朋友，那麼你老實說，你是把我當朋友還是女朋友？」

「這……在下對琳琳小姐是崇敬的景仰欽慕愛，但是也不敢踰越朋友的界線……」

「愛！你說『愛』?!」琳琳幾乎是整個人彈跳起來，眼睛閃著異樣的光芒。

琳琳忽然迸出這句話讓我十分惶恐，為了避免尷尬情況擴大，只能臨陣脫逃：「這個……琳琳小姐，在下身子不適，恐須中斷連線，非常抱歉！」

「水晶，你怎麼這樣？回答我！」

「琳琳小姐，原諒我！」

「水晶呆子，你這個懦夫！」

「再會！」

我逃離了連線，沒錯，用逃的。言多必失，我真多話！

其實，我又何必層層包裹住我對琳琳的愛？為何要封閉愛的出口？琳琳說的沒錯，我都已經敲開叛逆的裂縫，何須擔驚愛河的潰堤？看著琳琳這十幾年的成長，對琳琳的「愛」早已昇華到無法讚嘆的領域——這難以言喻的愛，並非言情小說裏的兒女情長，愛得純淨不願染塵，愛得深濃更顯澄澈！我的愛，地球人不會懂——我是說對於目前住在母星上的地球人而言，無法懂得（若是懂得，必如我族一般心美）。

既然不經意讓心聲脫口而出，心意也定定不移，實無迴避的必要！我決定不顧一切，要親自到地球與琳琳小姐見上一面。這是極為艱辛的決定，首要超重體訓鍛鍊體魄去承受地球的重力，接著是時時以過濾器呼吸，慢慢適應母星目前的大氣，光這兩件事就折磨得我不知折壽幾多——為了與琳琳見面，生死都置之度外，這點磨難痛楚算什麼？我不怕！

奇怪，我為何把自己搞得好像要慷慨赴義的荊軻？如此悲壯的情緒，是因愛而起，還是心跳過劇產生的影響？

我想，都有吧！或多或少。

計畫整整執行了一百零八天，身體狀態已然調適，期間同步利用補給船將製作傳送設備的材料偷渡進來，慢慢組裝，漫長等待著完工日的到來。

想到那段為愛建構一切的日子，很是甜蜜——雖然地球上的另一個人，渾然不知。那無妨，我知道我愛的是誰就好。

今日，有些甜得發膩，到此為止吧。晚安，母星；晚安，我的小不凡。

陸　災難的起源

「琳琳！我的心肝寶貝，妳有沒有怎麼樣？」

接到通知火速趕回的薛夫人，緊緊抱住驚嚇過度的薛琳，顧不得淚花了妝，兩人哭成一團。

「媽……媽……」薛琳說不出話，躲在薛夫人懷裏泣不成聲。

「就是為了壓驚才來柏林散心，怎麼還發生這種事……你們是怎麼搞的？」薛夫人氣憤的責問酒店經理，他不停躬身賠不是，透過翻譯告知德國警方正在調查，目前還不確定是否為攻擊事件。

「為表示我們最深的歉意，本飯店免費提供最好的客房給兩位貴賓入住，並全面提升安全警戒，希望您原諒我們這次的過失。」飯店經理謙卑的鞠躬，提出彌補辦法想挽回可能失去的大客戶。薛夫人當下也不知道哪裏是安全的地方，走出飯店可能更危險，勉為其難接受繼續住下的建議。

「感謝夫人的諒解，請隨我來。」

鬧騰了一下午，薛夫人母女倆安頓好，薛琳也恢復平靜，在房間接受德國警察的問話。上官詠晴此時剛好下課，趕到酒店才知道出事了，連忙上樓找薛琳，門前的飯店保全問清身分讓他進了房間，警察問完筆錄正要離開，他匆忙向薛夫人問安，急切地過來看顧著薛琳。

「琳琳，妳沒事吧？」

「我沒事，只是受了點驚嚇。」

「我到了這裏才知道出事，發生什麼事？」

「我也不清楚，就是有人破門闖入房間，然後跳窗跑了。」薛琳隱瞞了關於水晶的所有事情，就算說了，不知情的德國警方也會認為薛琳是在壓力下產生了幻覺——就讓他們以為是強盜案吧！

「柏林怎麼崩壞到這種地步？光天化日的，治安太敗壞了！」詠晴一邊安撫薛琳，一邊拿起手機撥打電話，他在柏林結交不少朋友，透過網路的力量尋找可能的嫌疑犯。可想而知，這是徒勞無功的，因為「犯人」根本不在地球上。朋友們迅速回報，論壇尋找沒有下落，至少獲得不是恐怖攻擊的結論，表示柏林市區是安全的。

詠晴握著薛琳的手，溫柔堅定的對著薛夫人說：「薛媽媽，我想這是偶發事件，看起來也不是針對琳琳，請您放心的住下來。」

「我嚇得心臟都快停了，前幾天琳琳才從鬼門關走一遭，現在又遇上這倒楣事兒，詠晴，你說我怎麼還有心情住下來？我都想馬上帶琳琳回台灣了。」薛夫人捏著一串佛珠，餘悸猶存地說出心裏話。

「琳琳，妳有什麼想法？」詠晴表情平靜的看著薛琳，堅定的眼神讓薛琳感到安心。

「詠晴說沒問題，我就留下來。千里迢迢的來到德國，就這麼回去也很可惜。」

「這趟來柏林也是為了妳安排的，妳要留下來，當然就依妳；那些已經安排的行程，如果覺得不妥，就取消吧。」薛夫人疼惜地看著薛琳，想到了一件事轉頭問詠晴：「對了，我聽說柏林有一座寺廟，是歐洲最早的佛寺，你知道在哪裏嗎？」

「您說的應該是佛瑙寺，Das Buddhistische Haus，離這裏有一段路。」

「我想帶琳琳去參拜，消消災厄去晦氣，詠晴你規劃一下。」

「沒問題，明天我學校請假，可以當嚮導。」

「有你在身邊，我就放心了。」薛夫人聽詠晴這樣說，終於甩開愁雲、笑逐顏開。

「那麼，晚上我們去Restaurant Bieberbau用餐，主要是為您接風，順便幫琳琳壓壓驚。」

「虧你想得周到，就聽你安排吧！」

薛琳此時小聲的對著薛夫人說：「媽咪，這件事，您千萬不要跟爹地說。」

「這麼大的事，要藏也藏不住，我不講，保鑣也會跟妳爹地回報。說到保鑣，那兩個人怎麼不見蹤影？」

「飯店的人說他們身受重傷，送醫院去了。」

「連保鑣都擋不住，真是駭人！幸好妳毫髮無傷，阿彌陀佛，真是不幸中的大幸。」薛夫人頂禮佛珠，不停念著佛號，詠晴對著薛琳指了指手錶，薛琳意會的攙起了薛夫人：「媽咪，時候不早了，我們跟詠晴去吃飯吧！」

他們三人享受一頓豪華豐盛的晚餐，詠晴很會炒氣氛，逗得薛夫人心情大好，多喝了兩杯紅酒便暈量醺醉，直說不勝酒力想歇息；薛夫人酒量其實沒這麼淺，是想讓他們小倆口多些時間獨處，自己這盞電燈泡能省就省，就先搭車回阿德隆酒店。

晚上七點過後的柏林街頭，許多商店都已經打烊，路上冷冷清清，與台北不夜城的熱鬧有著明顯的差異。詠晴和薛琳反正不是逛街，這樣閒適寧靜的散步，讓兩人依偎得更親密。

「本來想就近在酒店的餐廳吃晚飯，不過考慮了薛媽媽的心情，所以還是照原定計畫一趟路到這邊用餐，希望妳能明白。」詠晴帶著薛琳在柏林乾淨的街道上散步，並向她說些心裏的想法。

「詠晴，謝謝你。」薛琳抬頭看著詠晴，眼神是浸滿安全感的幸福光芒。

「謝什麼呢？妳媽咪就是我的媽咪，照顧好妳們是我的責任呀！」詠晴摟著薛琳的肩膀，用食指點了一下她的鼻尖。薛琳與詠晴這對顏值破表的儷人，走在無人的德國街上，依然釋放無限閃光能量。夜微寒的時候，詠晴召喚了接送車過來，要送薛琳回飯店。

「詠晴，你晚上不過來陪我嗎？」薛琳一臉無辜哀怨的小狗表情，模樣嬌俏得讓人憐惜不捨。

「琳琳，今晚我必須完成重要的作業，明天我整天都陪妳。」

薛琳無可奈何的與詠晴道別，悶悶不樂地坐車回到酒店。她下車後並沒有進到飯店，而是往巴黎廣場沒目標地亂走。夜晚的巴黎廣場燈光明耀，遊人三三兩兩，薛琳走到布蘭登堡門前，心中微微一震，心中若有所感地停下腳步，抬頭仰望——天空雖有皎潔明月，但薛琳不是為了月光而抬頭——布蘭登堡門上，有一對炯炯發亮卻受傷的眼神，與地上無辜單純的薛琳，四目相望。那絕對不是和平女神厄瑞涅的目光，而是隱身在女神雕像戰馬旁的一雙眼睛。

「是……你嗎？」看了一會兒，薛琳才幽幽輕聲說出這句話。

「琳……」微弱得幾乎無聲的空靈心語，在薛琳腦海響起。

「真的是你？你……你還好嗎？」薛琳千頭萬緒好多問題想問，不知從何問起，只吐出簡短的問候。

「在下受傷了……」

「傷得重嗎？要不要送你去醫院？」薛琳緊張得雙手握在胸前，不知所措的直跺腳。

「傷得不重，但是在下必須躲藏，追捕的人還在附近。」

「我現在沒有跟媽咪住一間，不然你躲到我房間去，躲多久都可以……」薛琳不加思索地說著，旋即後悔說出這些話：「呃……我的意思是，那裏很安全……」

「您肯幫忙真好，建築物是很好的隱蔽。」

「壞人還在嗎？如果不在，趁現在快走吧！」

「在下設好了局，對方已經中計去追誘餌，在他們發現之前，在下還有一些時間，只是不多。」一道人影從戰馬雕像後敏捷迅速地沿著巨大石柱攀爬下來，確定四周安全了才從暗處走出來：這正是薛琳看過的光色水晶，這一次不是投影的3D影像，而是活生生、真真實實的站在薛琳面前。

「琳琳小姐，真抱歉，讓您受驚嚇了。」光色水晶畢恭畢敬的左手撫胸、頷首致敬，這次他不是用心靈傳話，而是直接發聲。他深色緊身衣上有多處破損，甚至有血跡滲出。

「你比我想像的更高大，我的天……」薛琳往下看到他身上的傷口，驚訝得顧不得形象，伸手就要拉光色水晶去醫院。

「琳琳小姐，在下的身體若曝光，怕會惹來更大的風波。」水晶委婉的閃開薛琳的手，站開之後從滿是小口袋的腰帶抽出一個小機器，按了幾個鈕，發出一陣機械音，然後又收回腰帶裏。

「你在做什麼？」薛琳好奇的問著，不禮貌地盯著他的腰帶。

「這是避免身分曝光的干擾器，會讓感應範圍內任何地球記錄器失去作用。」

薛琳恍然大悟的拍了一下額頭，略為提高音量的說：「我知道了，那時候南宮說拍到的畫面都壞掉，那次是你，對不對？花蓮那次。」

「琳琳小姐，我們在這裏談話很危險，估計追捕者應當發現了——畢竟誘餌的速度有限。」

「那怎麼辦？」

「琳琳小姐可信得過在下？」

「都什麼時候了，還有什麼信不信的？」

「謝謝。在下想借您的浴室療傷與躲藏，不耽誤太久，天亮前就離開。」

「沒關係，慢慢來。不過，我門口有保安，你怎麼進去呢？」薛琳一臉苦惱，水晶可沒那功夫耽擱，邊走邊說：「只要您告知房號，進房後將窗戶打開，在下會從窗外爬進去——在下可不願再破窗一次。」

兩人在飯店前分道揚鑣，薛琳進到房間馬上打開窗，一陣清風拂面，光色水晶一個翻身竄進了房間，馬上緊閉窗戶，在窗櫺插了一根發出紅色閃光的針狀物。

「琳琳小姐請暫時不要靠近窗戶，那是防止入侵的防禦器，一旦觸動的瞬間電流足以讓人昏厥，請特別注意！」光色水晶把一切要注意的事情跟薛琳講上一遍，可是薛琳卻花癡的看著在柔和燈光下更顯俊俏的他，根本沒注意他講的是東還是西。

「總之，不要碰您不熟悉的物品。在下借您的浴室一用，請勿介意。」光色水晶也覺得薛琳聽得心不在焉，臉紅的草草結束對話、閃進了浴室，隔開薛琳那雙染了粉紅色素的眼神——薛琳畢竟還是個半大不小的姑娘，面對帥哥致命的吸引力忒是招架不住。

「我的天，世界上怎麼會有這麼帥的男生？而且就在我眼前……」薛琳抱著枕頭躺在床上，滿腦子胡思亂想，一點睡意也沒有；浴室裏有一絲動靜，她便側耳傾聽，這樣的她別說是睡著，連閉著眼睛都難。

「薛琳呀薛琳，妳在想什麼？」薛琳忽然清醒的坐起身來，敲敲自己的腦袋：「妳已經有男朋友，不要胡思亂想，不可以、不可以！」

「可是……他真的很紳士……不行不行！不可以見異思遷……好苦惱……」薛琳就這麼天人交戰的趴在床上輾轉反側，整整翻了個把鐘頭才漸漸的翻進夢鄉，即使睡著了還不停說著關於心戰的夢話。

在浴室裏，光色水晶把背包裏的醫療器具散放在盥洗檯上，他將緊身衣褪到腰際，坐在浴缸邊拿棉布擦拭血跡。他說傷勢不重是不想讓薛琳擔心，傷口其實相當深，他咬著牙忍痛抹上藥粉，還用特殊的釘槍縫合。處理完所有傷處，他屈腿躺進浴缸閉目養神，精神仍然保持警覺，防範那一夥人的突襲。

一夜平安無事，就在黎明時分，天空中劃過數道飛翔的軌跡，在巴黎廣場盤旋梭巡。光色水晶已然察覺，神情緊張地躲在窗邊掀開窗簾一角，緊盯著他們的一舉一動。

「你是誰？」薛琳半夢半醒的睜開惺忪雙眼，迷迷糊糊的問著。光色水晶聽到薛琳說話，快速跳到床邊比著要薛琳安靜的手勢。

「你……」薛琳頓時驚醒，摀住嘴巴，直盯盯看著光色水晶。他隨手拿起床頭櫃上的便條紙，寫著很標正的中文：

追捕者在外面，精神波交談會被發現。

薛琳揉了揉眼睛，接過筆來寫著：

多少人？怎麼辦？

有五人，正用偵察鳥查血跡，別擔心，已處理。

多久會走？

不一定，隨機應變。

你的字好漂亮。

習字千年，終於派上用場。

第一次寫字？

第一次筆談。
我也是第一次。
在下的榮幸。琳琳小姐應該多練練字，有些潦草。

薛琳瞪了光色水晶一眼，他用抱歉的神情繼續寫著：

這是實情，請您諒解。

薛琳沒好氣的進了浴室關上門，看到還沒收拾的醫療器具還有沾血的棉紗，微瞋略惱的心情馬上轉為心疼擔憂：流這麼多血，一定很痛，不知道他餓不餓？

她梳洗完畢走出浴室，光色水晶繼續躲在窗邊觀察，薛琳本能地壓低身體鴨步走過去，光色水晶示意她蹲在他身後，指了指窗外仍在盤旋的追捕者。約莫一刻鐘的光景，追捕者終於遠離，因為緊張而全身僵硬的兩人這才鬆懈下來，坐靠在窗邊，大口大口喘著氣。

「可以……說話了嗎？」薛琳小心翼翼的氣聲問著，光色水晶站起來，如釋重負的點點頭。

「拉我一下好嗎？」薛琳伸出手，光色水晶遲疑著，緩緩地說：「琳琳小姐，在下若碰觸您，是犯了極為嚴重的罪，請恕在下失禮！」

薛琳嘟著嘴把自己撐起來，怨嗔地啐了一口罵，拍拍衣服坐到沙發上。光色水晶默默將浴室收拾乾淨，揹上背包，出來向薛琳辭行。

「外面不是有人追你？現在離開很危險。」

「在下不想連累琳琳小姐，況且單人行動更有利躲藏。」

薛琳想不出讓他留下的理由，也只能眼巴巴看著他翻窗出去，然後落寞地鎖上窗子。光色水晶攀在牆外，按了腰帶上一個鈕，緩緩升高到屋頂，接著一陣加速，便飛得無蹤無影。

「……我是不是還在作夢？這不像是真的……」薛琳捏了捏手臂，的確會感到疼痛，她頹然坐到床邊，失魂落魄的想著光色水晶：萬一他被抓到，會不會從此就消失在我的世界裏？

薛琳愈想愈不甘心，她無法容忍這樣一個舉世無雙的朋友只見一面就再也不能相見；但是，如此殘忍的境地該如何避免？慌得六神無主的薛琳，第一個想到去求助的人不是詠晴，竟然是南宮靖：平常他鬼點子最多，找他幫忙說不定能想出辦法。薛琳不是沒想到詠晴，而是心裏有一絲絲愧疚，讓她不敢去找他想辦法；縱使沒有真的背叛詠晴，但是搖擺過的心情總是不安——青澀的愛情是淺根的苗，種下容易拔也不難！

薛琳打開筆電，馬上聯繫人在台灣的南宮靖，但是一直沒有回應。她想了想，輕拍一下額頭：「對喔！德國和台灣時差六個小時，南宮應該還在睡覺……該怎麼辦？」

薛琳坐在床上對著筆電發呆，左搜右尋就是想不出半樣對策，苦惱不已的她索性關掉電腦，進了浴室脫下衣物，扭開花灑讓熱熱的水從頭上淋下，白霧蒸氣在薛琳年輕的胴體邊氤氳騰騰，水珠不停滑出優美曲線在她無暇光嫩肌膚上，最後在地板磁磚濺起無數小王冠，潺潺淙淙。

沐浴過後的薛琳一身神清氣爽，但是腦袋裏依舊空空如也。她穿上浴袍坐在盥洗檯前擦乾頭髮，拿起護髮霜保養時，看到一枚奇特的戒指在檯子上，應是光色水晶離開時不慎遺落；薛琳故作不在意地拿起來看了看，又放回桌上，繼續護髮。沖完了水，坐回盥洗檯吹頭髮，看看鏡中的自己，又瞄一眼那個戒指，反反覆覆好幾回，她放下吹風機，拿起戒指仔細觀察：戒環是亮晃晃的光滑金屬製成，戒台鑲嵌的不是寶石，而是個蓮花狀的金質小碟，不像戒台倒像個迷你的碟型天線——這戒指似乎暗藏玄機。

薛琳隨手把戒指丟到茶几上，走到更衣間打開衣櫥，飯店人員已經把她所有的衣物都從總統套房移到這裏，一件不少。她換上價格不斐的巴爾曼破洞牛仔褲和貼身潮T，簡簡單單地讓傲人身材畢露。然後她的眼睛又掃到了茶几上，那假裝不在意卻十分掛心的戒指。

「這是做什麼用的呢？」

好奇心的驅使，讓她亟欲戴上這詭異的戒指，瞧瞧會發生什麼事。英國有句諺語：好奇殺死貓，或許能夠完美詮釋薛琳接下來所要做的事，以及後續所帶來的災難。

「戴上去看看吧！」

敵不過強烈的好奇心，薛琳把戒指慢慢套進左手無名指，原本超過薛琳纖細手指甚多的戒圍，十分神奇的自動縮緊，薛琳嚇得臉色一陣青一陣白，用手使勁地拔、連牙齒都用上了，戒指卻怎麼也拔不出來。

「慘了慘了！怎麼會這樣？怎麼辦？」薛琳急得團團轉，嚇出一身冷汗，她擠了一堆護手霜潤膚乳都徒勞無功，戒指宛如生了根紋風不動。狼狽的薛琳這才記起光色水晶說過：千萬不要碰不熟悉的物品。只是後悔晚矣！幸好戒指沒有緊陷傷肉，無計可施的她只能靜觀其變。

半個小時過去戒指沒有動靜，薛琳的恐懼慢慢和緩，略略整理好妝容服儀，便走出房間去找薛夫人。薛夫人昨夜雖然請了芳療師到房間按摩紓壓，還是睡得不甚安穩，天不亮就醒來，早早便在房間讀經，薛琳過來找她的時候，剛好讀完一部經書，於是吩咐酒店將備好的餐點送到，母女倆在房裏共進早餐。

「琳琳，妳手上什麼時候多了那枚戒指？我都沒看過。」薛夫人眼尖，一下就看到薛琳不一樣的地方。

「這個沒什麼，路邊攤買好玩的。」薛琳心一緊，立刻縮起手藏到桌下——欲蓋彌彰的動作讓薛夫人笑了一下，然後說：「路邊攤的東西很多騙人的，要留意別讓『心』也給騙走。」

「媽咪，您說哪兒去了？」

「到哪兒都要記得媽說的話，妳很單純，外面花花世界難保接近的人是不是好人……」

「媽咪！」薛琳欺身蹭到薛夫人懷裏，撒嬌的說：「我知道，您是為我好……這個不是您想的那樣，真的，我很聰明，不會被騙的，您放心。」

「妳懂就好，那我就放心了。」

兩人愉快的吃完早餐，飯店報說詠晴已經在大廳等待，如前所約要陪著薛夫人去參拜佛寺，再去幾個地方走走。三人坐上加長型林肯豪華禮車，配上前導車、後衛車一起出發，薛琳正覺納悶，薛夫人才慢慢解釋：「昨晚思前忖後，昨天的事若瞞著妳爹地，事後他知道了肯定大發雷霆，所以我就全說了。妳爹地覺得兩名保鑣太少，所以就多請了兩車，安全最重要。」

「兩車……媽咪，會不會太誇張？兩個我都嫌多了……」薛琳無奈，雙手交叉胸前、嘟著嘴巴生悶氣。

「這是妳爹地連夜透過種種管道的安排，他也是關心妳嘛！」

「琳琳，真羨慕妳有這麼好的爸爸，哪像我爸，還讓我在這裏打工賺生活費，簡直是被放生一般的自由。」詠晴幸災樂禍的在旁邊打趣薛琳，惱得薛琳跟他鬧起嘴來。

「你們兩個就別吵了，都這麼大了，怎麼還跟個孩子似的……」

「誰要他不幫腔就算了，還取笑我……」

「我是說真的嘛！薛爸爸真的很為妳好……」

「你還說？媽咪……」

「阿彌陀佛，我管不了了。」

他們就這麼笑鬧之中，離開了飯店。

清新的早晨天空，一顆棒球大小的飛行物由遠而近飛過來，緊緊跟在薛琳座車後面。那是光色水晶用來監控薛琳的「琳星子」——編號七八五的監控星子，為何原本在台灣上空監控的它會出現在柏林？又為何它會在薛琳車後緊追不捨？看來，好奇殺死貓的結果就要一一浮現了。

柏林的花，在陽光下無辜的綻放著；柏林的雲，在藍天上慵懶的滑行著。

聖·愛隆尼亞王朝
母星巡航支部星際暗角分隊第五監視班
月球監視巡航官日誌
登錄時人：王朝曆第六帝王年六八零一代
太平洋西岸區域巡航官「光色水晶·安波提耶·坎優」
海洋正常，陸地正常，天空正常。
今日監控完全正常。
完畢。

* * * * * *

地球紀元二〇××年十二月四日

經過一段時間訓練，我的身體可以負荷母星的重力，也能順暢呼吸，到了可以進行傳送實驗的階段。那天趁著日夜監控交替的休息時間，先將接收器射到琳琳家附近隱密處，建立一道小型折空間通道，然後穿好裝備，鑽進傳送器，將自己射出監控船、順著折空間通道直奔接收器。當我成功降落、第一次踏上母星的土地，心中激動萬分，不禁潸然淚下……當然，快快收起感動，我必須把握時間找到琳琳家，從外太空俯瞰和在地面行走是截然不同的，崎嶇的山林加上超出想像的重力讓我吃足苦頭，不得不中途折返，此次只能以放棄收場。

失敗才能獲得改變的機會。

汲取一次又一次失敗經驗，調整再調整，讓我找到可以縮短傳送時間、精確到達目的地，減輕不適的方法——我真是冰雪到一個不行的聰明，確然是。

為了不讓「忽然出現事件」重演，這回我預告了出現的時間給琳琳，讓她有心理準備。

「你不是跟我開玩笑吧？你認真？」

「在下確實是要親自出現在琳琳小姐眼前，不虛假。」

「那……我們要去哪裏？吃飯還是看電影？還是……」琳琳顯得有些驚慌，雙手反覆挽動束在同一邊的長髮，眼睛眨巴眨巴的眨不停。

「琳琳小姐，在下未曾參與過地球的社交活動，只怕……不方便。」看過千年的人類生活，但也只是旁觀，真要我去實際體會，總是怯生擔怕。

「不然……總要做些什麼……做什麼好呢？」

「琳琳小姐，在下並未有與您見面談話以外的想法，您不必費心傷神。」

「我可不這樣想，我還想找同學讓他們也和你見面……」

「琳琳小姐，萬萬不可！」這句話澈底讓我震驚，急忙阻止琳琳繼續說下去。

「為什麼不行？」

「在下與琳琳小姐見面已是失職，千萬不可再讓第三人知道，否則一旦曝光，在下罪惡之重，被捕之後勢必萬劫不復！」

「這麼嚴重？被抓到會怎樣？」

我族的律法會明列禁止事項，亦會與時俱進的增新刪廢，因此，有些上億年歷史的太古法律，光是法條頒布書就多到要蓋近百層的高塔收藏。我族法律最大的特點是，罪人遭到逮捕之後，會押解到神法宮等候審判，神權法官團若判決有罪，罪人必須依判決自行裁定罪己刑度，隨後就被遞解出宮、返鄉受刑——聖．愛隆尼亞王朝沒有監獄。

「什麼？自己訂定刑期長短？這樣不就天下大亂？」

「我族是高度社會化族群，罪人若是罪己刑度不符社會共識，將會被眾人唾棄，排擠到最底層苟活殘生，悲慘至極！犯法已經沒臉，再做出更羞恥的事，我族斷然不會。」榮譽感是維繫帝國的關鍵，一旦「自私無恥」病毒擴散，帝國很快就會分崩離析、澈底瓦解！

「是喔！那你有沒有因為犯罪被抓過？」

「目前為止，沒有。爾後，很難說。」為了琳琳犯了罪……這一點我已經覺悟，可是我不後悔，也不畏懼。

「這樣，那麼……」琳琳又透出令我不安的表情，對著我悄聲問：「可是男生和女生關在房間裏獨處，不是很怪？」

「琳琳小姐，在下絕對不會做出傷害您的事情，以帝國榮譽感為證。」

「問題是我有男朋友，這樣對他……不太好。」

我似乎明白了琳琳的點。她青梅竹馬的男朋友名叫上官詠晴，感情發展穩定，雙方父母也都認同彼此，門當戶對郎才女貌，是一對羨煞天下人的情侶。嚴格來說，我的影像出現在琳琳房間，並不算與琳琳獨處；若是本人現身，確然有瓜田李下之嫌。雖然我族人並無有這方面的狀況，但入了地球境，當隨地球俗，也該顧慮琳琳的立場。我問她怎麼做比較妥當，她說最好的方式就是：我以地球人裝束和她的友人一起約在公共場所見面，保鑣不會起疑也能避免不必要的困擾，可謂一舉兩得。當時我就存疑，真的可行嗎？

「相信我，這樣比較妥當。」

「既然琳琳小姐堅持，那就依您。」

基於對琳琳的愛，勉強接受她的安排。結束視訊之後，就開始製作琳琳指定的服裝與配件，甚至連髮型她都替我想好。生命中第一次改變髮型、脫下制服，想到是為了琳琳我的小不凡，不知怎的就是心中一陣甜、嘴邊一抹笑。

到了約定之日，將琳琳要求的服飾穿戴整齊、髮型整理好，直接傳送到新店溪下游隱密的草叢處，卻意外遭遇幾條野狗齜牙咧嘴的狂吠，我摸摸腰際，竟然忘記配戴防身武器，只能運用神力嚇阻牠們。野狗雖然夾著尾巴逃跑，我也耗費不少心神，走在往碧潭的路上，格外艱辛。許是心神耗弱，我暈了頭、走岔了路，不小心走到車水馬龍的大馬路；行人對我投以異樣的眼光，讓我更加慌亂！走在鳥瞰了千年卻完全陌生的城市中，迷走的我不知所措，混濁的空氣、嘈鬧的噪音、熏臭的氣味、炫目的雜光……我感到噁心，噁心到想吐……當我扶著騎樓的廊柱快要暈厥的時候，一輛警車停下來，一位制服女警員過來就攙扶我：「先生，你還好嗎？要不要叫救護車？」

真是哭笑不得！回到母星第一位接觸的人不是夢寐以求的琳琳，而是不認識的警察！為了不讓沮喪襲滿全身，強打起精神跟女警說了第一句話：「請問碧潭在下如何走？」

警員很熱心，眼睛充滿光芒地說得詳細，謝過她之後，便沿著北新路往碧潭緩步走去。方向迷亂的我，憑著印象尋思約定的店家，歷經一番折騰、遲到約莫一刻鐘，終於見到朝思暮想、摯愛猶深的琳琳：她坐在戶外的座位上東張西望，遠遠瞧見了我便快步迎上前，走了幾步又停下來，站在原地等我過去。她的兩位女性朋友表情驚訝，保鑣上前阻擋我的去路，經過琳琳說明他們才退下。我深吸一口氣，走到琳琳跟前，對她說：「琳琳小姐，您好，在下光色水晶，第一次見面，請多多指教。」

「您好，我是薛琳，請多多指教……」聽得出來她在顫抖，她抬頭看了我一眼，又低下頭去，手背在身後，用鞋尖踢著地面。

「很抱歉來晚了，對地球不熟悉迷路，請原諒在下。」

「我錯了……」

「琳琳小姐，錯在在下，您沒有錯。」

「想說在人多的地方比較不會被注意……我錯了，現在全碧潭都在注視你。」

從我看到路上的人開始，我已經感受到極強烈的視線風暴。琳琳催促我快快入席，她要介紹朋友給我認識。我剛剛坐下，這兩位與琳琳年齡相仿的女孩，便爭著介紹自己，頭昏的我聽得都懵了，只好虛應過去。我向侍者要了兩杯冰水一飲而盡，才稍稍降低過燙的體溫——我族沒有汗腺，不能如地球人一般流汗降溫。

「水晶，你還好嗎？」琳琳約略是察覺我的不適，關心的問著。

「我好多了，現在。」

我主要是想跟琳琳交談，但是她那兩位如雀鳥般嘈鬧不休的朋友總是插著話，讓我感到不悅。琳琳問我要吃些什麼？我這才發現，點餐這件事對我是全然陌生，從未嚐過的食物要抉擇也很為難。琳琳似乎知道我的難處，貼心幫我解了圍，點一份黑醋栗水果冰茶，以及一份赤道陽光烤鬆餅，琳琳說這是不錯的下午茶搭配。地球的冰茶味道普通，但是烤鬆餅卻讓我味蕾與眼睛都發亮，我愛這味道，微微焦香的鬆餅和冰淇淋一起吃，我很喜歡，低著頭很快吃完了一份，當我抬頭想問琳琳可否再來一份，才發現她們三人用很奇異的眼神看著我。

「各位小姐，怎麼了？是不是在下做了不妥之事？」

「水晶，你好可愛喔！我從沒看過男生吃鬆餅吃得這麼專心，而且一口氣吃完，都沒看我們一眼，有這麼好吃嗎？」其中一位名叫「筱詩」的女孩，笑得眼睛瞇成一條線，對我講著話；另一位「晨嵐」則接著說：「對呀！吃得超忘我，還是第一次看到有男生喜歡甜食……琳琳，他現在念哪一間大學？」

「妳們別嚇到他了，他對地球……不，他對台北不熟，剛從國外回來。」琳琳不等我開口，急著搶白——怕是擔心我多說多錯吧！

話匣子一開，生也聊到熟。這次聚會我抱著學習的心態，認真聽、認真記，也認真吃喝——原以為烤鬆餅已是美味，不想琳琳點上的惡魔巧克力蛋糕，更是驚艷！正納悶為何食物要以惡魔為名？琳琳不解釋只催促我吃上一口，入口瞬間我才恍然大悟：用眼觀察千年不若親嚐一口，果然是會引人犯罪的味道！

這輩子我確然離不開巧克力了——不止美味，更因為琳琳也對巧克力無法自拔，身為我的小不凡的粉絲團團長，當然要愛琳琳所愛。

這一次聚會收穫頗多，也得到極大的震撼——對母星上的人類有了新的觀感。近晚時分，琳琳還想留我繼續下一攤，但我對地球的環境還是無法適應，再不捨也得離開。臨走的時候，筱詩和晨嵐硬是抓著我要與她們合照，我當然爽快答應——我已經開啟反曝光裝置，只要偵測到數位攝錄器材對準我拍攝，都會被反曝光訊號植入破壞碼，一小時之後所有影像都將被破壞得無法辨認。

「琳琳小姐和兩位小姐，在下必須告辭了。」

「我們下次還會見面嗎？」琳琳眼睛蒙著一層霧，另外兩個女孩忙著在臉書打卡發動態——這是沒用的，破壞碼會附著所有的訊號消滅拍到我的影音檔案。

「在下相信，必然還會再見面的——很快。」

「真的嗎？我召喚的時候你會出現嗎？」

「自然是，影像傳輸是容易的——對比親自降臨地球來說。」

「那就好。」

當肺臟快要燻焦、到達炸裂的臨界點，我就決然起身離去——真的很捨不得離開！我怕回首顧盼會動搖心志，頭也不回的一口氣奔回傳送點，返回監控站——我的替身很盡責的坐在螢幕前，飄呀飄，如同我飄飄然的心，飄呀飄。

我現在的狀況也是飄呀飄，想到那日的初見，雖然是強做鎮定，其實我的心從頭到尾都哽在喉嚨、快跳出嘴巴似的狂鼓，若心跳慢一些，些許能夠多留一些時間，可我第一回面對真實在眼前的琳琳，要不狂躁也不可能——於是我有了新課題，學著控制心跳。

我控制得很好。不過，我現在有點燥熱，該取些宇宙冰來降溫——想到琳琳，我就發燙得頭暈，該休息了。

晚安，我的小不凡，我的琳琳。

柒　驚恐的總和

一大早薛琳一行人參拜了古老的佛瑙寺，結束後慢慢走回車上，討論著所見所聞：「媽咪，這佛寺跟台灣好不一樣。」

「東西方確實差異很大，所謂百聞不如一見，今天也算是開了眼界，阿彌陀佛。」薛夫人雙手合十，閉上眼睛，回味著異國佛寺帶給她的新靜之美。

「佛瑙寺的規格還算是比較合乎佛教的規制，新蓋的廟宇甚至外表就是現代建築，完全看不出佛寺的味道。」熟悉柏林的詠晴，說起當地事物是頭頭是道，薛夫人聽得是頻頻點頭。

車內談得熱烈，車外也展開一場無聲的追逐。追捕光色水晶的神祕人，偵測到琳星子的跨區訊號，如同獵狗一般迅疾追至；沒有生命的琳星子只會依設定做動作，亦步亦趨地跟著渾然不知即將大難臨頭的薛琳。

「詠晴，接著要去哪裏？」

薛琳話音剛落，車外突然數道強烈光束擊中右前輪，車子頓時向右偏移，駕駛一驚拚命抓緊方向盤，無奈另一波光束攻擊又擊破一顆輪胎，在慘叫聲中禮車失控側翻，滑行幾十公尺才停下來；禍不單行，禮車翻覆時油箱破裂，滑行的火花瞬間引燃漏油，情況萬分危急。保鑣們立刻跳下車，冒著隨時會爆炸的危險、奮不顧身衝上前想打開車門，但是車門變形打不開，一名保鑣當機立斷以破窗尾蓋敲破車窗，千鈞一髮之際搶救出受困的人並拚命拖往人行道；說時遲那時快，翻覆的禮車瞬間爆炸，保鑣紛紛抱緊主人、以肉身擋住強烈震波和亂飛的碎片，豪華禮車被熊熊火焰吞噬，燒成一堆廢鐵。

「這是怎麼回事？」

整個事件發生的太突然、過程太快速，薛琳和薛夫人渾身發抖的抱著保鑣，腦子一片空白。

「是恐怖攻擊嗎？」詠晴很快的整理情緒，站起來看看四周，指揮保鑣護送薛琳母女上另一輛車，他隔著車窗對著驚魂未定的薛琳說：「這件事情非同小可，妳們快回飯店去，我留下來善後……」

「詠晴，我真的受不了了……好恐怖……」薛琳泣不成聲，淚水爬滿她飽受驚嚇的臉龐。薛夫人手裏捏著佛珠，不停念著法號——她們再次的嚇壞了。

「琳琳，相信我，我一定會找出答案。一有消息我就電話通知妳。」詠晴拍拍車頂，目送她們離開車禍現場。不久之後，消防車撲滅了火勢，救護車載走受傷的保鑣，詠情和警員簡述事發經過，隨後坐上警車跟著離開。

火燒車事件落幕，但是引起事端的追逐還在繼續。原本追捕者攻擊的對象就不是薛琳，而是緊跟在薛琳上頭的琳星子，這琳星子經過光色水晶多次的改裝，改良原先拙劣的設計，改造成性能優異的超級星子，閃躲能力一流，反制攻擊也有獨到的技術，才讓掉以輕心的追捕者流彈誤擊輪胎，造成車禍，純屬意外。但是，琳星子異常的行為引起了追捕者的注意——這監控星子怎麼會追著一輛不相干的地球車輛跑？

薛琳縮成一團抱著薛夫人，還是止不住顫抖。德國保鑣一直講著手機，語氣激動，他們從未遇到這麼驚險的場面，畢竟是民間的保全人員。當他講完電話，轉過身來用生硬的華語對薛夫人報告狀況，說明飯店已經做好安全的接人準備。

「我不管安不安全，我要回台灣，馬上！」薛夫人頭髮散亂、渾身汙痕，狼狽至極，完全失去貴婦人的樣貌，她也顧不得形象，淚汪汪的喊著要離開柏林。

「我也是一刻都不能待下去，我要和我媽咪回去……」

總是薛琳話沒講完的時候，出了亂。一道光束穿透車頂、擦過保鑣膝蓋，再破開車底、貫穿柏油路面，大家還沒反應過來，另一道光束擊中引擎蓋，當場冒出大量濃煙，司機看不到前方的路只好趕緊靠邊停車，並把薛氏母女帶到附近店家請求協助，等待警方馳援保護她們的安全。

「這是怎麼一回事？我快要崩潰了……」薛琳坐在店裏，緊抓著水杯，淚水沒有斷過。薛夫人癱坐一旁，不發一語，盯著眼前的水杯發愣。

「我要回家，我不管，我現在就要回家！」薛琳情緒失控，哭鬧著就要往外衝，保鑣們抱著她好說歹說才稍稍聽勸坐回座位。

「小姐，來了警察，妳們會安全。放心。」會說一些華語的德國保鑣，努力地擠出僅知的詞彙安慰薛琳。薛夫人輕輕拍了拍薛琳的手臂，要她耐心等候救援。

「為什麼好端端的會惹來一連串的攻擊？我們又沒得罪誰……」薛琳正抱怨著，她的手機響了，有一通LINE的通話等她接聽，是南宮靖打來的，薛琳趕緊接了起來，直接跳過寒暄問安的客套，急著把這兩天在柏林發生的事情一股腦兒跟南宮靖倒個澈底，聽得他一頭霧水、丈二金剛摸不著頭。

「薛琳，先別急，訊息量好大我來不及消化，妳慢點說。」薛琳這下才緩了緩口氣，一件接一件娓娓道來。南宮靖聽完先是一陣沉默，然後發出慣有的浮誇驚聲：「太正了！這事情真的太正了！薛琳，沒想到居然讓你碰上如此神祕的事件，正！」

「南宮靖，你有沒有人性？我和我媽差點死掉，你還在說風涼話？」

「不是這樣，妳別誤會。我的意思是，身為妳的朋友責無旁貸，絕對要幫妳找原因、找線索，我迫不及待要去解開謎團——這是在德國發生貨真價實的神祕事件，說不定跟人在柏林的詠晴有關！」南宮靖說得激昂，薛琳卻是一肚子冷。

「你扯太遠了，詠晴已經去柏林警局了解狀況，他定會查個水落石出。不過我們還沒聯絡上，他還不知道我們再度遭到攻擊的事。」

「薛琳，妳有沒有覺得兩次攻擊有可能是巧合，或是意外造成？」

「南宮，我非常確定這是針對我們！兩次都是旁邊一堆車沒事，直接打中我們的車，說是巧合很難說服我。」

「妳有看到兇手用什麼武器嗎？」

「沒有，只看到像雷射的光束到處亂飛……」

「雷射光？這更神祕了！薛琳，妳是不是偷了德國的超機密文件，所以被祕密警察追殺？還是妳在德國有樹敵？」

「南宮，你瘋了嗎？我只來過德國三次，半個德國朋友都沒有，怎麼可能樹敵？還偷了機密……你不要瞎攪和了啦！你還是繼續研究外星人好了。」薛琳雖然對這個無厘頭的南宮靖啼笑皆非，不過也是他的幼稚言行讓她的恐懼感平緩了一大半。

「是喔！可是這麼高科技武器都出現了，接下來發生再離譜的事情，應該也是合情合理。」

「拜託別再有事發生了，我真的快要瘋了。」薛琳紛雜的腦海不停思索如何理清這一切，每一個片段、每一件線索、每一個畫面，想著想著，她想到了光色水晶：他的傷還沒痊癒，他現在還好嗎？

「南宮，假如……我是說『假如』……我說這件事情是外星人幹的，你會相信嗎？」

「我相信，我當然相信！」南宮靖聲音突然提高了八度，興奮不已的說：「那我就能參與這史上頭一遭的外星人真實攻擊事件，成為全球頭條！想起來就爽快。」

「你只想到成名。算了，當我沒問。我現在不太能思考，晚點再說吧。」

「薛琳，我才不是這樣，我主要是想幫妳找出真兇，成名只是順帶的紅利。」

「你那點小心思，我明白得很，不解釋。」

「薛琳，話不是這麼說……讓我參與這件事吧！我一定盡全力幫妳，我發誓。」

「發誓就省了。總之，謝謝你打電話來，掛了。」

薛琳掛斷電話之後，和薛夫人安慰著彼此、慶幸撿回一條命，薛夫人直呼菩薩保佑，還誓願回台灣之後要辦桌酬神還願。

「媽咪，能不能聯絡爹地安排我們馬上回家？」

「剛剛聯絡到祕書，說妳爹地去看越南的工廠，已經派人去傳話，很快就會回電。我也想早點回台灣，我們大概跟這裏犯沖，一來就接連出事。」薛夫人拿起佛珠頂禮，攤開絲絨布面鑲金絲的奢華版精裝佛經，低聲念著經文。

「警察怎麼還沒來？都等這麼久了……」所謂禍事如海浪、一波一波來，琳星子逃了半天，竟然又跟到了薛琳身邊，瘋狂攻擊再度上演。追捕者的光砲對著琳星子密集發射，好幾次幾乎擊中，幸而都靈活閃躲逃開；星子會閃，但是房子不會閃，店家的大片窗玻璃在光砲掃射下，應聲碎裂，無數碎玻璃到處飛濺。保鑣反應極快，馬上撲過來保護薛琳和薛夫人，把她們帶進吧台裏面，靠窗的座位被打得千瘡百孔，家具被轟得稀巴爛，無一完整。

「快來人呀……救命呀……」薛夫人和躲在吧台裏的保鑣嚇得面無血色，嘶聲呼救；這一喊，讓薛琳急中生智，張口對窗大喊：「水晶！水晶！快來救我！」

攻擊嘎然而止，他們面面相覷，正以為薛琳這一喊有效而放鬆的時候，琳星子竟然飄進了吧台，停在薛琳頭頂上，大家先是一愣，等意會到不尋常，驚嚇得齊聲尖叫。追捕者大概急了，竟然不怕身分曝光、大步衝進店家毫不留情的開槍濫射，琳星子東躲西閃就是逃不出店外，倒楣的店家裝潢被轟成了蜂窩。薛琳灰頭土臉趴在地板上，她想知道外面的情況，蹭到吧台邊緣往外看：兩個戴著頭盔、一身銀亮、包得密不透風的高個子，雙手套著槍械，對著琳星子不停開槍，槍管裏射出的不是子彈而是光束，只聽到器物被轟爛的聲音，完全聽不到槍爆聲。

「原來不是針對我們，是要打那個會飛的棒球……但是，那顆蛋頭怎麼會在這裏出現？」薛琳確認自己不是追殺的目標，便緩緩的匍匐爬行企圖逃走。此舉可把保鑣和薛夫人嚇壞了，不斷用壓抑的音量阻止薛琳做傻事，她回頭對他們比出ＯＫ的手勢，趁著一個空檔起身飛奔、奪門而出。追捕者當然不在意薛琳的舉動，但是琳星子快速跟著薛琳卻讓他們也掉轉頭追出去，那畫面就像是薛琳被追殺一般，嚇得狂奔的薛琳一路尖叫呼救。

「你們還愣著幹什麼？快去救小姐！」眼睜睜看著薛琳被追殺，薛夫人氣急敗壞的哭喊，保鑣們這才跳出吧台、追將前去。

「為什麼蛋頭要跟著我？為什麼？救命呀……」薛琳在陌生的路上亂跑，時而躲進巷弄、時而鑽出街路，幸虧目標不是她，不然追捕者的腳程輕易就能逮到她——薛琳該擔心的不是被抓到，而是被不長眼的光束誤傷。跑過幾條街，薛琳的小腿抽痛得再也跑不動，在一條小巷裏雙腿一軟、摔坐下來，琳星子從她面前呼嘯而過，追捕者半跑半飛的追上來，薛琳累得已經放棄抵抗、把頭埋進雙手：「我不管了！隨便你們了！」

追捕者急剎住腳步在薛琳面前停下，用非常奇特的語言交談，還不停指著天空，最後兩人一起看向薛琳，薛琳閉眼聽著沒動靜，大膽地抬起頭，用她無辜清亮的美麗眸子瞧著這兩個凶神惡煞，現場頓時陷入一片沉默。

「這兩個是何方神聖？」

薛琳心中暗忖還來不及問，忽然一聲疾響，琳星子從空中閃爍驚人的電氣流筆直垂降，追捕者冷不防遭到琳星子偷襲，一傢伙撞破了頭盔，還被高壓電擊得渾身冒煙，兩人悶哼一聲當即倒地不起。這是琳星子最終的一擊，瞬間電流攻擊讓它電力耗盡、應聲墜地，彈滾到薛琳腳邊才停下。

「蛋頭……蛋頭救了我……」薛琳害怕琳星子上有餘電，輕輕將救命恩蛋踢開。她掙扎起身，奮力繞過那兩個生死未卜的追捕者，正猶豫要不要將琳星子帶走，光色水晶此刻竟然無聲無息地飄然降落在薛琳身邊：「琳琳小姐，抱歉在下來晚了。」

「嚇我一跳！水晶，你怎麼現在才出現？這兩個太空人一直不放過我，幸好這顆蛋頭救了我，只是，它現在不會動了……壞了……怎麼辦？我剛剛有呼喚你，你跑哪裏去了？我都快嚇死了……嗚……」薛琳驚魂未甫劈哩啪啦講了一串，說著說著竟哽咽說不下去。

「我聽到您的呼喚就火速趕來，只是要甩掉另一追捕隊，耽誤了。真的很抱歉！」光色水晶原本已經破損的衣服，多了更多道裂口，顯然是經歷了激烈打鬥所致。他過來卸除追捕者的武器裝備，東西上肩再撿起琳星子，讓薛琳跟他一起離開。

「就放著這兩個太空人不管嗎？會不會出事？」薛琳的擔憂不無道理，畢竟他們沒傷害到她，丟棄在暗巷裏保不齊會發生危險。

「別擔心，這種程度電擊，約莫五分鐘之內會甦醒，快趁此時離開。」

「可是……」

「別可是了，事不宜遲，等他們引來大批追兵就為時晚矣！」

「好吧！那要逃去哪裏？」

這問題問得光色水晶當場愣住，他還真沒計畫該躲去何處；身上的反重力飛行器雖能負重一百五十公斤，但他的裝備就已經重達五十公斤，讓光色水晶面露難色。站在原地發愁也不是辦法，兩人快步走出巷外，看到一輛空計程車開來薛琳立即招停上車，薛琳拿出飯店的名片給司機，想想先回阿德隆酒店再做打算。薛琳在途中聯繫上薛夫人，她聽到薛琳的聲音不禁喜極而泣，泣不成聲地說她在警方護送下先行回到飯店，薛琳涕淚中簡單說了他現時的狀況，薛夫人囑咐幾句，這才掛上電話。

「水晶，我跟我媽說是你救了我，她想要當面謝謝你。」薛琳拿出手帕拭淚，模樣楚楚可憐。

「琳琳小姐，在下與其他人見面多有不妥，在下不該叨擾更多。」

「水晶，你身上又多了好多傷口，看起來很嚴重，有地方療傷嗎？」

「這……」光色水晶低頭無語，蹙眉撫傷，有些衣服裂口還隱隱滲著血。薛琳看出他的為難，突發奇想的說：「你比我的保鑣還厲害……不然，我求我媽讓她答應你當我的保鑣，好不好？」

「這……怕是不妥更多。」

「敢問大俠，有何不妥？」薛琳不改抓狹個性，頑皮的對著光色水晶打恭作揖。

「在下已身犯多條罪名，若又如此，則罪上加罪、監禁千年怕也難銷罪責！……不過，您為何稱呼在下大俠？」

「那個……算了，當我沒說。」面對不懂地球人幽默的外星人，薛琳訕訕的轉回正題：「我覺得你先把傷養好，傷兵怎麼作戰？對不對？」

「在下無意與我族同胞對戰，只因他們咄咄逼人，不得不抵抗……」
「你太善良了，那幫人個個想置你於死地，你還想以德報怨、對殺手慈悲，太傻了！」
「琳琳小姐，此言差矣！想我族有億萬年光榮傳統，個人死生……」
薛琳隱約感到一篇慷慨激昂的長河大論即將發表，立即打斷他的話：「停停停！你先不要管億萬年的傳統，眼下這一關你要怎麼過？」
「這……依您看，眼下該如何過這一關？」
「眼下我不知道，我只知道飯店到了。你要不要照我說的做？」
飯店門衛過來開車門，認出乘客是薛琳，在門口部署的武裝警察一擁而上，請下薛琳並光色水晶，打發了計程車司機便將他們帶進飯店房間，高規格的大陣仗，讓飯店賓客無不側目。
「水晶，這下子你不願意也不行，隨機應變吧！」薛琳在警方重重包圍中，緩步進了電梯，低聲提醒著；光色水晶站在左側，沒有答話，眉頭深鎖，一手抱著琳星子、一手悄悄按下腰帶上某個機器的按鈕。這群德國警察相當魁梧，高大的光色水晶站在武裝警察中，依然顯得突出；薛琳彷彿置身大人國，頓時覺得自己變得嬌小。薛琳側過臉偷看著光色水晶，方才情況混亂時沒有心情看，現在細細端詳著皺眉的他，更是鬱美，愈看愈感嘆：這麼帥卻是個外星人，忒是可惜了！
電梯門打開，警察推推搡搡把薛琳和光色水晶讓進了房間，她忿忿然地將粗暴的警察鎖在門外，一轉身看到薛夫人立刻上前相擁而泣，母女倆坐下來哭訴著驚險獲救的經過，講著講著薛夫人才發現房內站著一個高大的男人，一邊擦拭眼淚一邊問道：「抱歉，是你救了我們家薛琳嗎？您請坐，我該好好謝謝您的。」
「尊貴的夫人，相助不平乃係人之當為，無足掛齒。」

「原來還是講華語的同鄉，你長得不只俊俏，還這麼謙虛，像你這樣的年輕人太罕見了。」

「尊貴的夫人，您過誇了，在下受寵若驚……」

薛夫人和光色水晶你一言我一語的客套往來，講了好一會兒仍方興未艾；堅持站著講話的光色水晶，讓坐著的薛琳抱怨仰頭說話脖子痠，他才勉為其難的坐下。薛夫人發現他坐下時表情有異，戴起老花眼鏡定睛一看之後大吃一驚：「我的老天，你這一身傷是怎麼了？要不要緊？」

「不礙事，皮肉傷……」光色水晶還沒講完便疼得咬牙，腰腿上的傷口滲出大片血漬，難怪他不想坐下來。

「媽咪，他都是為了救我才受這麼重的傷……」薛琳淚眼汪汪講著，讓薛夫人心疼得拿起佛珠頻念法號，急切切對著薛琳說：「都怪我粗心，沒看出他傷得如此重——快請醫生來。」

「夫人且慢！」光色水晶痛得不得不站起來，阻止薛琳叫醫生。

「傷成這樣還不看醫生，難道你不信任德國的醫生？」

「在下體質特殊，他人難醫；懇求慷慨的夫人借浴室一用，容在下自行療傷，不勞外人。」

「既然你有苦衷，當然沒問題；不過我很意外，你會自己療傷……」

「媽咪，他是很祕密的祕密情報局的……祕密情報員，身分不能曝光，所以才能從壞人手裏把我救出來——媽咪，讓他自己來吧！」薛琳跳出來幫光色水晶解圍，他擠出痛苦的笑容感謝薛琳，謝過薛夫人便進了外間的浴室、關門療傷。

此時門鈴輕柔響起，服務生送來薛夫人指定要喝的安神壓驚湯，這紅棗、枸杞、甘草等幾味中藥，在台灣到處都有，可在德國就不容易買到；阿德隆飯店當然不會用來路不明的次貨，神通廣大的飯店經理在柏林唯一的中醫診所弄到新鮮可靠的藥材，細火精調這才端得上桌——德國人做事確實嚴謹細心。

她們一邊喝湯，服務員輕輕開啟音響，播放史蒂芬．伊塞利斯演奏舒曼的〈A小調大提琴協奏曲〉，這是薛琳的最愛之一，也是薛夫人要求飯店提供的。優美音樂、精心湯品，果然讓母女倆放鬆不少；她們喝了湯，打發服務員出去之後，並肩靠在沙發上說些體己話。聊到早上發生的事仍是心有餘悸：「真的是好險！幸好妳吉人天相、遇到貴人相救，要不然……唉呀，我都不敢再往下想。」

「真的！多虧了他挺身而出。」薛琳攥緊薛夫人的手臂撒嬌，想要為光色水晶講講話：「媽咪，您看水晶這個人怎麼樣？」

「水晶？還真是讓人印象深刻的名字。」薛夫人騰開薛琳的手，拉開點距離說道：「是怎樣的人，初次見面我怎會曉得呢？」

「我覺得他不光有外表，還是個百分百的好人；功夫比咱們的保鑣更厲害……」

「聽妳說的，好像話中有話。」

「媽咪，您不覺得嗎？他是很值得信任的，真的！」薛琳眼珠子溜溜湫湫的，薛夫人看得是眼睛瞇成一條線，微笑問道：「丫頭，妳是不是有什麼話想說？」

「媽咪真是懂我——我想求您答應一件事。」

「我就知道妳有事，說吧！」

「水晶，我想要讓他當我的保鑣，好不好？」

「琳琳，這麼重大的責任，託付給一個第一次見面的人，不是很妥當。」

「可是……要不是他救過我，我也不能在這裏跟您求這件事。」

「話是沒錯，可是……」

「媽咪，您不疼我了嗎？他也沒地方可去，幫他一次也當是報恩。」

「事關重大，我還要再想想。」

「媽咪……拜託妳……」

「ㄚ頭，這不像平常的妳。那個人很吸引人沒錯，多個高手保護也不算過分，這要以前我或許馬上依了妳，但是這兩天發生這麼多可怕的事情之後……還是謹慎點好。」

「媽咪……」薛琳撒嬌耍賴使盡纏功，但是沒能化解疑慮之前，薛夫人是不會鬆口的。薛夫人轉了個話題，打住薛琳的糾纏：「這些話先擱著，以後再談。我們母女好久沒一起泡澡，東西都備好了……」裏間寬敞的浴室裏有座巨大按摩浴池，桂馥蘭馨的珍貴精油、頂級沐浴用品一應俱全，音箱傳出凱文．科恩演奏的*Fairy Wings*鋼琴音樂：「好好泡個熱水澡，把晦氣洗個一乾二淨——看我們身上髒成什麼醜樣了。」

薛夫人拉著心不甘情不願的薛琳，走進裏間的浴室，扭開蒸蘊熱水，一時滿浴間如氤氳靉靆；母女倆在寬敞柔亮的更衣間寬衣解帶，鎖上了重重的門。

聖・愛隆尼亞王朝
母星巡航支部星際暗角分隊第五監視班
月球監視巡航官日誌
登錄時人：王朝曆第六帝王年六八零一代
太平洋西岸區域巡航官「光色水晶・安波提耶・坎優」

正常，正常，都正常。已經千年正常的報告誰注意到了哪裏不正常之正常到不能再正常的正常。誰發現不正常就給個不正常警告，讓正常到快要不正常的正常巡航官能夠正常感知正常存在的正常意義。

今日監控完全不合乎正常的正常。太正常。

完畢。

＊　＊　＊　＊　＊

地球紀元二〇××年十二月十六日

今日的我，特別浮躁。生命之於我，愈來愈短暫，也愈來愈快速。台灣有句俗諺「愛到卡慘死」，相當貼切目前的處境：為了小不凡，不惜折壽千年、怒犯所有天條、甘願幽禁到死，就算只能多一秒與琳琳相見，我心足矣！

莫言我癡、休論我傻，古今中外多少情種傻過梁祝、癡勝寶黛！所以，我這星外之賓，萬般癡心只不過情海一絲妄想，不足為奇。

為了活得長久而調身節體，昨日還作如是想，今天一覺醒來，頓覺長壽又如何？短命又何如？地球人生命不過百年，若能與琳琳我的小不凡同年同月同日死，不也是亡滅前最絕美的浪漫？

噫！吾乃癡情種一枚，真情種也！嗚呼……奇怪，我嗚呼什麼？抒情完了，我來說說第一次見面之後的故事發展。

那日碧潭的會面，影像皆未外流，完全毀跡；筱詩和晨嵐對於影像同時毀壞，震驚沮喪之餘，反而加深對我的好奇，三番兩次邀約，剛開始琳琳在我反對下，飾詞推拖；然而頑抗不敵堅毅，拒絕十次之後，拗不過革命意志強大的兩人，終於失守答應了第十一次請求，我亦無奈被迫參與。這回距離上回已有八個月之久，小女孩不屈不撓的精神令人折服！

第二次聚餐由兩個女孩作東，約在台北市一家ＫＴＶ，進行所謂「歡唱」的活動：一群人擠在狹窄昏暗的房間，空氣混濁、異味雜陳，嘶吼走板荒腔的旋律、吶喊五音不全的曲調，唱到哭、喝到吐，稱這叫作娛樂，不解「娛」了何人？「樂」在何處？地球人的思維已經到達碎裂的領域。

閒話休絮，說回那日的事情吧！再訪地球的先期準備自然不在話下，琳琳為了我的裝扮也是絞盡腦汁，不僅親自採購，還依我的身形修改，她說修改合身會讓穿著更舒適——真不枉我摯愛小不凡至深，這愛如此沒白費，這愛……抱歉，我又開始碎碎念。總而言之，琳琳為這次約見，真是煞費苦心！不過，結果卻讓人不敢恭維，不是一個「糟」字可以了得。

本以為是四人的私下聚會，進了包廂就感到情況不對——包廂空蕩蕩的大。果不其然，入座沒多久，筱詩與晨嵐揪來的朋友陸續出現。

「事前未告知有這多許人參與，如此唐突，在下恕難接受。」

我對這不尊重的行為相當不滿，若非琳琳慰留，必會斷然離席。然而抗議歸抗議，他們進了包廂也沒多作招呼交談，忙著點歌點餐點人頭，對我的說話是敷衍再敷衍。

「這些朋友沒問題的，我會叫他們一起分攤，放心啦！你們看我的朋友，是不是超帥的？哈哈哈……」筱詩抱著歌本心不在焉的回我話，不時與旁邊的男子輕浮調笑，然後連頭都沒轉過來大聲說道：「我的歌來了，等一下再講。」

鬧哄哄的包廂，震耳欲聾的歌聲，講話都必須用喊的；濃豔淡氛的紛雜香水味，揮發在體味與空調異味中，就是一場嗅覺災難；酒水開瓶聲不絕於耳，摔叉丟匙、磕杯碰盤聲此起彼落；閃爍燈光旋轉出不安的流速，荒謬的演出嬉笑怒罵的悲喜劇；我如老僧入定坐著，晨嵐帶著醉意靠近我：「幹嘛板著臉？不要臭了你這張帥臉，開心點，來唱歌吧！」

「在下不會唱。不懂歌，沒趣味這件事。」

「那我們來自拍，來……」晨嵐高舉自拍棒，用她奢華裝飾的哀鳳拍照，我立刻起身，拒絕這無禮的要求。

「水晶，我好悶，陪我出去透透氣好不好？」對晨嵐醜態看不下去的琳琳，終於跳出來提議，我二話不說打開廂門，讓她離出這喧鬧滑稽的空間。

「真是個無趣的怪人！長得好看又怎樣？個性差難相處，跩屁呀……」我不想聽完晨嵐的怨言，關上廂門，閉上眼，長長的嘆了一口氣。

「水晶，對不起，我不知道情況變成這樣，是我不好。」

「您千萬別自責！這是她們策劃的，與您無關。」

「話是沒錯，但是她們是我朋友，搞成這樣我也有責任。」

「琳琳小姐，請恕在下必須中途離席，那樣的環境在下無法停留。」

「沒關係，我了解，很抱歉讓你不舒服。」

我們在走廊邊走邊聊，朝著大廳走去。決定要直接回監控站的我，在大廳跟琳琳話別，此時聽到走廊傳出有男女在對罵，女的聲音聽起來像是晨嵐，琳琳擔心地跑過去關切，果然看到晨嵐和兩名喝醉的男客起了口角，她朋友見狀紛紛從包廂衝出來助陣，眼見緊張衝突一觸即發，琳琳便領著我上前想要阻止。

「在下該如何作？」

「你身上有什麼法寶可以用？」

「法寶？在下有攜帶防禦武器，沒有法寶。」

「有武器就行，如果他們打起來，就電暈迷暈還是怎樣都行，隨機應變吧！」

我們才走到一半，對方見晨嵐人多勢眾，摸摸鼻子默默回到走廊底的包廂；反倒是晨嵐這一邊還不停叫囂，琳琳勸他們別把事情鬧大，他們才冷笑幾聲、鑽回包廂，繼續狂歡。

「晨嵐，怎麼回事？」琳琳擋在包廂門外，不讓晨嵐進去，要問清楚事情的原委。她說剛才喝多了對我講話不好聽，想跟我道歉，走出包廂一個踉蹌，不小心撞到外頭的客人，一時語言齟齬便吵了起來。

「就是這樣，沒什麼大不了。」晨嵐酒性上腦，一下失去平衡想抓住我的手臂穩住身體，我閃身避開讓她撞到牆上，她相當不快地罵著一串難懂的話，反正罵話肯定無好話，聽不懂倒落得輕鬆。

「薛琳，妳看這個人是怎樣？看他跩的……怎樣？扶一下會死喔？」

「晨嵐，別這樣，水晶只是跟大家不熟，所以……」

「少在那邊假惺惺，又不是牽個手就要嫁給他……臭美！妳知道我都已經失戀，介紹男朋友給我也不為過呀！虧我們還是麻吉……」晨嵐說著說著竟然哭了起來，這讓琳琳有些尷尬，好聲好氣耐心安慰她。我站在一旁，注意到走廊另一端有動靜，本能的擋在琳琳前面，就看到方才的男客夥同七八名同伴怒不可遏的走來——來者不善，我叫琳琳帶著晨嵐馬上進包廂，還沒開口問對方想幹啥，他們怒吼一聲就殺將過來；忖度走廊狹窄不利防衛，我立刻掉頭將他們從走廊引開，到了大廳才轉身與他們對峙。這幫人以為人多就能讓我就範，真是大錯特錯！千年監控的歲月裏，天天學文也習武，詠春、少林、太極是拳拳嫻熟，柔道、跆拳、合氣道亦有數十年功力，連泰拳、格鬥技、劍道與各式刀槍兵刃均習知多年，今天終於有機會大展身手。雖不敢說易如反掌，打倒區區十幾個烏合之眾，並非難事！

「你們在幹什麼？」

此時跳出來講話的是琳琳的保鑣，他們的出現讓我苦惱；更讓我苦惱的是晨嵐揪的那群人也跑出來，對著包圍我的人大聲咆哮——琳琳也在其中，我便將保護她列為第一優先。兩派人馬在大廳劍拔弩張，不斷挑釁示威，對方有人亮出了刀棍，晨嵐的朋友也隨手抄起可當武器的物品壯膽，眼看一場惡鬥即將爆發，我和保鑣緩緩移位到可以保護琳琳的位置，伺機出手。

「跟他們說這麼多幹嘛?!幹！吼伊細啦！」

對方一個綠紫挑染、兩鬢精光，手臂刺青的傢伙怒瞪雙眼，掄著球棒就往琳琳這邊打，保鑣正欲上前迎敵，但我豈能容忍攻擊小不凡的舉動？於是搶在保鑣出手前、拔出伸縮衝擊棍，飛身一棍打掉那傢伙的球棒，再順勢一記肘擊把他打翻了兩圈，摔個結結實實，趴在地上一動也不動。

「你們，想躺下的儘管放馬過來！」我站在原地，眼神掃過這幫面面相覷的俗人，幾個不信邪的一聲怪叫，齊齊奔上前掏出兇器對著我照頭就砍，我左一個拐子、右一記重棍，前方一個飛踢，瞬間解決了三個；琳琳的兩位保鑣也不是省油的燈，三兩下撂倒另外兩個壯漢，躺在地上哀嚎慘叫。

「還有誰想試試？」

全場鴉雀無聲，對方見苗頭不對，狼狽地拉起倒地的同伴正要逃跑，保鑣說話了：「想走？先把帳付了再走！」

對方不甘不願地付了錢便落荒而逃，臨走不忘撂狠話：「你給我記住！這個樑子跟你們結下了，咱們走著瞧！」

壞人才跑，警察就來。保鑣是特警出身，與處理警員大套交情，他們看現場沒事便下令收隊。這一鬧騰，眾人玩樂的興致更濃，一群人喧鬧地回到包廂，簇擁著把我也拽進去。他們回味著剛剛刺激的場景，筱詩給了我不需要的崇拜；晨嵐藉酒裝瘋，繼續纏上我，喋喋不休問著關於我的一切，我用眼神跟琳琳求助，可是她竟然只是聳聳肩膀，轉頭默默喝啤酒……當下，我覺著琳琳很不開心，但又顧慮朋友感受，委曲求全，真心疼！真是善良的女神！

當輪到晨嵐唱歌，她馬上竄到螢幕前握住麥克風，我終於擁有安全空間，可震天價響的歌聲聽得頭痛，汙濁的空氣讓人喘不過氣，我只想逃。

「喂，帥哥，要不要來點更嗨的好料？」一個相貌猥瑣的黑齒男靠近我說話，悄悄掏出裝粉末和藥丸的小塑膠袋，我問他這是什麼東西，他一臉神祕的回答：「助興必備、打鐵聖品，K、安、冰，應有盡有，你要呼麻哈草我也有，來，第一包交個朋友，免費！」

黑齒男說的話我一句也聽不懂，正要細問，琳琳發現這個人跟我攀談，憤怒的衝過來扯住他的衣領用力一拉，黑齒男冷不防地跌坐地上，塑膠袋散了一地，琳琳杏眼圓瞪厲聲問道：「誰讓你來這裏的？馬上給我滾出去！」

「有人需要我就會來，既然來了，當然要抓機會拓展業務。」黑齒男冷笑地說，半蹲著撿拾那些小袋子。

「說，是誰讓你進來的？」

「都是妳的朋友，妳自己問吧！我是有良心的生意人，絕對不會洩漏客戶資料——警察問我，我也是守口如瓶——做生意，講究的就是誠信。」

「是誰？誰讓這個骯髒的無賴進來販毒？」琳琳更嚴厲的問著眾人，這才發現包廂裏不知何時氣氛完全走樣，幾個人眼神呆滯在沙發上或坐或臥，有人坐在地上傻笑，空氣中忽然瀰漫難聞的藥味。晨嵐背對著琳琳，抓著麥克風凝結了聲音，然後頹然低著頭，垂下雙手，啜泣。

「晨嵐……難道……？」

「琳……對不起……」

「我不想聽！不是妳，對不對？妳快告訴我，不是妳……」

「是我……」

「晨嵐！妳不是發誓說不再碰毒品，為什麼又跟這種人來往？妳瘋了嗎？」琳琳扳轉晨嵐面對她，她滿臉淚痕偏著頭、斜眼睨著琳琳，冷冷地說：「妳懂什麼？妳嚐過被人狠狠拋棄的滋味嗎？妳有經歷無路可退的絕境嗎？妳了解沒人疼愛的感受嗎？妳沒有，妳當然可以說風涼話，因為妳很幸福，幸福到我們都被壓得不能呼吸；妳的家世、外表、財富，樣樣幸福無比，連交到的朋友，都比我們幸福……我們，也想擁有幸福，但是得不到的時候有多痛苦、有多心碎，不是妳這種公主能夠想像，我不過靠點外力暫時麻痺自己、來點樂子，不行嗎？」

「晨嵐，樂子有很多種，幹嘛要吸毒？這是犯法的！」

「少跟我說教！每個人有每個人的苦衷，不要拿妳的標準衡量每一個人……」

「晨嵐，妳太令我失望……」琳琳氣得發抖，眼淚奪眶而出，瞋目瞪視這一票嗑藥嗑到茫的「朋友」。琳琳抹了眼淚，轉頭問筱詩是不是共犯，她低頭不語；琳琳呼出一大口氣，拿起手機要撥一一〇報警，黑齒男立即暴跳如雷地上前搶琳琳的手機：「臭婊子！敢報警？老子打死妳！」

此刻我終於明白，黑齒男是所謂的「藥頭」，專門在聲色場所流竄兜售禁藥、毒品戕害眾人——我在監控生涯也是會關心新聞的。這種人打趴一隻少一隻，何況他不僅辱罵、還想傷害我的琳琳。這混帳拳頭高舉才踏出一步，我一個飛撲對著臉鼻一記強力重擊，黑齒藥頭男哼都沒哼就往後翻倒，滿臉是血，倒地不起。

這群毒蟲害怕被牽連，紛紛撇清和藥頭的關係，哀求琳琳放他們一馬。晨嵐和筱詩一錯再錯，琳琳決定不再縱容，心很痛還是要報警抓人。

「薛琳！妳竟然這麼絕情，我看錯人了！」晨嵐想靠近琳琳，我立刻上前阻擋，她冷笑的啐了我一口，說道：「有靠山是吧！薛琳，妳行！妳不是我的朋友了，我們玩完了。」

「晨嵐……妳為什麼執迷不悟？妳這是糟蹋自己……」

「夠了，我不想聽……反正等一下警察來了，我們就真的完了……」

「我不要！」筱詩醞釀已久的情緒在聽到「警察」這個字的時候瞬時爆炸，她抓著頭就往門口衝，這個舉動觸發了其他人的恐懼，全都暴動起來擠到門前想逃走。琳琳情急之下大喊：「水晶，不要讓他們跑了！」

琳琳的指令讓我全身繃緊，力道毫不節制，一拳一個、倒了一地，聞聲趕來的保鑣衝進包廂，不巧看到我剛出手打倒琳琳身邊的傢伙，誤以為我接著要攻擊琳琳（這怎麼可能？），飛身上來就是一陣扭打，兩個保鑣拳腳功夫了得，聯手攻擊得我幾乎招架不住，只能取巧使出暗器——用掌心電擊器射擊，電光石火剎那，雙雙癱倒。

「你……水晶……你在幹什麼？」琳琳瞠目結舌、不敢相信的看著失控的場面，我喘著氣跟她解釋，但是她聽不進去：「我要你攔著，沒要你把他們打死呀！」

「只要是琳琳小姐要求，在下使命必達，必須的。」

「你的腦子在想什麼呀？這……太過分了！」琳琳蹲在地上掩面哭泣，我似乎誤解了指令——爾後，我當會多加揣摩、推演她的指令。

「晨嵐、筱詩，她們怎麼墮落成這個樣子？真希望這一切不是真的，水晶，告訴我這不是真的，是在做夢……」琳琳起身看著我，抓著我的雙臂，這次我沒有躲開，因為，我不忍心見到她如此痛苦，不願她腦中留下如此糟糕的記憶。我啟動極少使用的極重度隱瞞機制，將滅證波率開到最大，方圓五百公尺內的人當夜的記憶將澈底刷白，縱使有殘憶也如夢似幻，一點不留。違法啟動刷白機制很可能會遭到上級查獲，這當下沒辦法中的唯一辦法，為了解除琳琳的痛苦，我也顧不得這麼多。

機制發動後會讓人短暫神智喪失，三五分鐘才會逐漸清醒。我在包廂呆坐著，當琳琳如夢初醒的看著周圍躺下的人，急急忙問我發生什麼事，我慢慢把設定的說詞一字一字嵌入她的記憶，此刻她已全然抹去了方方極度悲傷的陰影。

「……所以，他們過一會兒就會醒來，別擔心。」

「這樣我就放心了，水晶，謝謝你。」

「琳琳小姐，雖然沒事，在下還是奉勸您謹慎交友，這類聚會能免就免，龍蛇雜處的複雜場所，難保有些惡人會趁虛而入。」

「怎麼跟我爸說的一樣？真愛管。」

「在下是真心為您，對的事情不能妥協。」

「知道了。不過我怎麼突然好疲倦？眼皮好重……」

重度刷白記憶對腦部雖無影響，副作用是會感到深重的睏倦。此時我做了一件不曾做過的事——抱起輕盈如綿的琳琳，踏出包廂、走過長廊、穿越大廳，離開了ＫＴＶ；在路邊等司機將車子開到跟前，小心抱著沉睡的琳琳放躺在後座，輕輕關上車門。

「司機先生，琳琳小姐身子乏了，煩請安全送小姐回家。」

「身子……乏了？……咦？小姐保鑣呢？」

「剛才店裏出了點事，保鑣在善後，沒問題。」

「我知道了，謝謝您送小姐出來，我回去會跟老爺夫人說明，請問您是？」

「開車吧！小姐知道我的。再見。」

沒有人記得那天我與這幫人動手的事，一切如浮雲藍天過，無人記其踪。

既然讓琳琳丟了這記憶，又何必寫出如此不堪的事情？因為，這是我習武千年以來，第一次真實出手（而且是為了琳琳我的小不凡），如此值得記下的事情，若獨留我心至死無人曉，真真是有一絲遺憾！我已經不久人世，寫下來留與後人憑弔應不為過；琳琳就算事後得知，也會明白我的苦心——我倒不是邀功諉過，不會覺得護駕就有功，也不認為出手傷人是為了琳琳好——保護琳琳我就算鼎鑊刀鋸亦甘如飴！但是「為了她好」這種話，我不想說出來噁心琳琳。老實講，心裏有個坎兒過不去的時候，才會拿著「為誰好」的理由，讓心裏過得去而已；所以，不單為了琳琳好，真實的還是為自己好。不釋放自己，我的迷戀遲早要爆掉，真的。

也合該要放自己自由的。十幾年前第一眼見到琳琳開始，我的靈魂就被禁錮到戀癡的迷網裏，不是琳琳吐的情絲纏了我，是我作繭自縛、自作自受。愛的前提是不能傷害琳琳一絲一毫，即使要受百年情纏之苦、千年戀傷之痛，我情願心甘。

今天，我有些許憂鬱，不日之內再寫寫後續的發展。

晚安，我的小不凡。

捌　神奇的保鑣

光色水晶處理好傷口包紮妥當之後，躺在浴缸裏閉目養神，他疲倦到極點，不消十秒已然沉沉入睡。薛琳泡了舒適的澡，全身沁著精油香氛，換好衣裳、略施薄脂然後走向外間浴室，側耳聽聽似乎沒動靜，敲了門竟也沒回應；薛琳擔心光色水晶暈倒在裏頭，就央求薛夫人陪她一起，打開門進去瞧個究竟。

光色水晶睡得沉是沉，可睡得再沉也沒不會澈底鬆懈。薛琳母女躡手躡腳走進去，薛夫人不小心碰到檯子上的醫療器具，匡噹一聲清脆，光色水晶立即跳起來，快速抽出伸縮衝擊棍對準薛夫人，他們嚇得驚叫一聲，險些跌倒；幾乎是她們尖叫的同時，保鑣們馬上刷卡進房，持槍衝進浴室。還沒清醒的光色水晶誤以為敵人來襲，不等保鑣開口嚇阻，他一個箭步竄出門外，使出一字馬飛踢左右開弓，兩個保鑣應聲倒地；他在空中迅速縮腿挺腰，兩手抱拳就給當中的保鑣腦門兒一記重鎚，腳一點地，低下身子兩手一撐、來個掃堂腿，把後頭趕來的兩名保鑣掃翻，照著門面每人重重饒上一拳，兩人立馬見紅、暈將過去。

「……」嚇得說不出話的薛家母女，看著瞬間倒了一地的德國保鑣，不敢置信的站在浴缸旁。光色水晶定了神，發現是薛家母女，心中一緊：難道做了什麼不該的事？

「夫人，琳琳小姐，讓您受到驚嚇，罪過。」光色水晶對著她們鞠躬道歉，他感到疼痛才發現傷口可能繃開，隱隱滲出血來。薛琳吞了口唾沫，囁嚅幾回才小聲說道：「他們……是我的保鑣……你……你……」

「在下魯莽又闖禍了！請夫人小姐恕罪！」他心想，果然又惹事了，真糟糕！

「我從沒看過這種身手……難怪琳琳力薦你當保鑣——你一個可以抵十個呀！」薛夫人不屑的瞟了那些呻吟不止的保鑣，要光色水晶到外廳說話。

「夫人，我會負責將這些傷者……」光色水晶以為薛夫人要責備他，但她別有所想，打斷他的話：「要你負什麼責？這些酒囊飯袋，技不如人活該挨揍，要他們何用？一會兒我打發人把他們全掏走，你一個人就夠了。」

「謝謝夫人抬舉，在下能力有限，不敢擔此重責大任，況且舊傷未癒，恐怕……」

「受傷還這麼能打，傷好了不就天下無敵？」此時一群聞風而至風風火火跑來的飯店人員，薛夫人指著經理要他著人把傷者扛出去：「這些保鑣不論約僱了多少天，酬勞兩倍結算給他們，以後不用來了。」

「媽咪，是不是？我說他很厲害，這下您相信了吧！」薛琳臉紅的氣色漸漸恢復正常的白皙，拉著薛夫人輕鬆的坐下來。薛夫人客氣讓坐，光色水晶推辭再三，這才恭恭敬敬的坐在一旁，身子挺得筆直。

「水晶先生，我可以這樣叫你嗎？」

「夫人如何稱呼在下，悉聽尊便。」

「琳琳呀！你這朋友是哪兒來的？該不是古代穿越來的吧？講起話來跟上個世紀的文青似的，怪有趣的。」

「有關他的來歷，這一時半刻也不好說，以後慢慢說給您聽。總之，身手不凡、個性正直、外表出眾，而且會百分之百護著我，這麼可靠的保鑣是打著燈籠也找不到的。」

「琳琳小姐謬讚，在下不敢當。」

「謬讚？呵呵呵！現在好像沒人這樣說話了。雖然客氣斯文，但聽著總是覺得見外生份了些，你也別太拘束，我們母女很隨和的。」

「我媽咪才不隨和，她要是講究起來，那才真真磨死一幫子人！」

「這丫頭，講話口無遮攔。」薛夫人看著光色水晶繃帶上滲出淡淡血色，俊俏的臉上也有傷疤，母性發酵讓她忘記身分，心疼地伸手就要觸摸光色水晶受傷的臉，光色水晶略略退縮起身，垂手一旁站立，語氣和緩堅定：「夫人，男女授受不親，您是尊貴的，不妥與在下接觸……」

薛夫人臉色驟變的縮回手，清咳一聲，端起貴婦的架子。薛琳想化解尷尬，就讓光色水晶再去處理裂開的傷口，僵局才暫時緩歇。

光色水晶掀開繃帶發現，傷口縫線果然綻開，幸而不嚴重，稍微處理就止了血。原本他納悶琳星子為何會飛來柏林，剛剛他發現薛琳手上的戒指就已經明白：那是他自行研發的微型追蹤器，戴上之後會自動抽取配戴者微量血液當生物密碼，啟動之後就可以操控琳星子。這枚戒指原本就是為薛琳量身製作，因為抓不到適當時機拿給薛琳，擱到都快忘了，所以遺失了也不自知；誰知薛琳陰錯陽差好奇戴上它，才會啟動琳星子飄洋過海緊追薛琳，引發一連串災禍。光色水晶趁著琳星子電力不足的機會，將它拆解調整得更敏銳、反應力更強，很是花一番功夫才完成。

「琳琳，這個水晶是什麼來頭妳都知道嗎？身型樣貌都挺好的，但總覺得哪裏怪……」薛夫人瞄了一眼浴室，悄聲跟薛琳談論著光色水晶。

「媽咪，水晶認識我很多年了，除了講話奇怪，就是個完美的人。」

「從裏到外是很完美，可就是太完美……少了點人味。」

「您想多了，水晶很正常的。」

「等一下，妳說『認識』很多年，怎麼完全沒聽妳提過？而且不在台灣，卻在德國就這麼突然冒出來，我更加不明白了。」薛琳「有真有假多半掰」地胡謅個故事搪塞薛夫人，心胸廣慈的薛夫人雖是半信半疑，既然寶貝女兒說得煞有介事，看在光色水晶確有兩下子的份上，也就不多過問了。

話說，另一頭的上官詠晴在柏林刑事調查局做完筆錄，由刑事調查警員送上專車，直奔阿德隆酒店。途中他打了電話得知後續又出事，擾得他心急如焚。車子一到了飯店門口，不待門侍開門，詠晴就跳下車直奔薛家母女的房間，問候過薛夫人，看了看薛琳的傷，幸而都是皮肉小傷，詠晴才放下心來。

「這種事在柏林是前所未聞，柏林邦警局也很訝異會發生如此駭人的攻擊事件，他們已經成立專案小組，務必要將兇手繩之以法。」詠晴與薛夫人對坐，薛夫人遞給他一杯清茶，詠晴謝過喝了兩口，慢慢跟她們述講做筆錄的細節。

「詠晴呀，柏林這地方我真怕了，這兩天被嚇得三魂七魄去了一半，我是絕對要回台灣，琳琳要不要留下都隨她，不過我是希望她跟我一道。」上官詠晴認真聽著，拍了拍薛琳的手，給她們一個堅定的眼神。浴室裏傳出了聲響，上官詠晴正要起身察看，薛夫人拉住他並示意他坐下：「沒事兒，等一下引介個人給你認識，在琳琳受困的時候，多虧他出手打敗壞人救出琳琳。這人不得了，五個彪形大漢同時圍攻他，竟然兩下子全被他撂倒爬不起來，拳腳功夫比葉問還厲害，所以琳琳指定要這人當保鑣，我也覺得挺好的。」

「聽您誇成這樣，此人肯定有過人之處。況且對琳琳有恩，一定要當面謝謝他。」正說著，光色水晶拎著他的背袋走出浴室，薛夫人忙不迭介紹雙方，詠晴要和他握手，光色水晶卻不為所動，讓詠晴既尷尬又不快，怏怏然縮回了手。薛夫人正納悶怎麼如此不懂禮數，薛琳馬上跳出來緩頰：「詠晴，水晶先生很少交際，不習慣身體的碰觸，你別介意。」

「是這樣嗎？我還以為我哪裏得罪。那就拱手不握手，幸會。」上官詠晴微有慍色地冷笑，矯情的對光色水晶一拱手。

「幸會，上官先生，在下光色水晶．安波提耶．坎優，不敬之處，尚請海涵。」

「聽你中文說得流利標準，名字卻聽不出是哪裏人，請問府上哪裏呢？」

問到這個點，又需要薛琳出馬費一番口舌解釋——當然，還是胡謅的。「光色水晶是外星人」這種真話說出，反倒會讓人以為在說笑話——真相再離譜還是真相，假象再逼真仍是假象，真真假假端看聽的人信或不信罷了。

「……原來如此，還真是難為你了。」詠晴聽完薛琳的「說明」，不禁對光色水晶露出同情的表情。

「這……琳琳小姐所說的……在下無言以對。」

「總而言之，就如我所說的，就這樣。」薛琳擔心二愣子的光色水晶穿梆，急忙轉移話題，商討光色水晶擔任保鑣的事宜，茲事體大，一絲不苟的詠晴自然嚴謹以待，就要當場面試；光色水晶有問有答，除了身家來歷要靠薛琳幫襯之外，條理分明、對答如流的結果，讓上官詠晴想刁難也沒刺可挑。

「既然薛媽媽也大力擔保，保護琳琳的重責大任就託付給你了。」

「在下絕對全力保衛琳琳小姐，請薛夫人、上官先生放心。」

「好了好了，這氣氛，搞得好像皇家衛隊保護公主似的，太誇張了。」薛琳受不了這些官式對話，翻了個大白眼。

「在我眼裏，妳就是公主。」三個人異口同聲說出這句話，弄得薛琳哈哈大笑，久久不能自已。等她笑筋終於鬆軟，這才喘著氣的說：「你們好好笑，居然說同樣的話。」

「丫頭，別笑，媽咪和爹地就是把妳當做公主——不，比公主更疼愛。」薛夫人笑著說道，詠晴跟著附和：「琳琳，妳就是我的公主，毋庸置疑。」

光色水晶心想輪到自己表態，認真思考得體的說詞，正待要說，薛琳擋了他的話：「今天你們說的忒肉麻了，聽不下去。」薛琳轉身不想理他們，自顧自打開電視看著完全聽不懂的德國影集。

也許是發覺頻率相同，薛夫人和詠晴竟然熱絡的延續討論，講述各種護衛方式的良窳優劣，還拉著光色水晶參與，適時提供意見。他們直討論到飯店傳飯送餐才暫告一段落——用餐時又是一頓熱議，不在話下。

當天下午平安無事，薛夫人依然提心吊膽，頻頻詢問機位的事，恨不能生了翅膀馬上飛回台灣。薛琳決定陪薛夫人一起返台，上官詠晴與薛琳久別重逢，短短一日又要分隔兩地，自然千言萬語；光色水晶識趣，央請薛夫人另訂一間小房，方便療傷；薛夫人欣慰於光色水晶的體貼入微，找來飯店經理幫光色水晶量身，置買幾套適合他穿的衣服。

擔任「薛琳公主」的保鑣，樣貌出眾也必須衣著體面，總不能穿著緊身衣出門——而且還是破損的緊身衣。不過光色水晶身型魁梧，買到現成合身的服飾並非易事，飯店經理費了好大周折，還是沒買全，就跟薛夫人回報必須量身訂做方能解決。

「既然有方法就去做，何必再問我？」坐在接待廳單人沙發上的薛夫人啜了一口清茶，不解的看著飯店經理，示意翻譯小姐問話。

「因為是最急件，需要三倍工錢，必須先跟夫人請示。」

「是柏林最好的服裝師嗎？何時會做好？」薛夫人放下茶杯，用雪白的口巾擦了擦嘴角，十指交叉疊在胸前，冷冷的問著經理。

「回夫人的話，請的是柏林最富盛名的服裝訂製團隊，預計三天可以完成。」

「你聽好，明天中午之前，我要看到新衣服穿在水晶先生身上。」

「夫人，這……」

「十倍工錢我都出，做不到馬上換人！事情辦得漂亮，好處少不了你，辦不好別來見我！」薛夫人緩緩端起茶杯，再啜了一口，飯店經理聽完吩咐，堆滿職業笑容的退下去。此時特助以視訊告知薛夫人這兩日航班爆滿，還是調不到機位；薛夫人頓時怒從中來，皺著眉頭說：「真沒用！調不到機位不會想別的方法嗎？看看海爺哪位歐洲朋友的飛機閒著，就不信誰不賣咱們這個人情。」

「夫人，這件事必須海爺首肯，我馬上跟海爺聯繫，一有結果就會通知您。」

「去吧！愈快愈好，有消息馬上說，不管多晚都一樣。」薛夫人掛斷電話，揮揮手要女侍撤掉茶具，起身到窗邊看著外面廣場上的人來人往，深深嘆了一口氣。

另一間房間裏，光色水晶很彆扭的讓裁縫量好尺寸，送走這一群嚴肅的師傅，關上大門，開始他的另一項作業：製作護照。剛剛用餐時，薛夫人和詠晴談論護衛計畫聊得忘我，光色水晶就在思考：與薛家母女搭飛機返台，必須有護照才能通關，而且是不會「出紕漏」的那種護照。他的背包中有仿製機具，可以做出幾可亂真的護照，剛好他是獨自一間房，更方便仿造護照。

情話綿綿說不完的薛琳和詠晴，在裏間小廳的沙發上相依相偎；音響正播放著 *Fall In Love With Olivia* 專輯，Olivia Ong 用甜美嗓音唱著經典歌曲 *All out of love*，他們跟著哼唱，咀嚼歌詞中的味道。小兩口半年多沒見，好不容易相聚卻如多事之秋，轉眼又要分開，講到這裏，不禁相視苦笑。

「雖然遇到這種事很無奈，還好都平安度過，不幸中的大幸。」

「吃飯的時候，聽到特助跟薛媽媽說調不到機票，我就想到我爸一位德國朋友他有私人飛機，我去問問看能不能幫上忙。」薛琳躺在詠晴的大腿上，詠晴輕輕撫著她柔順光滑的頭髮，滿眼含笑又溫柔的注視美麗的薛琳。她聽到詠晴這樣說，一臉幸福地回給他一個深情的吻，詠晴凝視著薛琳，久久不離。

「怎麼了？一直這樣看著我，我會害羞。」

「總覺得這回見到妳，妳變了許多。」

「是嗎？是變好還是不好？」

「說不上來，就是，最早我們開始交往的感覺，似乎又回來了。」詠晴用他纖長的手指，緩緩滑過薛琳吹彈可破的臉頰，膚若凝脂的觸感讓他的指尖都在歡呼。

「最早的感覺，那是什麼感覺？」

「就是，沒有距離，彼此心動，每一次的相聚都有觸電的……悸動……」

「再多說點，我想聽。」薛琳半坐著曲起腿，把身子鑽進詠晴懷中，讓他緊緊環抱。

「呵呵，琳琳，妳真的變了。半年多前我回台灣看到的妳，有點冷，我真心以為是我們相隔兩地、感情變淡了……今天，我很開心以前的琳琳，回來了。」

「我之前，有這樣嗎？我怎麼完全沒印象？」

「我聽說妳在花蓮出事後，似乎有短暫記憶喪失的現象——說真的，我自私的想法，真的真的，不希望妳恢復……我是不是太自私了？」

「晴，這不是自私，是在乎。之前的我，請你忘記，因為我記不起來。我只記得，我很愛你，記住這一點，好嗎？」

「好，我會刻在心坎裏、鑲在記憶上，記住妳的愛。」

「晴……」

熱戀的戀人，溶化成甜膩的巧克力噴泉，燃出烈火般的熱度，吻成了一座羅丹雕像似的，很久很久，分不開了……Olivia Ong唱著*Close to you*浪漫情歌，為這羅曼蒂克的場景添加更多甜到化不開的糖蜜滋味，迴盪在空氣中，悠悠不散……

戀人在裏間纏綿繾綣，情話綿綿地邊吃餅乾邊聊天；薛夫人在重重保鑣的陪同下，移步到戶外咖啡廳喝下午茶；光色水晶在另一間房裏，有條不紊地忙著仿造護照；巴黎廣場的遊人，悠閒又忙碌的往來暢笑、拍照打卡；彷彿無事平淡的一切、淡淡然的時光流逝，若不是天外幾個快速移動的黑影，真的就是尋常日子裏一個尋常美麗的下午。之前的追捕者是光色水晶所屬的「星際暗角分隊」所派出的，他們低估了光色水晶的能耐，導致捉拿行動澈底失敗，現在消息傳到了更上級單位的「母星巡航支部」，支部長官相當震怒，指派緝捕經驗豐富、冷酷無情的追捕官「水色冥王」親自出馬，誓言要將光色水晶緝拿歸案。

水色冥王驚人的身高配上渾身爆筋的肌肉，身著鋼甲銀冑、寒光閃閃，令人望而生畏。他帶領三名配戴重裝備的追捕高手，快速的朝向光色水晶最後出現的地點前進；他們不斷以心靈語交談，仔細掃描所有微弱信號，想找出光色水晶的藏身之處。光色水晶手上正忙著，沒空啟動琳星子，因此追捕者暫時還找不出他來；根據「防止身分曝光法」規定，使用「他們」的器械拍照時，會自動傳送訊息到上級單位備查——光色水晶再機警也有疏忽的時候，就在他操作影像轉印器列印大頭照時，忘了這一點！這個動作的訊號立刻被支部過濾出，第一時間就通知水色冥王，他眼睛閃著綠光確認地點，拔出雙槍架在兩手上，迅速的朝著阿德隆酒店飛去。

「糟！我竟然疏忽了這件事情！」光色水晶終究還是想到了，不過為時已晚！他自知追捕者將至，趕緊戴上輕甲武裝、收拾裝備，準備迎戰追捕者。

眼看一場惡戰即將展開，但是風和日麗的天空，並沒有給人們一絲絲的警告。

聖・愛隆尼亞王朝
母星巡航支部星際暗角分隊第五監視班
月球監視巡航官日誌
登錄時人：王朝曆第六帝王年六八零一代
太平洋西岸區域巡航官「光色水晶・安波提耶・坎優」

正常，正常，都正常。今日監控完全不正常的正常。
完畢。

＊　＊　＊　＊　＊　＊

地球紀元二〇××年十二月廿一日

這多日將心情和緩沉澱，果然讓亢奮、沮喪、怨怒的情緒不再高漲。寫日記，是修行；不寫日記，也是一種修行。寫或不寫，本質上都一樣，結果不同罷了。

上回寫到第一次出手的經歷，確然產生不少負能量，這種狀態對人的影響極為不良，須用更大的正面態度消弭負能量的浸潤感染。琳琳與我講過同樣的話，據說是她的心理醫生說的，醫生指出她的「病因」多半來自兒時的陰影與負面情緒所致。這說法我頗有質疑：兒時的陰影？這不就是言明因為我的關係嗎？這真是荒謬至極！

這是個庸醫，肯定庸到毋庸置疑！

琳琳確實度過不平靜的童年，理由很複雜：她含著金湯匙出生（這句話是她朋友說的，我引用），有著一般人無法體會的壓力，富貴人家有許多不能說的祕密，禮數規矩多如牛毛，大人有特助祕書協助都會疏漏喊苦，何況是一個小孩獨自記住所有繁文縟節；她的生活豪奢，看似無憂無慮，其實每天都要緊繃神經面對所有關注的目光，不容許出錯丟臉，這樣的孩子當然無法輕鬆長大。長此以往的高壓生活，人要不崩潰也會分裂成好幾塊。（這也是她朋友說的，引用繼續）

說到琳琳的朋友，就必須說說她的男朋友——上官詠晴。在我守候琳琳的日子裏，他算是出現鑾早的一號人物，富二代，個性謹慎，人品還不差，對朋友也夠意思，只是血液裏的高傲隱性基因，時不時就竄出來咬人，警告世人他是神聖不可冒犯的天之驕子；這在孩提時期尚堪容忍，但是長大後依是如此，可就讓人無法恭維。上官詠晴的聰明，人類來說是聰明；顏值以普世觀點而論，絕對名列前茅；家財萬貫，富可敵國，就是平民王子、民間太子爺。（這些全是引用自琳琳的朋友所述，鮮少有我的個人意見——我對這人沒想法，純粹不喜歡，絕非因為他是我的小不凡的男友、嫉妒怨恨之故，只是不想言之偏頗、滿紙砲火，為彰顯公正，所以摒除我的評論，引用他人之語，實在用心良苦也）

上官詠晴打小接受嚴格的接班人教育，童年想當然爾是辛苦備至，這和琳琳被保護得無微不至的情況截然不同；壓力源不同，擠壓出的性格扭曲變形程度也會南轅北轍。琳琳與他勉強算是青梅竹馬，打鬧玩樂、牽手拌嘴，都有童趣純真；當進入青少年時期，兩人情竇初開、曖昧的情感萌芽，青澀純愛在彼此身心變化中，尷尬的展開。因為各自家庭賦予的寄望各異，純愛渲染了世俗的顏色，讓雙方產生現實認知上的落差，情感微妙質變，兩人的愛情列車，勢必面臨漸行漸遠的境地。並非唱衰這對戀人，而是累積多年來的觀察判斷，旁觀者清，我是用最平衡的心來推論，真是高風亮節的我！

上官詠晴有個行蹤神祕的姊姊，曾經出現在琳琳的生日宴會上，瘦骨嶙峋、臉色蒼白，病氣懨懨坐著輪椅不太說話，想是久病不癒，氣虛體弱之故。她長年在歐洲祕密處所靜養，因為對她無有好奇，也不在我的監控範圍，就沒多去了解，亦無必要。

還有一個很難歸類的人，是上官詠晴的老同學、死忠兼換帖（這句我無從理解，原文照錄），名叫南宮靖。這人行事邏輯混亂難以捉摸，個性看似精明、實則糊塗到家；有古靈精怪的小聰明，缺乏成就事業的大智慧；沒有偉大志向，只想開心自在過日子。南宮家亦是富甲一方，和琳琳、上官詠晴一樣：出生就含著金湯匙的富二代。他們三個在「富二代圈」就是前三名的代表，人稱「黃金小三角」。（這稱號我一直存疑，但是琳琳的朋友言之鑿鑿，姑且信之）

說到黃金小三角的上一代，琳琳的爸爸人稱海爺，大學時就自組科技公司，經營上了軌道便逐年拓展版圖，如今已是擁有海內外十餘家工廠、年產值數千億的大企業；琳琳的媽媽是海爺的第二任妻子，原是幫海爺治療腰背的物理治療師，第一任妻子意外過世之後，她的溫柔體貼使海爺走出傷痛，終於結為連理。有鑑於疏忽照料造成前妻殞命的緣故，海爺對薛夫人、琳琳的安全格外敏感，薛夫人對這樣的照顧甘之如飴，琳琳卻總是吃不消。

上官詠晴的爸爸是知名企業家，膽大心細、投資觸角敏銳，擁有千億身家，一手打造上兆商機的多角化企業；他的媽媽位居企業核心，精明能幹的女強人。在我監控時發現，上官詠晴的爸爸在新店偏僻山區的一幢深宅大院的別墅往返頻密，裏面只住了一位神祕的婦人，他們狀似親暱，關係非比尋常。話說回來，這不關我事也沒興趣探究，箇中的恩怨情仇暫且略過。

南宮靖身家是黃金小三角排行第三名，他爸爸是一家中型企業創辦人，母親開了五間特色餐廳，兩人都經營得有聲有色。南宮靖的家庭教育方式自由，從小就培養他獨立思考的能力，因此小三角最天馬行空的創意多是來自他——最沒用處的意見也多是來自他。

黃金小三角都是就讀新店山區的貴族學校，上官詠晴和南宮靖一直同班到高中畢業；琳琳是他們的學妹，因為上一代同在商界往來密切的關係，三家人彼此熟識，上官詠晴對琳琳也是日久生情萌生愛意、展開追求。

我默默看著琳琳身邊的這些人，天天發生的事情有好有壞，多是冷眼帶過，不留半點心思；但是這些事情若牽扯到琳琳，哪怕是一絲絲、針尖大的牽連，我都會毫不猶豫的出手相救。

※監控律法第四條，絕對禁止非基於嚴格評估而出手改變監視區現況之行為。

很明確的法律。拯救琳琳於險境，我可以很明確的說，完全遵守規定，因為每次都是「嚴格評估」才出手——琳琳的事豈能輕忽？自然嚴格以待。舉例說明，某天琳琳上課前五分鐘才發現作業遺忘家中，心急得不知所措；面對琳琳可能受罰、讓老師印象不良、同儕間沒面子等等人際威脅，以及她內心悲憤、自責之嚴重打擊的潛在危機，經過嚴格評估，必須出手拯救！所以操控琳星子火速潛入教室、將作業丟在琳琳腳邊，解除無辜少女可能行差踏錯導致性格扭曲、未來崩壞的悲劇！如此嚴格，真是悲壯！

諸如此類的事件不勝枚舉，為了讓我的小不凡順利平安，天天要救贖、時時要防範。可是，人會長大，我的小不凡也會長大——而且長得比我快多了。我花了兩千多年才開始懂得「叛逆」，人類只需要十五年——琳琳也不例外。

當她青春萌芽、叛逆初發，光是對話的方式已無法滿足，她對我是又信又疑，產生自我價值與存在混淆的心理障礙！情況如此嚴重，我才決定一步步接近，除卻她的心理障礙——當然，這是經過「更嚴格的評估」之後的決定。為了讓琳琳可以心靈健康的度過青春期，這若非用心良苦，何者才是？

可是——我一直說可是——與琳琳見面愈頻繁，我的心就揪愈緊。我發現雖然身在外太空，心繫在地球上，心神不寧廢弛工作，只想著何時與琳琳見上一面。我壓抑，儘量保持平衡的心態，不在琳琳面前顯出內心澎湃激動之情；不觸碰理智的底線，用冰冷的眼神鎮壓滾燙的情感，一方面我明白人類至多活到百歲，終有一日必然我要看著琳琳老去、逝去，想來就是撕裂心肝的狂悲劇痛；另一方面，我的心跳隨著劇烈心變加速消耗生命能量，若再不控制，只怕我也很快就煙消雲散、灰飛湮滅。

要擔心的事情不只如斯，更大的隱憂已然浮現：星際暗角分隊從五年前開始對我的監控報告寫下「粗糙簡略」的評語，三年前發出「用詞不當，即時改進」的警告，今年年初分隊長已經發出最後通牒，命令我立即改正違規行為，否則將押解我至母星巡航支部接受審判，他語帶威脅暗示我違反了十多項法律，勢必面臨終身流放的嚴厲罪罰，切勿自誤云云。

我好怕！

別以為我害怕流放，錯了！我最怕的是：再也不能看到我的小不凡，我的琳琳！流放？不得歸故星？孤寂千年守在這絕對死寂的監控站，故里在哪裏？極上層何曾真心想要讓我回去？故鄉，只是夢裏遙遠模糊的殘缺記憶。雖然不知其他監視巡航官下場如何（終有一日我會去問個清楚），但我明白，以我堅守三千年的經驗來論，從第一天開始，就註定要守到死的事實，正是監控巡航官逃不脫的宿命！我怕被流放？那真是天大的笑話！從我坐進監控站，就已經宣布流放至死的罪與罰！

我不怕！

早已習慣流放模式，何懼之有？

預防突發的逮捕行動，必先做好萬全的準備：我於琳琳豪邸邊的荒郊密林裏，覓得一塊絕好平敞的地方，建造一座隱密的倉庫，逐次搬運監控站的物資，一旦逃亡不可避免，我需要做最壞的打算。

倉庫的建造比預估的更快速、更順利，運送載重量竟也比估算值大了好幾倍，要不是我的計算太保守，就是我的預期太悲觀。通常事情發展都不會如當初設想，所謂人生不如意十有八九，即是此境。偶爾，事情會順利得超越滿意的領域，這是機率外的機率。建造倉庫就是預期外的預期外的完美意外，甚至都想邀請琳琳到「寒舍」喝一杯茶。

「你蓋了一棟房子？真的假的？」琳琳聽著我講述倉庫建設過程，睜著她迷人的眼眸瞧著我，那可愛模樣，說有多嬌就有多媚。

「是，真的。在下已將內裝擺設停當，不日就可使用。」

「你未免太強大了！我可以去看看嗎？」

「琳琳小姐駕到，必使寒舍蓬蓽生輝，在下恭候大駕。」我正想怎樣開口才不顯唐突，沒想到琳琳就主動提出，這不活脫脫是「心有靈犀」的實現？

「擇日不如撞日，就現在過去吧！」這天是周末，琳琳沒有其他安排，可是出門還是會有保鑣跟著，若跟她父母報備說去深山野外走動，九成九九不同意。

「琳琳小姐，這是沒辦法的，臨時。」

「可是我想去看看，下次約到你不知道要等到哪一年？你這麼強大，一定有辦法帶我溜出去。」琳琳用她一貫滴溜溜轉的眼珠子懇求，那種明知有詐也甘願為她犯罪的眼神，瞬間攻陷我的理智，激發我更高的智慧。

「琳琳小姐的請求，在下必然全力以赴。」

從琳星子調出薛家所有監視器位置，這些監視器轉速與角度是經過精密計算，整個宅邸毫無死角；

在不破壞監視系統、不驚動保全的前提下，先期推演的幾條路線都判定不可行，令人苦惱。

「對了，停車場有個主機房，如果沒記錯，那裏好像有一扇消防安全門，不過我不知道通去哪裏，也許會通到外面——你去查查看好不好？」

「好的，在下這就去，請您稍候。」

單獨行動是靈活的，不需顧慮太多。打開窗戶翻到院子，沿著草坪潛行到停車場入口，鐵捲門深鎖，我便從旁邊僕傭門進到廚房，有個垃圾管道間能直通地下室，我一躍而下、墜落在垃圾子車上。地下室架設的監視器不多，很容易就閃到主機房前，房門不但沒密碼鎖，也沒有闖入警報裝置，輕易就侵入並找到琳琳說的安全門——意外發現地下室根本是保全真空地帶。

「如果我是保全，第一個就是加強這裏的安全等級，太輕忽了。」我眉頭深鎖自言自語，推開布滿灰塵蛛網的門扉，門後有一條長長的走道，照明燈瞬時亮起。我快速前進，到了盡頭有扶梯可以爬上天井，推開頂端鐵門，發現外面是一座小涼亭，出口鐵門還用水溝蓋偽裝掩人耳目，很是佩服設計者的巧思。涼亭距離薛家宅邸約有三百公尺遠，恰巧與我的倉庫同一個方位，這讓我興起一個念頭：若從倉庫挖一個地道直通薛家，不就更方便？再弄個軌道車，更便捷！

沿著原路回到琳琳房間，身上的臭味讓她皺眉；興奮的我只管講著挖隧道造軌道的事，坐不住的想立刻動工。

「水晶，你好像很興奮。」

「自然是，在下雖有建築工程結構、橋樑隧道施工技術等等的一級認證，卻從未參與設計施作，難得有機會發揮，興奮得多有失態，請琳琳小姐別見怪。」

「看你坐立不安，恐怕也沒心思帶我去看房子，這樣吧！等你研究出不用穿過垃圾間的路線，再微服私訪吧！」我真粗心！竟沒考慮玉潔冰清的小不凡怎可穿過垃圾堆的事，的確大疏忽。跟琳琳鄭重道歉辭別後，火速返回監控站，馬上著手規劃路線與工法，安排作業機具，準備妥當到可以開工已經是三個星期後的事。這段期間頻繁的往來監控站與工地，忙得沒時間和琳琳多見面，聯繫上大多是說明進度，很少聊其他事情；琳琳擔心我工作疲累，叮嚀我多休息，琳琳溫暖的慰藉給我滿滿的力量，更加有動力研擬效率更高、速度更快的挖掘工程技術。我打造適用的輕軌車，倉庫中沒有現成的動力機具，只好冒險透過補給船送來；由於分隊起疑，嚴格審查申請的料件，敏感的零組件申請常被駁回，不得已只好不斷更改設計，製造進度幾乎停擺。

四個多月後，隧道完工，軌道也架設完成，可是輕軌車還在組裝階段，連測試的機會都沒有。心急如焚的我，決定先帶琳琳走一趟隧道，見證千年來首次打造的傲人成果。

「琳琳小姐，因為無法控制料件的取得，輕軌車嚴重落後，敬請見諒！」這種缺失當然要先道歉，但是我的心潮澎湃，連愧疚都飽含喜悅。

「水晶，你就別這麼客套了，想到我不過一句話，你就做了這麼多，光這點，就超感動！」琳琳已經準備好適合行走的服裝，我從琳琳房間的陽台出去，循著送餐甬道進入廚房，捨棄髒臭的垃圾間、利用貨梯下到停車場，沿著牆邊走向機房，穿過不斷運轉的機組，就能看到那扇不起眼的安全門。

「從這扇門出去，還要走多久才會到你蓋的倉庫？」

「依照琳琳小姐腳程判斷，兩個小時，更多或多更多。」

「什麼？這麼遠？來回要四個小時，我不去了。」琳琳說著就往回走，我心一急拉住她的手，央求著：「好容易都到這裏了，您就看上一眼，都好，琳琳小姐。」

「你……」琳琳瞠目結舌地看著我，那眼神瞬間將我驚醒，立馬放開了手，只剩道歉陪不是的份。

「琳琳小姐，在下失態，請恕罪！」

「你……」琳琳望了望手心，雙眼迷惘，張著小嘴，半晌才蹦出這句話：「你的手，好細嫩……」

「琳琳小姐，細不細嫩不是重點，在下爾後會更加警惕自己，不再犯下如此魯莽踰矩的行為，抱歉！」

「真的好嫩……好像嬰兒的肌膚……」琳琳意猶未盡的還想過來觸摸我的手，當下我退後兩步，低頭垂手恭敬的回話：「琳琳小姐，我族皆無毛孔汗腺，在下膚質天生如此，請勿見怪。」

「真好……我也想要這種皮膚，幫我把汗腺毛孔都除掉……我的皮膚很粗，還會亂長痘痘，煩都煩死了。」

「這……醫學方面在下不專精，實在幫不上忙，很抱歉。」

「好了，我開玩笑的。我要回房去了，四個小時真的太久，不行。」

「琳琳小姐，是因為花的時間太久，所以放棄前往？」

「對呀！離家出走這麼久，爸媽發現我不見一定會報警的，除非……」

「除非？」

「除非能夠一小時來回，否則都免談。不過，我看也不可能了。」

「一小時之內，只有飛行的方式可以達成。」

「飛？我又不會飛。」琳琳交叉雙手在胸前，嘟著嘴蹲在地上發脾氣。

「在下身上的反重力裝置可以負重一百五十公斤，不過，要承載您必須護具齊全，而且要緊貼在下的背部……這，有失禮儀……」

「天呀！有這麼好的方法，你怎麼現在才說？」琳琳跳起身來，逼到我面前，一手扠腰，一手指著我的鼻子：「水晶，明白跟你說了，我不是公主也不是什麼貴族，從現在開始，不准你再這麼畢恭畢敬；真心要當朋友，就把那些規矩拋到腦後——我要的是一位朋友，不是僕人。僕人我不缺，你就乖乖當我最特別的朋友，了解？」

「是……琳琳小姐……」琳琳的氣勢瞬間鎮住全場，除了唯唯諾諾，沒有別的話說。

「快載我過去吧！」她伸出雙手，讓我為難了。反重力飛行沒有護具是危險的，我的握力再大也抓不住她——必須先回倉庫穿戴護具，再回來載琳琳。

「那你快去快回，我在這裏等你。」

「不，您先回房去。地道飛行難度太高，不若天空又快又安全。」

「蛤？回房？我沒聽錯？」

「是的，您不需在外頭等，在下去去就回，保證。」

「我不明白，你說『飛過去』是以前就可以嗎？」

「是的，一直都可以，反重力飛行是我族基本技能，從小就開始學習，操作方法是……」琳琳不讓我往下說，瞪大眼睛問道：「既然可以用飛的，為什麼要花四個多月挖隧道，還沒車坐，要我走兩個小時？這是什麼概念？我不懂，你……無敵了！」

「這……在下是考量安全與禮儀，才決定最低風險的隧道……」

「我都不知道該說什麼好，我輸了，你，去拿裝備吧！」琳琳翻了個白眼，踏上房間陽台，對我揮揮手，嘆了口氣就進了房。

到現在我還是不了解琳琳當時為何惱怒。

到倉庫拿護具再返回薛家，約莫花了七分鐘。當我降落在院子裏，看到薛夫人正在和琳琳說話，便攀上一旁柏樹躲藏。心中忐忑不已，想到與琳琳緊貼著一起翱翔天際，就有說不出的興奮與羞恥。心情隨著薛夫人關上房門那一刻引爆，心臟激動的快要跳出嘴外，我敲敲窗戶，琳琳慢慢走出來。我幫她穿上護具、繫安全帶，然後趴在陽台地板上，等待她靠近我的背。

「這姿勢好奇怪……」琳琳雙腳打開跨在我的腰上，她彆扭我尷尬，弄了半天才扣好安全帶扣。懷著矛盾的喜悅和無奈的罪惡感，穩穩操控反重力裝置，緩緩上升到飛行高度，在琳琳壓抑的驚呼聲中，呼嘯乘風而去。

我無法形容那三分鐘是多麼心境旖旎，那是我這輩子最美的祕密。

我們在倉庫裏裏外外走了好幾圈，介紹完我的家當，拿出珍貴的「龍血草心葉」烹上一壺茶，這是紫血寶龍星上的龍髓湖底生長的珍貴植物，種籽落入湖底六百年才會發芽，一千五百年才可以收成，透過茶藝巧匠費時三年用一百零八道工序，才能糅焙出適合烹茶的心葉，這甕飲，是人間極品的滋味……抱歉，我又開始碎碎念。總之，我用最高規格的待客之道來款待第一位光臨也可能是唯一的貴賓，度過無法忘懷的荒野星光茶飲之夜。

「水晶，謝謝你。」琳琳伸手握住我的手，我還想抗拒，卻被她微蹙的眼神定格，無法動彈。

「在下，招待不周……」

「不是這樣，再豪華的飲宴都比不上你的這杯茶，還有那盤我不懂卻很好吃的帕達羅夫餡餅，真的，我很開心你為我做的一切。」

「在下……在下……」

「噓……謝謝。」

琳琳湊過嘴來，在我臉頰輕點了一吻。

彷彿時間空白了好幾個世紀，暈眩的宇宙在我眼前溶化，黑暗的空間閃爍億萬絢彩，我的臉被百萬度高溫灼焚炙燬，燙壞了心肺，燒盡了情緒；靈魂已經炸成無數粉紅色珠點，飄散在每一個愛戀琳琳的細胞裏……

「很晚了，我該回去了，送我回家吧。」

全身無力癱軟的我，不知道是如何載著琳琳回到薛家，我的腦子充滿甜蜜濃郁的愛，溢滿成災，根本無法思考！

往後的幾個月，我是個無可救藥的情愛絕症重傷患，行屍走肉的活著，直到那件事發生，我才清醒離了愛獄、回到人間。

我現在想著那美麗一吻還會心蕩神馳……實在無法繼續寫，下回續吧！晚安，我的小不凡。

＊那個隧道，琳琳一次也沒看過，也沒再提起；輕軌車於兩年後終於完成，試過一次車，就再也沒有發動過，塵封到現在。

玖　殺神的強襲

柏林的藍天上，劃出數道高速飛行的雲跡，倏忽消失在天弧的另一端。

戶外咖啡座上正在喝下午茶的薛夫人，用叉子切下一塊精緻的廚房蛋糕，享受著綿細甜蜜有貴族口感的美味，保鑣在離她五步遠的地方嚴密警戒，這樣的緊繃感讓薛夫人興味索然，茶涼不續，蛋糕吃了一半就讓撤走，要了一瓶礦泉水，潤潤飲食無味了的味蕾。

在飯店房間內的光色水晶自知大難臨頭，停止仿作護照的事，裝備繫上腰、雙臂套上槍，打開窗戶飛到屋頂，躲在隱蔽處觀察周遭的動靜。此時水色冥王帶領部屬降落在阿德龍酒店對面的大樓屋頂，到圍牆邊架好長武器瞄準目標區，水色冥王從頭盔拉下熱感應鏡片，搜尋體溫二十八度的目標——監視巡航官的體溫只有二十八度，很容易辨識出來。光色水晶早已料到這一招，利用零溫噴霧騙過熱感應，爭取時間做更多迎敵準備。

水色冥王看了一圈沒有發現，追蹤儀器仍然顯示發訊位置就在這裏，心中有底的他，指派兩名追捕者飛到酒店屋頂，甩拋出一枚雞蛋大的圓球，撞碎之後冒出青色煙霧，這煙霧碰到零溫噴霧就會混出橘黃的顏色；此時光色水晶放出琳星子當誘餌，兩人一看到星子便跳下牆來追上前去。身經百戰的水色冥王驚覺有詐，已來不及阻止，說時遲那時快，追捕者踩到放電詭雷，馬上被電得皮焦肉爛，在臭煙黑霧中倒了下來。

看到同袍倒下，狙擊手不等水色冥王下令，一輪狂射，轟得屋頂上彈痕累累；煙霧散開之後，才發現那是用床單偽裝的假目標。又被擺一道的水色冥王氣得咬牙，一聲怒吼飛到空中，朝著行蹤暴露的光色水晶連開十幾槍。這幫外星人的反重力、槍械等所有裝置，全都是運用神力操控；水色冥王是擁有**強神力**等級的追捕官長，可以同時高速飛行和精確操控武器，光色水晶的神力有限，無法同時飛行與攻擊，交戰時很是吃虧。

水色冥王兇狠無情，把整面牆轟個稀巴爛，光色水晶只能四處亂竄；狙擊手每一槍都往死裏打，光色水晶置身槍林彈雨，頓時一身是傷、血濺五步。光色水晶看起來盡是挨打、毫無招架之力，其實他已盤算過這個局，悄悄將琳星子調到高空，以自身來誘敵，趁著水色冥王專注攻擊，看準時機就將琳星子垂直砸下；聽到疾速呼嘯聲的水色冥王大叫一聲不好，猛一抬頭冷不防就被琳星子照著門面狠狠一擊，立即失去意識掉了下去。

狙擊手見主將墜落竟然嚇得忘卻攻擊，光色水晶抓到破綻，立即調回琳星子再一記泰山壓頂砸暈了狙擊手；光色水晶迅速飛來清理戰場，能用的裝備就占為己有，用不上的立馬砸毀，免得追捕者甦醒後繼續拿來追擊。

身型碩大的水色冥王重重落地，砸得路面碎石破片齊飛、撞開一個很深的大洞。附近人車以為發生爆炸，嚇得紛紛走避；一旁的大使館很快啟動反恐程序，疏散民眾、關閉使館，全副武裝的駐軍迅速進入紅色警戒狀態。昏迷不醒的水色冥王只露出半截雙腿在洞外，煙塵散定之後，使館軍隊全在遠處戒備，不敢貿然靠近。

「外面發生什麼事了？」在酒店房間內的上官詠晴與薛琳聽到動靜，起身走到窗邊，看到外面路人驚恐走避，上官詠晴心想又出事了，便拉著薛琳走出房門。

「我們要去哪裏？」薛琳害怕的問著，上官詠晴覺著這兩天柏林發生驚恐之事多得太玄疑，想先離開此地再做打算。

「此地不宜久留，我看我們去找薛媽媽直接到機場吧！」

上官詠晴在櫃台詢問得知薛夫人在外面喝茶，一轉身卻瞧見光色水晶氣急敗壞的拽著薛夫人跑進來，拉著薛琳二話不說就往門外衝，上官詠晴十分不快，一把甩開光色水晶的手，大聲喝斥：「這是幹什麼？太不像話了！」

「沒時間解釋了！必須在水色冥王醒來之前趕緊離開，否則就遲了！」光色水晶並未因此罷手，順勢一個反手又抓住薛琳的手，繼續往外移動。

「放肆！放開你的手！」上官詠晴又要阻止，此時薛夫人說話了：「詠晴，外頭又出大事了！幸好水晶先生第一時間就過來，是我要跟著他走的，我們快快離開這嚇人的地方吧！」

連薛夫人都出來講話，上官詠晴也不好再說什麼，沒好氣地白了光色水晶一眼，扳開他的手、攙住薛琳走出大門，指揮保鑣備車；就在等待車子的時候，水色冥王竟然拖著沉重的腳步，一步一步往他們逼近。

「嚇！這是什麼怪物？」上官詠晴擋住薛琳，光色水晶馬上跳到水色冥王跟前，舉起雙槍就是一番猛射，水色冥王許是尚不清醒，竟然連中十數槍，打得盔甲到處彈痕，水色冥王大怒，也舉槍反擊，一時槍火交加、駭得路人四散逃命。雙方駁火的時候，德國保鑣冒險邊開槍還擊邊開車過來。水色冥王欲取光色水晶性命，無暇理會保鑣的攻擊，若非如此，以追捕官的武力規格，保鑣早已命喪槍下。

「你們不是他的對手！快護送夫人小姐離開！」光色水晶躲在大柱子後面，對著這一群地球人緊張地大喊，薛琳聽著眼淚都噴出來，哭著說：「你一個人怎麼對付這怪物？我走了要怎麼找到你？」

「我會找到妳的，快走！」光色水晶講完又對著逐漸逼近的水色冥王開了數槍，再回頭對著上官詠晴喊話：「帶著夫人小姐快快離開！若是讓小姐受傷，我絕不饒你！走！」

「這傢伙！以為你是誰？敢這樣跟我說話？」上官詠晴咬著牙正想上前理論，但是一輪光束攻擊讓他嚇得低下身子，躲到車旁；薛夫人魂都快飛了，在歇斯底里的尖叫聲中，讓保鑣護送上車；薛琳臉色慘白、淚流不止，顫抖地抓住上官詠晴：「不要鬧了！快離開吧！」

這一群人驚險地坐上車，急速離開了酒店，這些人覺得可以從殺戮戰場安全逃脫，簡直是奇蹟——殊不知水色冥王壓根兒沒把他們當目標！薛琳若留在交戰現場，還可能讓光色水晶有所顧慮、不敢放手開槍，怕流彈誤傷琳琳；現在一行人落荒而逃，光色水晶反而有空間施展，掉轉頭衝回酒店，直往他的房間奔去。水色冥王想到戰功彪炳、不可一世的自己，竟然中了小賊之計意外落馬，惱羞成怒地將理智蒸發，腦洞腐蝕爆開、判斷力瞬落谷底，見到光色水晶詐逃亦不疑有他，馬上追了上去。

「光色水晶．安波提耶．坎優！你身犯重罪、拒捕襲官，現在乖乖地束手就擒，或可從輕發落，否則休怪本官心狠手辣！」水色冥王以心靈語對光色水晶喊話，但是他一味地沉默不語——水色冥王想利用回話掃描光色水晶的心靈軌跡，藉以猜透他的心思，在他行動之前搶先一步、一舉成擒——只不過這種等級的詭計是騙不了光色水晶的。他不是攻擊型戰士，只是個位階低下的巡航官，處在武力薄弱、防禦力也不強的劣勢中，只能靠著縝密的戰略、早做預防，才能將身經百戰、勇猛無敵的水色冥王打得落花流水。

「光色水晶．安波提耶．坎優，這可是你自找的，納命來！」水色冥王見詭計被識破，爆怒得撞牆闖進房間。煙塵瀰漫中，水色冥王拉下偏光鏡片要搜尋光色水晶的蹤影，冷不防一顆閃光爆彈照著門面擲來，強烈閃光頓時讓他視線全黑。從不知恐懼為何物的水色冥王，眼盲的此時竟然害怕得大吼大叫，對著四周胡亂開槍，一間美輪美奐的房間被打成了斷垣殘壁的廢墟。

「好個膽小無恥的害蟲！用這種低賤的招式，本官要將你……」不等水色冥王說完狠話，光色水晶用力拉扯地上事先佈好的鋼絲網線，水色冥王沒被絆倒，只是一陣踉蹌亂了腳步，毫無防備的踩到了放電詭雷，雖有強裝甲護身，仍是痛得他直跳。

「敗類！若還有榮譽感，就與本官正大光明對戰，不要用下流伎倆……」

「本官就在這裏，你過來！」

光色水晶突然現身說話，被電得暈頭轉向的水色冥王循聲追人，爆吼一聲就往他衝去——光色水晶並不是為了榮譽單挑，他只想活命——水色冥王突然想到可能有詭，但是已經煞不住腳步，一腳踩進放電詭雷陷阱，慘遭猛烈電襲十餘回的水色冥王，任他是金鐘罩鐵布衫也難敵，一聲悲憤絕望的咒罵之後，水色冥王終於倒下，在焦臭煙霧中再也起不來。

「朋友，很抱歉，這種結果非我所願，願你安息。」光色水晶望著一動不動的水色冥王，嘆了一口氣。畢竟光色水晶是外星官員，本著職業道德，離開之際不忘啟動消除影音訊號的破壞波，免得整起事件曝光；雖不能抹滅目擊者的記憶，也能阻止證據的傳播。

「琳琳先離開也好，就不必大費周章持假護照通關，還要裝模作樣乘坐飛機。」光色水晶站在被轟得支離破碎的窗邊，看了水色冥王一眼，便衝上天空、揚長而去，留下地上騷動不已的人群。

光色水晶解除了對琳星子的控制權，讓琳星子遠遠跟在薛琳的車子後面。光色水晶就著琳星子找到薛琳，但也必須冒著再次被發現行蹤的風險：「現在的我，何懼之有？事已至此，只能豁出去、奮力一戰了！」

倒楣的柏林，因為光色水晶的到來，無辜被破壞；隨著他的離開，塵埃終將落定，樹木依然翠綠，只不過多了一群目睹離奇景象卻毫無證據、迷惑的地球人。

不等阿德隆酒店人員推開傾倒的牆面瓦礫，外星搜救隊已神速前往，將敗陣的隊員上了擔架，旋即高速離去，只留下數道雲痕。不一會兒，全消失無蹤。

聖・愛隆尼亞王朝
母星巡航支部星際暗角分隊第五監視班
月球監視巡航官日誌
登錄時人：王朝曆第六帝王年六八零一代
太平洋西岸區域巡航官「光色水晶・安波提耶・坎優」

心情微恙，不想發表。

完畢。

＊　＊　＊　＊　＊

地球紀元二〇××年元月三日

一吻情深，寫的是地球人的男女之情。之於我，不是如此——更精準的說，不只是如此。那日縱使只是臉頰輕輕一點，驚動似天地玄黃宇宙洪荒接觸的剎那，一如擘開心中萬年渾沌昏矇的霹靂，激動逾恆呀！

之後琳琳與我見面愈發頻繁，不僅是我發明的傳送裝置改良得更加穩定快速，對於地球的人文風情了解愈多、興趣更濃，透過琳琳生動講解，我對地球的觀感是愈來愈好，甚至，迷戀到依賴了。

根據地球人的專業評析報導（感謝在地達人琳琳小姐提供）指出，琳琳生長的台灣最受推崇的是美食，所以，琳琳引領我體會台灣的入門課就是：無止無盡的吃。從五星飯店下午茶到街角巷弄小吃攤，從爆紅排隊人氣店到隱藏口袋私房菜，只要她能去的地方，都會留下我們的足跡——注意，除了足跡，什麼都沒留。

某天，我們在台北一〇一的鼎泰豐吃小籠包，咬下一口，熱香湯汁瞬時滿溢湯匙；緩緩吸入湯汁，味道很是溫潤。經過琳琳調教，我已經適應台灣味。我族飲食傳統以熟食為主，但沒有所謂的調味，口味億年不變；初初接觸地球食物就從美食重鎮的台灣開始，真是驚艷到難以下嚥呀！（形容得很怪）因為味太美，長期禁錮在味覺牢籠的口舌一時無法接受，喉嚨拒絕吞嚥，也就是……抱歉，我又開始碎碎念。

話說當時琳琳一臉慎重，問著憋了很久的心裏話：「水晶，為什麼我和你不能拍照？」

「琳琳小姐，請看看周遭，您會明白在下的想法。」我吞下小籠包，擦擦嘴。

「周遭就是一堆人在用餐，怎麼了？」她納悶地低下頭，湊近我來問。

「很多人拿著手機，邊吃邊拍、邊談邊滑，情況很明顯。」

「很正常，隨處可見，怎麼了？」琳琳微微環視一下，不解地睜大無辜雙眸——那會殺人的眼神，我又瘋躁了。

「是，您可以仔細某些人的鏡頭，是朝著我們這邊。」

「我知道，那是因為你……太搶眼，激似大明星，有光環。」

「光環？在下並沒有啟動光模式。」

「那是……唉，算了，不解釋了，總之就是你很難不吸引鏡頭——等一下，我知道你要開始說在你族來說，你的外表多麼低下卑微等等等等……不必說，我都知道。」真不愧是我的小不凡，我剛張開嘴，她就曉得我要說什麼。我族還要透過心靈掃描才會知悉對方的心思，琳琳根本不需思索就立馬得知，這不是超越我族的神之力，什麼才是神之力？

「依據反曝光法規，會面之後必然啟動毀跡作業，讓附近影音紀錄全數失靈。在這情況下，琳琳小姐的紀錄亦會消失；既然如此，又何需費心拍攝？不若專注美食美景，更加愜意！嗯，這小籠包真是滋味美滿，湯鮮汁溢、皮薄餡足。」

「好的，我接受這說法。」琳琳吃完最後一顆小籠包，拎了包包歉聲去化妝室，女保鑣亦步亦趨跟上，留下男性保鑣。我起身走出店門，跟男保鑣站在一塊。

「日安，保鑣先生。」這不是第一次跟保鑣打招呼，他循常地板著一張臉，本以為他又是無禮地不理不睬，這回讓我驚訝——他回應了：「有事嗎？」

雖然不友善，好歹是個開始。

「我真心認為你是不交談的。」

「安靜能專心，必須的。」

「這工作，是需要專注，才能保護主人。」

「保護範圍不包括你，小姐交代才把你算進來。」

「我不需要保護，實話說。感謝小姐有心，但就別算我。」

保鑣一臉不屑打量我，然後乾咳一聲，繼續雙手交叉胸前，挺胸抬下巴，巍然站立著。

「你們的保護範圍，包括小姐的朋友嗎？」

「有朋友在小姐身邊，順便。不過小姐絕對優先。」

「包括小姐的男朋友嗎？」

「事涉敏感問題，我拒絕回答。」

不能說維安內容，於是我繞個圈子，和保鑣聊琳琳男友的閒事。殊不知，他知道的資訊比我還貧乏，畢竟只是保鑣，無可厚非。不過倒是意外獲得一個新資訊：他們已在雙方家長的安排下訂了婚。

「小姐和上官少爺這對金童玉女，門當戶對的金玉良緣深受各界祝福。」保鑣的嘴角微微掀動，身體繼續保持緊繃的姿態。

「訂婚的消息我是首次聽聞，頗意外對我。什麼時候的事？」

「據我所知小姐十六歲訂的婚，有一些時候了。」

「原來如此。」某種情緒在心海發酵，微微酸澀卻並非嫉妒，有種踏實的空虛感；是對這樣的發展感到滿意——苦笑的滿意。

「倒是你，突然出現的先生。」保鑣雙手叉腰，面對著我說：「不管你是不是別有居心，小姐不是你高攀得起。保護小姐這些年，看過太多像你一樣的人，勸你別動歪腦筋，否則我絕不留情。」

這保鑣庸俗透頂！竟用鄙劣的心汙染我潔淨之愛！簡直俗不可耐！

「你想多了，我不圖小姐給我任何，我只想給小姐不被傷害的呵護——之於你，更有過之而無不及。」

「你說什麼亂七八糟的話？聽沒有！」

保鑣壓下墨鏡，露出兩顆小小的眼睛——「聽沒有」？這什麼奇葩的文法？才想駁斥這不入流的傢伙，正巧琳琳走了過來。也好，不需與這俗貨多費口舌，於是陪著琳琳離開餐廳，走上樓梯到了外頭，目送她上車離開。

當時心中是坦然的，因為我知道終將要面對如此的境地；但為何又有些微失落？許是因為這衝擊仍會漫過心情的警戒線。當下我選擇遲些回監控站，我想散步，像個詩人或是哲學家那樣散步——我知道我不是，也確然不是，我假裝我是；另一方面，我覺著心涼臉冷有點寒，想在人群中索尋一絲絲溫度，不想這般慘寂地回到冰冷孤獨的外太空。

走過LOVE裝置藝術，一對對情侶親密依偎拍照，我的心溫柔地糾纏成乾淨堅定的結。雖然我族遠祖來自母星，但是兩億八千萬年之後，故星已成異鄉，我生長的故鄉卻是紫血寶龍星。我與琳琳，是兩個異星人偶遇，我們不能也不該進一步；要琳琳接受我這異星人，對她是極度不公平的——之於我，亦然。

希望有位全心全愛呵護琳琳的「地球人」與她共偕白首，上官詠晴是萬裏挑一的人選，無論家世、才智、品貌，各方面都是上上之選，知道他們訂盟終身，我是既輕鬆又空虛。

從那一刻起，我拋除所有念想，全心全意守護我的小不凡、當她最堅強的堡壘，不讓她有絲毫的危險。防護第一步就是琳星子功能再升級、優化防禦機制，打造一只琳琳專屬的控制戒指；只是，做好了卻不知如何讓琳琳戴上，苦惱我很久。我想到老鼠給貓掛鈴鐺的寓言，沒有什麼關聯，只是比喻那種心情——想做卻懵然。

之後過了好幾個星期，我只去看琳琳一次；真心不是有鬼，而是頻繁進出地球遭到上級察覺，百密一疏，僅僅一次輸錯座標，就被隊部識破被列入警示。後果是我必須提供連續不中斷的監控畫面至少二十四天，才能解除異常的警示——世間事，真的無巧不成書。

那一陣子抓到一個小空檔，立馬把握寶貴的機會、風風火火跑到地球，直奔琳琳的學校，當時時間緊迫、我冒險用心靈語呼喚——這很危險，極可能被**強神力**監控官掃描到——要她到校園的某個角落見面。

「水晶，你太過分了！召喚了好多次，竟然都不理我！快給我一個理由，不然你就死定了！」那個表情我見過，有韓片「野蠻女友」的狠樣——琳琳耍起狠來，還是好可愛……當下太迷醉，直到琳琳再度出聲，我才醒過來：「發什麼呆？快解釋吧！」

「是，琳琳小姐，在下實有難言之隱……」簡短說明我的處境，琳琳似懂非懂地點點頭，眼神迷濛：「雖然聽不太懂，不過看你說得剴切，也算情有可原，這一次就原諒你了。」

「謝謝琳琳小姐！在下銘感五內……」

「免禮免禮！這麼急著趕過來，一定有事，快說吧！」

「這……」原本打算將之前的心情說個清楚，可見到琳琳舌頭也糊了、腦子也花了，竟然半個字也蹦不出口，張口結舌地矬在原地。

「怎麼突然吞吞吐吐的？你平常不是這樣的。」

「事情有些複雜……這個……」思索該如何說得得體，但時間完全不允許，於是決定就這麼說出來吧！赤裸裸地。

「琳琳小姐，在下認為，該是離開的時候了。」

「離開？什麼意思？我不明白。」琳琳睜大著眼、水靈靈的眼珠子特別迷人，眼皮子眨呀眨，很是疑惑的表情。

「在下得知琳琳小姐已與上官詠晴訂婚，繼續和琳琳小姐單獨出遊、會面，甚是不妥，所以……」當我說出這麼愚蠢的話，立刻後悔：原想說自己可以放心將琳琳託付給上官詠晴照顧，怎地說出口竟是如此粗劣不堪的爛理由？難道這就是口是心非、心口不一的境界嗎？

「我是訂婚了沒錯，就這樣我們連朋友都當不成了嗎？這是什麼迂腐的觀念？」

「琳琳小姐，在下並非如此，只是……得知這消息，在下心頭著慌，怕誤了您的終身……」想要矯正失言，卻愈說愈擰、愈講愈不像話！若非我族視自殺為終極罪惡，真想掐死自己！

「水晶，遇到你是我最奇特的經歷，和你在一起很快樂，我很珍惜每一次相聚的時光。你的心純淨得沒有一絲雜質，這樣的朋友在我身邊幾乎沒有；我希望你能當我一輩子的朋友，我原本以為你也是如此想……可是你……」琳琳紅著眼眶讓我心如刀割，我這麼直截了當刺傷我心愛的小不凡，太不該！

「琳琳小姐，在下確實願意守候一輩子，對您。」

「可是，你也迂腐地認為該避嫌遠離我，說什麼一輩子？騙人！」琳琳的淚水撲簌簌滴了一串，我真想伸出雙手捧著珍貴的珍珠，擁在懷中——但是我沒有，只是木頭人兒傻在原地當笨驢。

「上官詠晴是優秀的人類，有他照顧小姐，在下絕對放心。」

「可是，我……最近和詠晴，變得莫名緊張……」

「小姐和上官詠晴發生什麼事？」

「因為你的出現，我的世界都變了——難道你看不出來嗎？」琳琳蹙眉哀怨，招得我說有多心疼就有多心疼！

「琳琳小姐，在下會一直守護在您左右，只是現時不妥適這樣的見面；上官詠晴是可以全心託付全愛奉獻的伴侶；在下是您生命旅程上的一方小站，停下來歇歇腳是好的，可不能耽誤您未來的幸福。」終於說出心底由衷的話，鬆了一口氣也緊了一陣心——擔驚再傷了琳琳的心。

「詠晴是女孩兒夢寐以求的完美對象——絕對是。我擁有他，是全天下都羨慕不已的幸福。只不過，詠晴不是專屬我一個人，有太多太多需要他的人，他也需要這些人，情況不可能因為我而有任何改變。沒遇見你之前，我或許就甘心這樣吧！可是，無時無私守護卻不求回報的你，偏偏這時闖進我心灰的世界……心不變，談何容易？」

琳琳一口氣說了這些話，字字灼燙，燒焦我淌血的心。琳琳是我的公主，保護她是我這騎士的天職；深愛主子是忠誠的必備條件，卻不是接受主子之愛的藉口！

「琳琳小姐，在下明白了。」沉默了好一會兒，我尋思決定該做正確的事了——讓琳琳忘記對我曾經的情愛，澈底的。

「水晶，你明白嗎？你了解我的感受嗎？那不是一天兩天的迷戀，我已經……無法自拔了……」看著哭成淚人兒的琳琳，我崩潰了心防，決心要放縱一次自己的感情！

「琳琳，不管未來如何，請讓我擁抱妳——即使妳終將不復記憶。」

琳琳聽著我超失體統的講話，激動得哽咽，淚痕未乾再度落下一串又一串珍珠，她張開雙臂飛奔而來，我緊緊緊緊摟她入懷中——這會是第一次，也是最後一次，放肆的擁抱！

「水晶……水晶……」

在琳琳忘情擁抱、放聲泣淚時，我束緊心海波濤，起心運念慢慢凝聚神力，開始刷白琳琳的記憶——這是十分痛苦的決定，為了琳琳的未來，惟有讓她忘記這段回憶，才可能走得開、放得下，我的心才能過得去……

「水晶，為什麼我……睜不開眼睛？」刷白記憶的過程，會感到極度睏倦疲累；擁抱著軟綿綿的琳琳，看著她嬌弱的臉龐，真希望時間停止在這裏……

「水晶，我……怎麼……聽不到你的聲音……」

「水晶……你在哪裏？」

「水晶……」

「水……晶……」

「……」

很是艱難地收起澎湃的心潮，專心一意掃描琳琳的心靈軌跡，盡全力消除關於愛上我的記憶，這樣做真真虐苦了我的心！這無奈的宿命，我必須承受；這莫須有的迷戀，琳琳不該被牽累。所以，消失吧！這些愛……消失吧……

「水晶，你抱著我做什麼？」

不知過了多久，我被琳琳的聲音拉回了現實，因為過度運用神力讓我幾乎陷入昏迷狀態，幸好還回得來。

「真是抱歉！在下失態，請琳琳小姐恕罪！」驚醒的我馬上放手，彈跳了三步之遙，對著琳琳低頭請罪。

「抱這麼緊，難不成……你暗戀我？」琳琳那捉狹表情又再出現——這空虛感強烈得要裂心碎肝！因為我清楚：刷白記憶已奏效，她確然忘了那段美好卻不能留的記憶。

「這個……在下一時想起故人，情不自禁，請您見諒。」

「什麼見不見諒的，真是見外；我們都這麼熟了，想抱我，我不會反對；想追我，我也可以考慮喔！」

「琳琳小姐，您已訂婚的身分，在下造次不合適。」

「我訂婚你也知道？真是神通廣大。好了，不鬧你，剛剛是逗你玩的——你開得起玩笑，不是嗎？」看琳琳笑得陽光般燦爛，心裏陰霾的苔癬全曬乾了——血流成河的心也乾涸了。

「在下完全不介意這樣玩笑，琳琳小姐。」

「就知道你人最好了。」琳琳還有些許初醒的倦意，伸個懶腰、打個呵欠，輕揉雙眼、迷濛含笑地看看我：「你有追過女生嗎？」

「很遺憾，在下沒有追求異性的經驗。在學階段太忙碌，錯過機緣；隻身赴任監控工作，更無可能。愛情學分皆在書頁中修習。」

「可是你現在來到地球上，人很多，還是沒有遇到心儀的對象？」

「這……狀況有些複雜，不容易解釋……」

這要我如何解釋得清？心儀的人就在眼前，卻不能說出口，只好讓她忘了我，因為太愛……這要怎麼開口？明說了，枉費刷白琳琳記憶的苦心；不說，她會疑惑很久都無解——苦痛纏身呀，這愛。

「這麼帥卻沒女朋友，很難相信；還是你們『前文明神人』對『當代文明人』有意見、不願意交往？」

「在下對地球任何族群沒有歧視，只不過天生差異，不適合異族聯姻。」

「聯姻，還和番咧！水晶，你想遠了。我只是想知道你為什麼……難道，你是同性戀？」琳琳愈說愈岔線，為了阻止她無止盡展開的話頭，只得嚴肅回應：「在下嚴正聲明，本人絕非同性戀者。同性戀的現象是偏離生存界線的行為，是為毀滅本性轉移的結果，我族不存在同性戀亦不見容；在下立場不反不擁，不同情亦不認同……」

「停！這話聽的我有氣。本小姐雖然不是同性戀，可是我支持同婚。」琳琳嘟起了嘴，賭氣地偏轉了頭。她這小情小緒竟慌了我，驟然不加思索回答：「這……既然琳琳小姐支持，那在下也表態支持。」

琳琳用一個不可置信、搞笑的表情對我說：「水晶，你也太善變了吧！」

「琳琳小姐，在下永遠支持您的支持，亙古不移。」

說到此處，鬧鈴提醒我返回監控站的時間到了。雖然刷白記憶已經發揮作用，還是擔心不夠澈底，畢竟低微的我神力有限，只要一絲絲殘存記憶的牽動，就可能引發返還回憶的連鎖效應，讓刷去的記憶如海浪反撲——當天時間緊迫，只能下回再來強化刷白，讓不該有的殘存記憶完全消失——做出如此不人道的行為，情非得已！琳琳，原諒我是為了大家好（說得矯情，卻真實）。

匆匆告別，下次見面是遙遙無期，我坦然釋懷；琳琳將不會因為相逢無期而思念神傷，我才可以了無牽掛的離開。

解決了事情，空虛了感情，沉澱了心情。

之後過了三個月，巡航支部才免除我全程錄影的監管，但是補給船往來的次數頻繁到不像話，這根本是變相的監管方式。上有政策，下有對策，你來往頻繁，我就要求更多零件、食材，不停改良、更新機具，餐餐料理大餐；運補官忙得不可開交，每天都要至少三趟運補，他們也敢怒不敢言（我看得出來，誰要支部要這種小手段？）。不到三周支部終於投降，發訊息告知恢復以往的運補頻率，不再接受額外的補給——不僅逼使支部讓步，還獲得許多精良零件，連廚藝都精進不少，大勝利！

在工作上我大獲全勝，但在情感上，我一敗塗地。刷白琳琳的愛，很是令人難過，時至今日，想來還是隱隱作痛，心。

心情太不好受，試著聽萬芳的療癒神曲〈割愛〉、〈就值得了愛〉來修補情傷戀痕……唉！走筆至此，先行打住，下回再續。

晚安，我的親親小不凡。

拾　星空傷別離

在上官詠晴與他父親出面處理下，德國富商朋友緊急調了一架私人飛機到柏林，薛琳和薛夫人狼狽地逃到機場，上了飛機仍是驚魂未定，空姐伺候她們喝了幾杯紅酒才稍稍緩和。飛機起飛後還要十幾個鐘頭才會回到台灣，三番兩次恐怖事件折磨之後，薛琳累了，薛夫人更慘，躺在舒適的小床上不一會兒就沉沉入睡。

上官詠晴在德國繼續配合警方辦案，偵查工作結束之後，他回到宿舍立刻上網召集朋友，透過網路力量想查出是哪一個組織敢在柏林如此囂張的犯案——這夠他們白忙一陣子，因為，水色冥王不屬於任何恐怖組織，任他是駭客之王來找尋線索，也是徒勞無功。

至於光色水晶，他跟隨琳星子訊號到了機場，確認薛琳上了飛機，便迅速往台灣方向飛去。光色水晶已經不能回外太空的監控站，不過他有先見之明，自忖終有被發現的一天，早早在新店偏僻山區蓋好了戰備倉庫，存放各式裝備以及武器，現在他必須趕回去準備應戰，面對下一波更大規模的搜捕行動。

在新店薛家豪宅裏，海爺和上官詠晴在視訊通話，海爺得知薛家母女安然無恙的消息，揪緊的心稍稍放下；又知道她們已經在上官詠晴與他爸爸安排下坐上飛機，對這位未來女婿讚賞有加。

「詠晴呀！這回多虧了你，下次回台灣讓薛伯伯做個東，我要再當面好好謝謝你們父子。」

「薛伯伯，您客氣了。回台灣我該專程給您請安，怎勞您跑一趟？」

「話不是這樣說，要不是你保護著琳琳和她媽媽，恐怕局面會……我都不敢往下想了！」

「這是我應該做的。不過，有件事，我不知當不當講……」上官詠晴臉色凝重又為難，給海爺一個請示性的表情。

「詠晴，有話就照直說，我們兩家的交情，沒什麼可顧慮的。」海爺看上官詠晴說話猶豫，這相當不尋常，聽著他心頭也微微緊張。

「琳琳身邊的保鑣受傷了，現在還在醫院。」

「這我有聽到報告，怎麼了？」

「飯店當時緊急調度當地的保鑣替換，有一個來歷不明、操華語的亞洲人，也混在其中，還頗受薛媽媽的重視。」

「嗯，這個人為什麼引起你的注意？」

「他身手不凡，人高馬大，天生保鑣的料。」

「聽起來沒什麼問題，你有查到什麼蛛絲馬跡嗎？」

「我只查出，他的記錄非常乾淨。」

「這樣的人，很適合待在薛琳身邊，不是嗎？」

「薛伯伯，我說的乾淨是『完全沒有記錄』——根據他提供的資料，問遍所有相關單位，竟然調不出半點個資來，就像憑空冒出來的人——若非保密到家，就可能他給的全是假資料。」

「這樣的人花點錢打發走就算了，至於讓你一臉苦惱？」

「我是想這麼做，但是幾次琳琳遭難的時候都是他化解危機，實在沒理由掏他出去；薛媽媽很吃他那套，明白表示有意留他下來。」

「你薛媽媽就要回來台灣，這個人有跟著回來嗎？」

「原本這人預定和薛媽媽同班飛機，但是我們在阿德隆飯店遭到暴力攻擊時，他為了讓我們順利逃離，獨自留下抵擋武裝份子。之後我回去現場，武裝份子已經不見蹤影，這個人也下落不明。我認為，以他的身手應該可以脫身，甚至回到台灣。」

「看來，出現個厲害的角色。」海爺沉吟了一下，接著說：「詠晴，我大概知道你的顧慮。若這人出現在琳琳身邊，我會派人徹查他的底。不論如何，他曾經救過琳兒，我都該對他表示表示。」

「聽您這樣說我就放心多了。十五分鐘後還有課，我先離線，薛伯伯再見。」

海爺關了螢幕，要管家為他倒杯威士忌，他喝了一口，抿了抿嘴唇，心裏十分好奇到底是怎樣的一個人，能讓看人謹慎、不輕易相信他人的薛夫人接納；還能讓也有拳腳底子的上官詠晴讚佩功夫了得，甚至敢單槍匹馬對抗恐怖攻擊，這人絕非常人——想到這裏，海爺腦海裏閃過一個念頭：這人該不會是恐怖份子的一員，假扮保鑣故意來接近琳琳的吧?!

「這也不無可能——希望只是多慮。若這人真有通天本事，我倒要好好會會，看他有什麼三頭六臂。」

海爺將威士忌一飲而盡，舉起空杯晃了晃，管家趕緊給他滿上；他端起杯子，走出廳門到庭院前，就著皎潔的月光獨酌。草地上濕潤潤的，灑水器才剛剛停歇，連泥土的味道都是濕潤潤的，海爺深深地深呼吸，轉而擔憂還在歸途的母女倆，暗暗祈禱他們能夠平安歸來。

話說還在飛機上的薛夫人和薛琳，雖然疲累得倒頭就睡，但不到三個鐘頭就醒過來，飛機都還沒飛到杜拜，兩人打了電話給海爺報過平安，閒著無事又睡不著，就讓薛琳選部影片來打發時間。

「媽咪，出門前一天我們還有去拜拜，怎麼這一趟盡碰到倒楣事？神明都不靈。」

「快別這麼說，不可對神明不敬。」

「本來就是，神明保佑還不及水晶先生的保護。」薛琳嘟著嘴，陷坐到沙發背裏。

「愈說愈不像話，不許再胡說。」薛夫人皺著眉頭，轉頭一想，嘆了口氣：「這個忠心的水晶，不知道有沒有平安脫困？那幫凶神惡煞比鬼還兇惡……」

薛琳挑了一部麥特．戴蒙主演的神鬼認證，其實她也無心觀看，只是有個聲光襯底增添環境穩定感；此時恰巧出現槍戰的劇情，槍聲大作的音效嚇壞了放空的薛琳，薛夫人更如驚弓之鳥馬上掩耳尖叫，服侍人員頓時慌得不知所措；幸而有位女侍者比較機靈，立刻將影片關閉，聲響嘎然而止，機艙內又恢復只有飛機引擎低鳴的狀態。

「嚇死我了——琳兒我的寶貝，妳怎麼選個槍戰片來看？阿彌陀佛，我的心臟受不了……」薛夫人坐定下來，拿著佛珠不停念念有詞，侍者連忙取來溫開水，她喝了兩口，才稍微順了些氣。

「媽咪，您還好嗎？對不起！我就亂轉，誰知道……」薛琳蹲在薛夫人旁邊，內疚不已。

「沒事，媽咪沒怪妳的意思，沒事就好……」薛夫人話沒說完，忽然一陣不尋常的震動，竟然還伴隨悶雷般的聲音，大家都很疑惑。

「咦？電視不是關掉了嗎？怎麼會有爆炸聲？」薛琳有不好的預感，和薛夫人對看一眼，同時露出驚恐的表情：「該不會……」

此時機長廣播要大家回座位，繫上安全帶的燈也亮了起來；眾人還沒意會過來，機身就往左邊急急的傾斜，機艙裏的人全摔個人仰馬翻；接著機身開始劇烈搖擺，像雲霄飛車一般上下左右急甩，甩得每個人五臟六腑都要移位了。

「怎麼回事？現在，出了什麼事？」薛夫人緊抓著薛琳，驚聲地問著。沒有人回答，因為機長也不知道怎麼回事，只能確定飛機遭到不明外力破壞，造成機體不小的損傷；盡力穩住飛機之外，機長趕緊發出求救訊號，尋找附近能夠緊急降落的機場；但是最近的機場還在幾百公里之外，就算允許他們降落，也不知能否撐得到裏，機長已經在腦海中做了最壞的打算。這架飛機後方有八九道噴射氣流緊追不捨，這是跟水色冥王同一掛的追捕者，依然是追蹤琳星子的訊號而來，而且人手更多、火力更強！

「都已經在這麼高的地方，還是躲不過攻擊，到底是要怎樣？」薛琳再次被突如其來的狀況嚇得歇斯底里，侍者緊緊護著她們，還要用力抓住椅子防止自己被拋飛，場面混亂又危急；外面一波強過一波的光砲攻擊，轟得機身是百孔千瘡，眼看即將墜機、眾人陷入絕望的時候，機首前方一道高速氣流由遠而近呼嘯而至，迅雷不及掩耳地衝撞追捕者隊伍，最前面的幾個追捕者首當其衝，慘遭迎面痛擊，當場昏死墜落！可憐追捕者從一萬呎高空摔下，只怕凶多吉少、粉身碎骨。

「來者何人？」帶頭的追捕者見同僚慘被打落，全身武裝蓄勢待發，用心靈語憤怒的詢問來人。

「你們要找的人是我，不要攻擊無辜的地球人。」趕來解圍的正是光色水晶，原本已經超前甚遠，但是聽到琳星子傳來的警報，於是火速折返保護薛琳；他話未說完，使個調虎離山之計，朝反方向急速飛走，誘引這群凶神惡煞調頭去追他。

「地球？這群『母星的病毒』稱這裏是地球？確實是『病毒』會做的事。」追捕者果真放棄攻擊飛機，轉而追擊光色水晶；彈痕累累的飛機損壞太過嚴重，已經撐不住、必須緊急迫降，機長緊急廣播，要全員做好面對衝擊的準備。

「媽！我不想死……」

「琳琳寶貝，神明會保佑我們的，阿彌陀佛……」

機艙內一團亂，空氣中瀰漫刺鼻的燒焦味；劇烈搖晃的機身，好像隨時要解體一般，每個人都驚恐流著淚、祈禱神祇保佑，場面令人不忍。

「我們快失速了……」機長死命拉住操縱桿，但是情勢惡劣到讓他絕望吶喊，這讓機上所有人的恐懼升到極致，跟著哀嚎慟哭。

光色水晶原本打算引誘追捕者遠離飛機，飛不到一公里他回頭一瞧，看到飛機如此危急，焦急的他忖度以一己之力絕無拯救的可能，眼下只剩下一條路可走：「惟有立刻投降，才能救琳琳！」

悲愴不已的光色水晶痛苦地作出艱難的決定，間不容緩讓他沒時間猶豫，立即慢下速度、騰空停止，轉身面對無情的追捕者：「罷了！只要能救我的小不凡，這一點點犧牲算什麼？」

「追捕官注意！」

追捕者聞聲大驚，以為光色水晶要反抗，緊張地散開陣勢、掏出武器，作出駁火的準備。

「請停火！本官聲明即刻棄械投降，不再抵抗。」光色水晶張開雙手、卸掉槍械，繫滿武器的肩帶也一併丟棄，停在雲端裏，與四名追捕者面對面。

「本座必須告訴你，一旦投降，必面臨上銬逮捕，押解以及審判期間若有任何反抗行為，將被當場格殺，你可明白？」帶頭的追捕官謹慎的說明，但是槍口依然瞄準光色水晶的腦袋。

「這點本官清楚，本官乃基於對脫序行為幡然悔悟，因此誠心投降。」

「光色水晶．安波提耶．坎優，你懂得恥辱而投降，本座很欣慰，請容追捕官將鐐銬上身。」追捕者的態度因為光色水晶的一番說詞而變得溫和，不過鎖上手銬腳鐐動作粗魯，把他的手腳砸到淤血烏青，痛得他皺眉咬牙。

「光色水晶．安波提耶．坎優，本座宣布將你緝拿歸案，即刻押解至巡航支部囚禁……」

「追捕官，標準流程本官都知道，不勞您說明。不過本官有一事相求，但請長官襄助。」

「說，本座聽聽。」

「後方無辜被波及的飛機恐將墜毀，命在旦夕！懇請長官拯救他們……」

「啐！憑什麼我族要解救『母星病毒』？這些病毒活該死！」

「病毒確然不該活！但是其中有本官監控多年難得一見的『罕見樣品』，若任其死去，將是監控單位莫大損失，長官切莫成為阻礙進化的罪人！」

「罕見樣品？本座未曾聽聞，可有報告？」

「監控樣品是機密，不便透露。若要查證，請循查詢流程提出申請即可。」

「申請至少要花三年時間，本座懷疑這是緩兵之計！雖然你意圖不明。」

「是計不是計，日後自見分曉；您若見死不救、毀了樣本，本部長官怪罪下來，就是流放百年的重罪！」光色水晶見飛機愈飛愈低、眾人命懸一線，急得祭出狠話來恐嚇追捕者。

「這……」

追捕者遲疑地低著頭，猶豫沉思；光色水晶見對方心意有些活動，打鐵趁熱下了更猛的藥，終於讓追捕者勉強應允搭救。追捕的長官看守著光色水晶，另外三位運用**強神力**，讓飛機以滑翔的狀態穩定下降；原以為飛機即將失事痛哭出聲的機長，對於奇蹟般的轉變感到不可思議，等他情緒稍稍回復，才鼻音濃重的向全機廣播：「各位貴賓，飛機目前暫時獲得控制。但狀況尚未解除，請繫好安全帶……」

「控制住了嗎？謝天謝地……」薛家母女讓空服員扶回座位，做好一切緊急安全措施，賸下的事情，就是祈禱和等待了。

在聽天由命、盲目滑翔兩小時之後，飛機成功迫降在羅馬佛朗明哥機場，這下子不但機場航班大亂，也引起國際媒體不小的騷動：「富豪私人飛機疑遭攻擊，迫降羅馬機場，神祕乘客低調迴避，身分成謎」這消息立即在網路蔓延，成為點閱率飆超高的熱搜新聞。

負責撐住飛機的追捕者在安全降落之後，向押解光色水晶的追捕官回報。聽到消息的光色水晶，欣慰又落寞的閉上雙眼：「琳琳，就只能這樣了……沒想到竟是這樣的結果……一切都是命……」

鐐銬加身的光色水晶隨著追捕者不斷飛升，飛進雲海上的中繼站裏暫時囚禁，俟運囚船一到便要押解他前往支部看守所，等待審判。

羅馬機場的跑道上滿是消防車，警示燈閃個不停；歷劫歸來的機長剛下飛機，就被帶至航警局偵訊，協助釐清失事原因；薛夫人要求警方立即聯繫上官詠晴和海爺，第一時間得知消息後，透過一切管道、調派所有人力，十萬火急地前往處理，務必在最短時間、最嚴密戒護情況下，將薛家母女平安護送回台灣。警方對攻擊事件一頭霧水，查不到任何組織犯案的證據；這樣的迷霧讓警方更緊張，為防止發生下一波攻擊，羅馬當局派出兩百名精銳警力，傾全力維護意外大貴客：薛家母女。

事情發展至此，光色水晶投降被捕，停止一切追殺行動，追捕事件告一段落。然而薛家母女並不知道事情已經落幕，兩人瑟縮在警局裏的沙發一角，抱成一團；前來警局關切的有關人士，在她們身邊擠個水洩不通，七嘴八舌的討論獻策；機場飯店的主管也很會做人，立即挪出最好最大的房間，邀請她們入住。

「我想要回家……我想要回家……」

嚇到魂飛魄散的薛琳，抱著同樣臉色慘白的薛夫人，眼神呆滯、無意識地念嚷著。薛琳的手機響起，是南宮靖打來的——薛琳的爸爸、男朋友都還沒打來，他就第一個報到，薛琳看了看手機秀出的聯絡人名，有氣無力的回答：「喂……」

「薛琳！我在臉書上看到消息了！是不是妳？我看到新聞直覺聯想就是妳，對吧？」

「南宮靖，我現在沒心情說話。如果沒什麼要緊事，我要掛了。」

「等一下，薛琳！」

「幹嘛？」

「我只問妳一句，是不是外星人攻擊妳？」

薛琳聽了這句話，心頭一震：我怎麼都沒想過？的確很像「外星人」的作風……如此驚疑想著的她，故作鎮定、淡淡的回話：「怎麼說？」

「德國街頭鋼鐵巨人大戰，網路瘋傳慘了！離譜的是所有手機畫面全部消失，大使館監視器突然故障，跟上次七星潭事件如出一轍。這麼高科技，肯定是外星人幹的！」

「鋼鐵巨人？東尼・史塔克嗎？什麼鬼呀？」薛琳當時並未在對戰現場，也難怪她不知道南宮靖在說些什麼。

「就是發生在妳住的飯店旁邊，全世界都熱炸了的火紅消息，現在又發生飛機被攻擊、滑翔數百公里迫降羅馬的超離奇事件，我就說，主角一定是妳……」

「南宮靖，我累了，等我回去再說吧！」

「那，最後妳可不可以告訴我，飛機失事是不是真的？」

「我只回答這一個問題，之後就不要再來煩我——我已經被問到連看這些人都心煩。」

「沒問題，我可以錄起來嗎？妳的回答。」

「隨便你。我說，這次飛機失事、滑翔、迫降都是真的，對，我就在上面。滿意了吧？」薛琳白眼都快翻到頭頂上了，不耐煩的說著。

「我就知道是這樣，謝啦！我要把這獨家第一手消息拿去跟那些嗆我的酸民槓一下！等你回來台灣我再去找妳喔，BYE！」薛琳掛上電話，心中有點後悔告訴南宮靖這個二百五，擔心他會把這消息講得滿城不是風便是雨。

「琳琳，誰打電話來？」薛夫人話語虛弱地問著薛琳。

「是南宮靖，沒什麼事，問候一下。」

「妳爹地怎麼沒打電話來？」

「爹地應該還在忙著安排我們的事，這些人也是爹地叫來幫忙的——詠晴也幫了不少忙，等下要住的飯店就是他特別喬出來的。」

「還住飯店？我真的等不及要馬上回家了——還是台灣好，治安忒好。」薛夫人眼睛佈著血絲，驚恐加上沒睡好，面容憔悴、光采盡失。

「媽咪，我們還是去飯店梳洗梳洗、換套衣服，就算記者拍到也不會失了面子。」

「也對，還是妳冷靜想得周到，我們就過去吧。」

薛家母女在層層戒護包圍下，上了飯店接駁巴士，十幾輛隨行車浩浩蕩蕩地跟隨；後面的媒體記者鎂光燈閃個不停，動作快的記者已經登上採訪車，跟著車隊呼嘯遠去。

羅馬，這一晚雖然不是假期，卻意外成了全球的焦點。

在雲端上，接近平流層頂部的四萬八千公尺高空，囚禁在中繼站裏的光色水晶，手銬腳鐐已經卸除，多了一副限制神力使用的束頭帶，這樣的他，看起來格外落寞。

「接下去該怎麼好？這滔天大罪應該是流放千年……唉，這樣做，到底值不值得？琳琳，我這一輩子再也見不到妳了……琳琳……」

黑暗的囚室，黑暗的外太空，黑暗的心情，光色水晶整張臉都陷入極暗的悔色裏。

聖．愛隆尼亞王朝
母星巡航支部星際暗角分隊第五監視班
月球監視巡航官日誌
登錄時人：王朝曆第六帝王年六八零一代
太平洋西岸區域巡航官「光色水晶．安波提耶．坎優」

沒有該報告的事，就算有，我也不想報告。

完畢。

＊　＊　＊　＊　＊　＊

地球紀元二〇××年元月三十日

最近事情頗多，分隊長官對我監控比重產生懷疑，報表指出台灣地區的監控座標有重疊異常，長官要求改善——有鑒於以往的不良紀錄，恐怕又是一陣子我這監視巡航官被監控的日子。

不過，我並不擔心沒人替我護著琳琳。自從之前出包遭到刁難以後，便積極布局尋找可以信任的局外人，在我無暇保護之時，傾全力護衛我的小不凡。

在這個現行宇宙中，「空間」不只是眼睛看得到的才叫空間，視覺看不到的「虛空間」、以「無」與「靜」為存在元素的「無空間」，以及留存記憶與想像的「想空間」等等，在眼見為憑的「實空間」觀點下，都會被歸列為不存在——這是地球人普遍的見識。不過眼不見不等於不存在，看不見的世界甚至比「實空間」更真實、更浸潤生命底質——空間學是我晚近修習的頂級課程，學了三百年才取得認證，足見這門學問有多艱澀難懂。（還是我資質偏魯略鈍？同門中有人不到百年就取得學分……）

空間學的閒話暫此打住，就說說那「想空間」的八卦先。世上萬物雖非都有自覺意識，只要是在時間流中出現，這消長的記憶就會留下——微小如分子，巨大如星球，所有記憶都匯入時間流，最終被想空間吸納，任由記憶飄盪在超越想像的空間中，永恆不滅——這很深奧，不懂也是正常。

換個地球人比較能理解的說法：虛無的記憶聚成一團，具體來說就是幽靈。地球人一提到幽靈，便與恐怖、兇殘、醜惡的形象劃上等號，事實恰恰相反。幽靈沒有實體，是由比氣體更虛無的記憶組成，沒有形體，沒有質量，絕大多數人不會察覺到「它」的存在。為什麼我要說這件事？因為，我找來保護琳琳的那個「人」，跟幽靈的關係密不可分，他不是幽靈，卻讓幽靈聞風喪膽——如果幽靈懂得害怕的話。

兩千年前一個偶然機緣，讓我發現了「他」。當時他正在追捕一隻頗為肥碩的幽靈，或許是機會難得，原本隱身追獵的他竟追到忘我，不小心暴露了行蹤；恰巧我正在掃描該區域，他不尋常的身影立刻引起我的注意。機警的他，很快地察覺到自己的疏失，立即恢復隱形狀態；發現到他的一瞬間，已經被我用十餘種辨識法鎖定，要追蹤他的一舉一動料非難事。

他絕非省油的燈。他的存在超越了神的領域。

之後整整一百年，我用盡方法想找到他，卻再也找不到。當我想放棄的時候，沒想到他就出現了。原來不是我在追蹤他，他已經監視我一百年，他認為機緣成熟，才與我接觸；他使用比心靈語更高等的「思想語」與我溝通，傳授我許許多多我族萬年不解的知識，開闊了我更高的眼界——原來，思想不是靠理解，是要開放心靈、讓思潮海嘯般襲捲的……抱歉，我碎碎念的習慣很難改。總之，他，給了我新視野。

我問他：該如何稱呼？他說：我是無思之思，無名無姓。

我總是尊稱他「無思尊者」，他說不必，無思即可。他自稱「無老闆」，要我也這樣稱呼，他會覺得自在又稱職。

「在下斗膽問一句，您為何不斷追獵那些幽靈般的虛氣靈光？」認識無思八百年後的某一天，他到監控站與我對弈，我趁機問出心中積存已久的疑惑。

「為了吃。」

「吃？」

「因為吃而生，因為生而死。」無思一貫難懂的話，千萬不要追問話裏的道理，這會逼瘋認真糾結的人。

「好吃嗎？」我問。

「要吃嗎？」他問。

「要。」我答。

「要有心理準備。」他答。

無思打開腰上的小皮囊，用金色小鉤子勾出一綹……乾冰似的透明幽靈，攤開他的廚具褡子，在我小小的監控站便料理起來。

「是嚇人的味道嗎？」初初傻傻的庸俗的問——與億萬人類一致的俗。

「吃吧！」無思笑瞇瞇的點點頭，將幽靈料理端到我面前，素淨的盤飧配上一小碟子沾醬，我一看到就拋開一切念想、毫不遲疑地大啖起來。

那是不可思議的一天，那是不可思議的一餐，那是不可思議的。我無法解釋說明的更多，他是超越神的領域的尊者。他在台灣地區出沒四百多年以來，經營的幽靈食堂從挑擔子、人力車、牛車、腳踏車，一直進化到現在的動力餐車，與時俱進的概念卻沒有影響他的穿著，一身鶉衣百結的老古衣衫，怎麼看都像個乞丐遊民，很不起眼。他的忠實饕客上至達官貴人、下至販夫走卒，想吃就得耐心排隊，無有分別、一視同仁；只要想插隊投機，就會失去品嚐的機會——到死為止。無思很隨興，只要他想做，不必開口他都開心去做；若不想做，磨破嘴也撼不動他的心意。

「保護你的小不凡，可。」

他是無思神，我沒說出口的、埋藏心底的，無思無所不知。很慶幸無思願意幫我。

「不是幫，是可。」

「謝謝。」

「不用感謝，生命會返還的。」

「我懂，出來混的總是要還……無間道。」

「不要胡說渾話，嚴肅面對，開玩笑都要認真，生命是如此。」最愛胡說八道的無老闆，假開釋最常見。

「在下受教。」只要假裝謙卑、順從，無老闆就會開心。

「昨天捕了成色不錯的獵物，一起吃吧！」順從的奬賞，就為這一味！所有幽靈飢餓者的服順，無非為了討無老闆開心、賞賜一口美味的幽靈！那天，豪華生幽靈片讓我又不可思議了一回，無思是超越神的領域的尊者！

有了無老闆保護琳琳，我放心不少；也因為這樣，讓我擔心更多。無老闆難以捉摸的心情，飄忽不定如同他的行蹤一般，我也不確定他會不會真的無私地保護琳琳？每每都讓我提心吊膽——幸虧時至今日，都沒有更意外發生。

自從將琳琳的記憶刷白之後，我更小心謹慎保持距離，不讓事件重演。不知道是琳琳情感太豐富還是我太有吸引力，時不時就要承受琳琳熱辣辣刺過來的凝眸，灼燒我來不及降溫的情愫。

「琳琳小姐，上官詠晴與您最近可好？」

「為什麼問？」

「只是寒暄，您可以不回答。」

「既然不需要回答，那又何必問？」

「您說得是。」

那天有些熱，琳琳邀約前往台大對面的臺一牛奶大王，她說吃紅豆牛奶冰解暑，卻點了一碗熱的芝麻酒釀湯圓給我。

「天熱您吃冰，在下尚可理解；然卻要在下食用熱湯，實在不解——湯圓甜美無誤，但燙！」

「我要你吃就吃。你又不會流汗，吃冰怕凍傷你。」

「原來是體貼在下，在下謝過琳琳小姐。」

「又來了，白面書生，小女子這厢有禮囉……」

「不敢不敢。請問琳琳小姐今天就為吃冰要在下做陪？」

「吃冰是藉口，其實是有事情想請你幫忙。」

「只要琳琳小姐一句話，赴湯蹈火在所不辭！」

「沒這麼嚴重啦！」琳琳咬著湯匙，又露出可愛到不行的表情：「這星期我們校慶，我終於說服我爸讓我參加園遊會，我們班的攤位需要一位帥氣的男生，我第一個就想到非你莫屬。」

「原來如此，琳琳小姐儘管吩咐，在下聽候差遣。」

「你能答應真是太好了！快吃一口冰，這天氣怪熱的。張開嘴巴，我餵你……」現實的小不凡，看在餵我吃冰的份上，就不計較這麼多；一口紅豆冰一口熱湯，冷熱交融，享受這一頓尚稱開心的點心時光。

到了約定的日子，依約趕赴校門外，保鏢將我載到園遊會現場，就看到幾位穿著奇特的女生，拿著我的服裝等在攤位前，其中一位引領我去換裝，我看著奇特的衣服一臉狐疑：「這服裝……是認真的嗎？妳們的裝扮，合理嗎？」

「薛琳沒跟你講嗎？今年的主題是帥執事與俏女僕喔！啾咪！」女孩表情俏皮、聲音做作，稚嫩臉蛋濃妝豔抹，不禁擔憂：該不會我的小不凡也同樣厚塗一層凡脂俗粉吧?!

「執事是什麼？請說明。」

「就是管家，你都不看動漫嗎？黑執事超帥的——當然，你更帥。」

「在下換裝之後，還需要做什麼事情？」

「你只要往攤位前一站，和來的人拍照就好——你一定會吸引很多人，呵呵……這樣明年社團經費就有著落了。琳琳真的很會找。」女孩興奮得頸子都紅了，用力推我進更衣間，隔著門還聽得到她喜不自禁的笑聲。

換上奇裝異服、難懂的妝髮，走到幾乎清一色都是女性、排了兩列長長隊伍的攤位前，接受她們興奮的表情、發光的眼神盯著我。我的工作就是迎合她們用奇怪手勢、彆扭姿態合照的要求，這一拍就是兩個鐘頭，談不上辛苦，也絕不輕鬆。我要求休息片刻，補充流失的糖分與水分，以及必須的降溫；但是等待的隊伍看不到盡頭，我的要求讓她們發出怨言。此時琳琳不知從何處匆匆趕來，挺身跟那群貪婪的女僕對話、替我解圍。

「水晶，謝謝你的幫忙……我不知道這幫同學這麼壞。我爸派了保母車給我，你快過去休息。」

「琳琳小姐，謝謝您，在下略做休息即回，請莫掛慮。」

「本來也只是讓你招徠客人而已，誰知道她們竟然如此剝削你，我的錯，接下來的事情我處理。」

「琳琳小姐，切勿因在下壞了您與同學的情誼，在下不要緊。」

看著琳琳微施薄粉、素淨的漂亮臉蛋，我放心了——我的美麗小不凡，真是脫俗不凡，美得令人炫目。我上了房車，隨車管家遞過來冰枕、冰水和巧克力棒，終於可以躺下休息、閉目養神——我並沒有睡沉，還是保持低度警覺、以防意外——這天我總是心神不寧，彷彿暴風雨之前的低氣壓，壓得心都快浮到頭頂了。

我的預感沒有錯。事情，發生了。

心緒雜亂的我，許是累忘了，竟然任由自己在數百人面前曝光兩個鐘頭，被幾百只鏡頭拍了進去仍無自覺——拍攝者的範圍凌亂又分散，等我想到時，已經到了補做反曝光動作也無法挽回的地步。原以為巡航支部對我的監控已然解除，此時才明白支部長官絕非輕易相信部屬、鬆懈懷疑的人，只是化明為暗、持續監視我的一舉一動。

這次，我輕忽了。保母車安靜又舒適，讓我連最低警戒都棄守，不小心就陷入沉睡狀態。當我睡著時，星際暗角分隊接到支部的通知，要分隊派員前來逮捕我；沉睡的我沒有意識活動可以追蹤，不過琳星子和我的衣服都存放在更衣室的紙箱裏，很快地他們循著訊號便追到了學校。追捕者悄悄潛入攤位裏，不巧琳琳正和策劃的女僕爭論，她們看到全副武裝的追捕者闖入，還來不及反應，追捕者立即掏出武器欲作攻擊——說正格兒的，若不是發生這件事，我還一直懷疑閒散懶怠的無老闆並非真心守諾、保護我的琳琳——狹心窄腸的我，是該對無老闆深深一鞠躬，以示愧歉。

「你們……」

情勢萬分危急，琳琳才說出兩個字，對方紛紛舉槍瞄準，此時他們的槍枝竟然失靈、無法擊發，槍口還被堵死。驚覺異狀的追捕者很快回過神，甩掉槍械、拔出利刃，朝著手無縛雞之力的柔弱女孩掄刀就砍，嚇得她們抱頭驚叫！說時遲、那時快，尖刀即將刺中琳琳腦門的電光石火瞬間，追捕者被蜘蛛絲一般的物體纏個扎扎實實，倒在地上動彈不得，憤怒地發出粗暴卻聽不懂的嘶吼聲。

女孩們睜開眼睛，看到躺在地上包得像木乃伊的歹徒，小心翼翼拿了掃帚遠遠刺了兩下，再三確認他們掙不開之後，大著膽子靠近，然後憤恨的咒罵、狠踹猛踢。

「雖然不知道怎麼回事，總之，先找人處理吧！」琳琳是個「怪事吸引機」，對這種怪事情司空見慣，冷靜的打電話給保鑣。

保鑣接到電話，立刻急急火火衝下車，當下我也被急亂的聲音驚醒，心中預感出事了，衝出車外便查覺到急速飛行的追捕者蹤跡，直直往琳琳的攤位方向衝去。我的所有裝備都在更衣室裏，我跑再快也追不上飛行者，眼睜睜看著備援的追捕者破窗而入，巨大的煙塵與聲響嚇到了其他學生，紛紛奔逃走避。

我很清楚追捕官的執行效率與無情，我用盡全力奔跑，衝進了粉塵瀰漫、牆裂瓦碎的攤位裏，對著即將目睹的殘酷畫面、焚心裂肝地絕望吶喊……

「不……」

煙塵漸散的斷垣殘壁中，我見到有人影活動，激動的一把揪住對方，正要一拳揮過去，就聽到少女微弱的嗓音顫抖地說：「我……我不是壞人……」定睛一看，果然是穿著女僕裝、灰頭土臉的女孩，淚水滑落滿是塵土的臉頰，劃出兩道泥河。

「琳琳在哪裏？」

「那……那裏……」順著女孩手指的方向，看到幾個綑得密不透縫的人躺在地上，破碎的牆壁上張著一張大網，緊緊纏住三名不斷嘶吼的追捕者，我很是驚訝竟然有人能夠如此神速制伏勇猛的追捕部隊。越過倒地的追捕者，穿過哭泣的女僕，走到屋子最深處，我看到暈倒了的琳琳，躺在無老闆的懷中。

「無老闆！是你?!」

「是我。」

「她受傷了嗎？」我蹲下身看著琳琳，她睡著似的。無老闆將琳琳交到我手上，拍拍我的肩膀，似笑非笑地說：「沒我的事了，我要回去追日劇。《半澤直樹》是可看的。」

「無老闆，你是怎麼辦到的？」

「幽靈料理師知道如何操控幽靈──『它們』很厲害。」無老闆伸出食指對著空中轉兩圈，就看到指尖上如煙的幽靈聚起，無老闆指頭輕輕一點，幽靈瞬間就張開巨網，把所有的追捕者捲成一個大人團。

「餘下的你處理，我不管。」無老闆大笑一聲，就踩著空氣階梯往天外走去。

「無老闆，謝謝你。」

「不必謝，你會歸還的。」

「幽靈網我該怎麼解開？」

「刀。再見。」無老闆話說完，就消失在空氣中。

我抽出刀子正想割開幽靈網要跟這幫追捕者談條件，不料鐵血赤誠的追捕官剛烈至極，竟然決定壯烈犧牲，掏出粉碎彈就要引爆，跟我們同歸於盡！

「啊……完了！」

我抱住琳琳，等待生命終結的時刻——將心愛的人抱在懷中共赴黃泉，這浪漫也值了一生。

「愚蠢啊……」

一陣狂暴的壓力波襲來，不到千分之一秒的時間，無數的幽靈網罩緊緊裹住所有的追捕官，圍成個密實球團；瞬間七八聲悶爆聲後，爆噴的血漿肉屑將球團內染成腥紅色，追捕隊員全數陣亡！

「本不該管，為了妳，也管了。」方才無老闆離開時感受到追捕官悲憤心緒，知道我們命在旦夕，迅速掉頭操起巨量幽靈封住追捕官，讓無辜的人免遭池魚之殃。

「若非無思尊者出手搭救，在下已然喪命，無思尊者救命大恩，光色水晶．安波提耶．坎優叩謝！」我以我族最大禮向無老闆禮敬，只是痛失同袍，讓我悲慟逾恆！

「無思不受叩謝。亡者追求的命運就成全，不該犧牲的人就活著。」

「無思尊者，您不可思議的超神力，請再受光色水晶．安波提耶．坎優一拜。」

「免，喚我老闆即可。還有殘局要收，殘局後的慘局才是大煩惱。」無老闆不再道別，逕自走上空氣階梯，登空遠走。

確實收拾殘局很是忙亂。這次分隊的攻擊行動，不僅遊走法律邊緣而且計畫粗糙，破壞規模之大、影響範圍之廣，皆屬罕見，足見他們多麼急切想要逮到我。不過所有不利於我的證據，都已灰飛湮滅，長官沒有掌握證據，對我也無可奈何——我早已學到地球人的習性：堅不認錯，才能自保。

這次行動被我澈底掩蓋，因此沒有外洩的可能。不過我的執事扮相（必須坦承，那扮相超越滑稽到愚蠢的境界），已經在眾多粉紅眼瞳的懷春少女手機裏定格，接著是無遠弗屆的社群網絡病毒般的傳遞……我不想想下去，阻止不了了。

「發生什麼事？」琳琳躺在擔架上，緩緩甦醒。

「學校發生爆炸意外，幸好琳琳小姐沒有大礙。」我看著琳琳抬上救護車，目送救護車離去，心中開闊著滿足的快意——我何其有幸遇到我的小不凡，又何其難得遇到超越神的領域的無老闆，往後琳琳就算無我照護，我也能放下心了。那位富裕公子哥上官詠晴，雖然厭惡他，看在能給琳琳極富優渥生活的這一點（雖然琳琳公主同樣富可敵國），以及門當戶對的庸俗理由，就勉強將他列入照顧琳琳的絕佳人選。

殘局後的慘局，爾後上級絕不會放過我，對立勢不可免，戰火已經燃起，宣戰的時刻到了。

今日先寫到此，因為我累了。晚安，我的小不凡。

拾壹　囚船的饗宴

外太空看著億萬星辰，沒有人間世的浮塵飄散，每一顆星都靜靜綻放亙古不變的光。

光色水晶被捕三天之後，運囚船到達中繼站，除了押解光色水晶之外，也順便載送追捕官回分隊。一群人擠在狹窄的船艙中，默默無語；向來話多的光色水晶，沉默憋得他悶到慌，感覺比鐐銬加身更痛苦。

「兄弟，你在追捕隊多久了？什麼時候調來的？」光色水晶向對面的追捕官搭訕，對方置若罔聞，別過頭去。

「這一趟飛行要快兩天才會到達分隊，你要如何排解無聊？以往本官在監控站工作枯燥乏味，就會讀讀地球的書籍、影片，或是烹煮各種美食料理，雖然本官每次都吃不完……」

「閉嘴！你的身分是囚犯，不要開口本官、閉口本官，聽了刺耳。」對方轉正臉面，只露出眼睛的頭盔，就見一雙怒目瞪視著他。

「抱歉，碎碎念習慣難改。不過，聊天並不違法，我們聊聊吧！請教大名尊姓是？」

纏功一流的光色水晶，就算惱怒的對方威脅要開打了，也不放棄攀談的企圖；對方心防還是讓他突破，問出了名字——夢色柔波．阿卡芙拉．凱茲，原來不是漢子，是位女性追捕官。光色水晶若是刑警，偵訊過的犯人應該沒有一枚不吐出實情的，真是可惜。

「夢色柔波閣下，在下光色水晶．安波提耶．坎優，幸會。」光色水晶雖然刑具重壓，依然禮貌地給女士行一個紳士禮。對方視若無睹。想當然爾，階下囚與追捕官，這種敵對的關係、懸殊的地位，夢色柔波肯降尊紆貴說出名姓已屬難得，繼續交談怕是連旁邊的追捕官都要動怒。

「光色水晶．安波提耶．坎優，安靜！」最冷靜的帶頭追捕官終於忍不住打破沉默，怒聲喝斥光色水晶。

「請問您是？」

「本座花色琴風．若蒂蓓蕾．海雅，一級追捕官長，現在命令你閉嘴！」帶頭追捕官來頭不小，也是位女性，氣憤地連職銜都報出來。

「尊貴的官長，這是一支女性追捕隊嗎？」

「本座沒有回答的必要。」

「為何追捕男人要派出女人？這不合律規……」

「閉嘴！再多話就以口刑封口！」花色琴風氣得粉臉脹紅，夢色柔波已經手持刑具，待命行刑。

「在下並無惡意，只是想化解旅途寂寥……」

「口刑伺候，動手!!」

沉靜的外太空，黑暗的運囚船，再也聽不到光色水晶聒噪的聲音，一片死寂。

鏡頭一轉，來到羅馬機場希爾頓飯店裏。薛琳母女簡單的淋浴梳洗之後，坐在舒適躺椅上讓美容師為她們打理妝髮，還有美甲師細細保養著手足；她們要換穿的衣服火速送去乾洗熨燙，現也已掛在衣櫥裏。飯店很懂做人，接到海爺在義大利政界的朋友電話之後，二話不說，擺出最頂級的陣仗來服務這兩位意外的嬌客，無微不至到了一個極致。

「希望我們的服務您會滿意，夫人。」飯店經理特地請來翻譯師——而且是台灣的翻譯師——為他說出的每一句話做最完美的口譯。

「你們做的很好，緊張都消除了。謝謝。」薛夫人伸出右手，有兩撇仁丹鬍的經理立即彎腰行吻手禮。

「真是紳士，不是嗎？」薛夫人轉頭看著薛琳，她正閉眼放鬆，聽到媽媽的問話，半睜著眼勉強應諾，薛夫人示意她不必起身，繼續休息。

「飯店裏外有上百位警員鎮守，保鑣隨時巡邏，客房外有特警站崗，安全保證無虞，夫人可以放心。」

「安排回台灣的飛機了嗎？」

「海爺閣下的義大利朋友準備了一架飛機，加滿了油在停機坪待命，隨時可以為您起飛。」

「本來一趟簡單低調的小旅遊，沒想到弄得滿城風雨，命都快沒了……我沒得罪過人，到底誰這麼狠毒，要找我們麻煩？」

「警方還在調查中。夫人洪福齊天，一定長命百歲，福泰安康。」

「真會說話，但願如此了。」

薛家母女休息了幾個小時，身心狀態做好適切調整，這才坐上「義大利朋友」準備的賓利轎車，開往停機坪。飯店特地鋪設紅地毯、全體員工列隊歡送，高規格的待遇彷如國賓到訪，這更讓媒體瘋狂搶拍——當然是被擋在飯店外圍，只能用長鏡頭拍攝。

「希望這次真的可以平安飛回台灣，阿彌陀佛，菩薩保佑。」薛夫人握著佛珠，不停祈禱。薛琳對著車窗外沉默不語，天空忽然下起毛毛雨，點點細細雨珠黏在窗玻璃上，慢慢匯聚成大滴珠，接著珠滴滑落出一條又一條雨河，最後雨水布一般覆蓋了整面窗玻璃。

「落吧！可怕的記憶都隨這場雨落盡吧！」

羅馬的清晨，薛家母女上了飛機，在細雨中起飛。沒有追捕者的世界，相信他們會如同任何人一樣，平凡無奇的飛行、平安無事的降落——這是必然的，能親逢外星人追殺事件，怕是最有權勢的國王皇帝傾一國之力也辦不到的事。

在地球另一端的台灣，海爺召集幾位親信，到信義區的私人招待所開會。這裏表面上是招待所，實際是海爺的戰情中心，海爺運籌帷幄的策略、布局全球的情報資訊、企業的戰略機密，都由二十五位從世界各地網羅的菁英嚴密把關、忠誠掌控；這裏門禁森嚴，除了幾位獲得最高授權的親信可以進出之外，其他人別說想入裏一窺堂奧，只怕連大門外的草皮都踏不進去。

「你們查出是什麼人幹的嗎？」偌大的會議廳裏，海爺坐在精雕九龍紋的帝王椅上，神情嚴肅的問著他的親信。

「查過有能力犯案的恐怖組織、犯罪團體和黑道，目前都沒出面承認的。」其中一位眼神奸詐的親信推了推他的白金眼鏡，嗓音低沉地說著。

「我跟黑幫組織從不往來，不可能結仇招怨，沒理由要針對我家人動手——有沒有可能擋了誰的財路，是來報復的？」

「海爺，可能性微乎其微。多少人擋了我們財路，以我們的規格都不至於動刀動槍，何況那些小企業？能鬧得這麼大，本錢不夠雄厚，也玩不出來。」

「這就更想不通了，誰會無緣無故下這麼重的手？太怪了。」海爺揉了揉額頭，百思不得其解。

「海爺，倒是有條關於小姐的小道消息，在網路上傳得沸沸揚揚，不知道該不該告訴您？」

「什麼時候了還顧忌這麼多？快說。」
「南宮靖這個名字您有印象嗎？」
「我知道，是一位老朋友的小孩，他怎麼了？」
「他在一個討論外星人的論壇發表一篇文章，聲稱小姐親口證明遭到外星人攻擊，才會失事迫降羅馬云云，說得煞有介事；文章已被轉載到多處社群論壇，甚至連詠晴少爺都加入關注的行列。」
「我當是多大的事情，這種小孩子把戲，熱潮退了就會找下一個目標來炒。這都不算事兒，別理這幫幼稚的小孩子。」海爺說著自己都笑了。確實，外星人的謠言，大多數人都不當一回事，只是茶餘飯後閒磕牙的話題罷了。
「我先前也是這麼想，不過研究了關於攻擊事件的資料，對於南宮靖的說法，似乎有值得探討的部分。」眼神奸詐的親信，又推了一下眼鏡，三白眼的看著海爺。
「我知道你對這種玄奇的事情興趣濃厚，你想查就查吧！不過其他的線索也不能放過，一定要把兇手揪出來，親自問他：為什麼要下這種毒手?!」海爺義憤填膺的握緊拳頭，咬牙切齒的說著，眾親信應諾之後，就散會離開了招待所。
海爺坐在帝王椅上，十指交握地支著肘，左思右想就是猜不透有誰想對薛家不利。最後他眼皮一閉，嘆了一口氣：「別真是外星人幹的，那就想報仇都不知去哪裏找人了。」
「開什麼玩笑？這種鬼話我怎麼會信？」海爺自己都覺得愚蠢，拍了一下掌，轉身拿起電話致電義大利朋友，確認薛夫人的飛機已經起飛，這才起身走出空蕩蕩的會議廳，坐上座車、返回新店。
一波三折的返家之路，終於在降落松山機場的瞬間劃下句點；竟日提心吊膽的薛家母女，也在此刻完全鬆懈下來。機場外一字排開的轉播車，大陣仗騷動引起旅客側目、議論紛紛；機場觀景台擠滿了爭先卡位的記者，鏡頭全指向停機坪上的私人飛機。接機的三輛豪華禮車已等候多時，薛家母女步下飛機，在場人員人手一把大傘蜂擁而上，用傘海擋住視線，兵分三路快速離開機場。記者不曉得該跟哪輛車，眼睜睜望著遠走的車子興嘆。閃躲媒體計畫之周全，防堵工作滴水不漏，典型的海爺作風。

薛琳母女先到招待所換車，上了信義快速道路接國道三號，於安坑下交流道，回到新店的薛家宅邸。海爺在家中擺了兩桌家宴，給歷劫歸來的薛家母女壓驚洗塵，還邀宴薛夫人的姐妹淘，跟薛夫人說說體己話。海爺從頭到尾把薛琳拽在身旁，一步都不讓離開，真是捧在手心怕化掉、摟在懷裏怕悶著，掛著不是、拴著怕疼，海爺疼愛這寶貝小公主已經到了極致，歷經這些事之後，寵愛的程度肯定只增不減。這夜薛家宴會一直吃到月偏星稀，熱鬧場面不在話下。

過了一天，雲端更上層的黑暗外太空，還在前往星際暗角分隊途中的運囚船，船艙內不再是一片死寂，反而傳出與海爺家宴同樣愉悅歡鬧的聲音，到底發生了什麼事？

「這樣子料理，真的把平淡的補給糧餐變美味了！神奇！」

「真是如此，沒想到還能這樣作，這法子厲害。」

「本座特別欣賞調味的功夫，以往腥羶的白水肉品，調了味就換了樣，不錯。」

七八個追捕官圍著一盆熱燙滿料的火鍋，吃得不亦樂乎，讚嘆聲此起彼落，活像千年沒吃過好料似的——不對，這一團追捕官平均年齡不過八百歲，頂多算是餓了五百年的美味貧、美食盲。

「看不出來這小官對烹飪還有兩下子，本座真要另眼相看了。」說話的是追捕官長花色琴風，她舀起一碗湯喝了幾口，嘴角溢出美味化了舌、酥了齒的微笑；看著嘴上被刑具封著的光色水晶，她歉疚的說：「這刑具設定就是二十四小時，時間快到了，你忍一忍。」

光色水晶眼眉上揚地繼續在一旁忙和著火鍋料，擺了擺手表示無妨，又把一碟處理好的火鍋料送進滾滾熱湯裏。

「光色水晶，你弄出這麼可口的菜來招待我們，本座就不得不說你兩句。」花色琴風放下碗，嚴肅著一張臉，不只光色水晶看著惶恐，連其他追捕官也面面相覷，停下進食。

「餐食很好吃，就因為太好吃，你說你以後進了囚牢，本座就吃不到這種好滋味，要本座情何以堪？你這樣是害了本座！」

「官長！您嚇到屬下了！原來是這麼一回事……」眾追捕官鬆了一口氣，再度拿起餐具大啖好料；光色水晶不停手，源源不絕供應火鍋料給這群「年輕人」——對他來說，這些八百歲上下的女子，歲數不到他的四分之一，確然是年輕鮮甜的妹子無誤。

「也別想這麼多，今日美食今日饗，休論何時再得嚐！吃個開懷吧！」

花色琴風話講得豪邁，話音卻是嗲聲嗲氣；不讓鬚眉的男子氣概，跟她粉嫩童顏有著強烈反差。雖然貴為官長，吃起東西來仍是稚氣未脫、萌量爆表。此時口刑時間終止，刑具叭噠一響應聲鬆脫，光色水晶脫下刑具，還給夢色柔波。光色水晶舒了一口氣，從他的碗裏舀了一口湯來喝，咂了咂嘴唇皮子，眼珠子轉呀轉的，半天才說出一句話：「湯頭尚可，若加上幾味海鮮，更完美！」

「如此料理本座已然滿足，並不奢渴完美。」花色琴風說完又低頭吃下一串肉柳子，那專注吃食的可愛模樣讓光色水晶看到懵了，傻著臉停下料理的手，站在一邊發愣。

「光色水晶，你在發什麼呆呢？這艘運補船只是臨時調來運送你的，倉庫裏糧食充裕，到達分隊前你儘管料理，本座要趁這機會吃個歡快——誰曉得何年何月能再吃一回？」花色琴風吃得豪爽、說得海派，這票娘子軍個個狼吞虎嚥、頻頻點頭。

不過，光色水晶怎麼從重枷押解的欽犯囚人變身成了女子兵團的御用廚師？這個轉折得要從前一天的用餐時間說起。光色水晶被施以口刑封嘴之後，十分沮喪鬱悶，只能乖乖坐在座位上發悶；當表定的用餐時間到，花色琴風指派資歷最淺的夢色柔波去給學姐們打飯。這幫外星人吃食寢睡都是按表操課、不容耽擱，餐點內容亦是億萬年不改的古味；說是古味，不過就是冷凍庫拿出來解凍的冷食，色如清水、嗅如炭灰、味如嚼蠟，毫無誘發食慾的因素。

她們為了用餐才脫下頭盔、露出本來面容，以地球人的審美觀來評斷，這些穿盔披甲的女子，顏值根本驚為天人等級！如花似玉、嬌俏可人不說，本嗓更是驚豔的甜美如鶯——交戰時她們發出的粗暴張狂聲音，是用變音器處理過、期能嚇倒敵人，這一點和美男子戴上鬼面懾震敵軍的原因是一樣的。

當她們張口正要吞下這堆勉強稱為「食物」的餐點，光色水晶陡然站起來對她們張手比指，不知要說些什麼；娘子軍本想視而不見、不加理會，但他的動作擾亂了她們進食，惹得花色琴風一陣怒罵：「停止你的動作！用餐是重要的修行，你如此擾亂清修，休怪本座再以束縛衣伺候！」

光色水晶無法解釋，乾脆從腰帶的匣子取出一只玻璃罐子，緩步靠近一臉狐疑的夢色柔波，直接往她的餐點滴下幾滴醬汁，比了個請她食用的手勢。

「你在幹什麼？瓶子裏是什麼？」光色水晶又比劃了半天，夢色柔波還是一頭霧水，轉頭求救花色琴風；花色琴風背著手走過去，低頭嗅了嗅加了醬汁的餐點，氣味是從未聞過的清香，忖度光色水晶應該不會這麼明目張膽地下毒，抬起頭、嚴肅地問道：「你可是請求本座嚐一嚐？」

光色水晶點頭如搗蒜，恭恭敬敬奉上調羹給花色琴風，她小心翼翼舀了指尖大小的食物、以舌尖輕沾一星醬汁，枯涸貧乏的味蕾瞬間引燃閃爆——這幫外星人的味覺根本是苦瓠子苦行僧的境界，食材不僅去血除脂還要封味消毒，搞得氣味淡若清水、口感澀如瓦石；繁複加工後簡直看不出食物原貌，難怪花色琴風只點了一舌尖，立即防線大崩潰。

「這……這是……」食慾全面啟動的花色琴風，顧不得尊嚴地舀起滿匙食物，不計形象地大口狂吞，不到三十秒就掃盤：「這是傳說中的『魔鬼誘惑』嗎？若這就是，讓本座再『研究』一回！」

光色水晶無奈地抬起手上的枷鎖，花色琴風會意的解枷卸鎖、讓他自由行動；他逕自走進冷凍倉庫，仔細挑選食材並要旁邊的菜鳥好生捧著，儼然一副主廚派頭。菜鳥遭此待遇，略惱微火地給花色琴風呈個眼色，她放下身段附耳悄聲說道：「先忍著，看他玩什麼把戲；若他玩不出一朵花來，本座自然會給他顏色瞧瞧。」

光色水晶依照他獨門的烹飪方式，就在船艙裏大展身手；運補船的廚具一應齊全，讓光色水晶如虎添翼，神乎其技的刀工、恰到好處的調味、爐火純青的火候，看得美女們目瞪口呆、狂吞口水。短短二十分鐘，色香味俱全的五菜一湯，一口氣全上了桌，光色水晶兩手大大攤開，請她們享用。花色琴風上前吃一口熱騰騰的菜、喝一口鮮甜甜的湯，淚水竟然撲簌簌落個沒完：「這真是……太感人了！」

這之後就是停不下來的歡食暢飲時光。光色水晶煮得是興致高昂、不亦樂乎，吃得女子兵團是淚流心動、齒頰留香；肚飽眼皮鬆，這群悍將嬌娃酒足飯飽，竟然席地躺個東倒西歪，把押解囚犯的任務拋到腦後，與周公一同回味美食餘韻。醒來之後，已開發的洪荒味覺也一起覺醒，期待寵幸的原始食慾繼續橫流；光色水晶樂得盡情發揮，恨不能將千年孤獨研發的菜式全給上桌。這些猛吃熱食燙貨的姑娘，體溫高升，紛紛脫去盔甲降溫，曼妙身材讓人一覽無遺也不以為意；反倒是光色水晶面紅耳赤、熱到冒煙，頻頻進出冷凍庫才稍稍冷靜身心。

「光色水晶，本座在問你話，為何盯著本座發呆不回話？」花色琴風提高了音量，這才驚醒傻愣的光色水晶，為自己的失態鞠躬道歉。

「是否已倦累？若乏了，本座允准你暫停。」

「煮食過程很是愉悅，倒無疲累；只是見著尊敬的官長，愈瞧愈似在下一位故人，以至座前失態，但請恕罪。」

「是在紫血寶龍星的故人？」

「不是，是在海茨柏拉雅母星上、神似官長的一位故人。」光色水晶眼神迷濛了起來，清亮的瞳子頓時糝了一層灰。

「胡說！母星已無我族人跡，何來故人？難道……另有隱情？」花色琴風放下羹匙，想聽光色水晶說個明白；旁邊的女子見官長如此，紛紛安靜地停下餐具。

「這是在下的兒女私情，各位應該沒有興趣聽吧?!」

「什麼是兒女私情？」夢色柔波首先發問，其他人也不知該如何解釋。追捕官多以磨練戰技、強化體能為訓練重心，感情活動近趨於零，頂多從歷史典籍讀到資訊量貧乏得可憐的愛情故事，最年輕的夢色柔波不懂兒女私情自然是當然。

「這要解釋不好說，而且說來話長……」

「你說，這故人與本座容貌相似，這點本座有興趣想聽聽。你就當個故事來講，抵達分隊前還有二十小時，夠你慢慢講的了。」花色琴音半卸盔甲，裸露著大量肌膚、慵懶的斜躺一旁，準備聽故事；其他隊員紛紛效法，橫七豎八地或坐或臥，玉體橫陳的場面異趣又艷麗。臉紅的光色水晶深吸一口氣，藉著專心調酒不讓自己分心，特調出色澤優雅的甜酒，然後恭敬地端給每個人。

「各位，請容在下呈上故人的影像。」光色水晶從腰帶抽出一只小匣子，按下按鈕便投影出立體影像，果不其然，影中人正是他的小不凡——薛琳。

「官長閣下，這影像除了身型髮型不同，五官竟真的重了閣下的尊容……」夢色柔波和幾個菜鳥大著膽湊近來細看，發出訝異的驚嘆。

「這倒是真，確是有幾分相似。重了我的容貌的這人，什麼來歷？莫非這就是所謂的『罕見樣本』？」花色琴音對於撞臉自己的驚訝保持傲嬌本色，故作淡定地問著。

「說明之前，要先對閣下告罪，得罪之處尚請恕罪！」

「廢話休說！本座賜你無罪——縱或有罪，念你獻出美食佳饌之功，也能將功折罪。」

「感恩官長仁慈！事情要從不久的十五年前說起……」

光色水晶將他與薛琳的相遇、相知的經過娓娓道來，女孩們聽得津津有味；談及對薛琳微妙的感情，細膩的描述、深情的告白，眾人更是如癡如醉；講到為見薛琳一面怒犯天條終不悔、甘冒天下大不韙也要鋌而走險的情節，未經情關的少女們，亦感同身受地鼻酸抹淚；不過說到因為被極上層盯上，為自己遭受追殺的過程叫屈時，不但取暖不成，反遭群起撻伐。

「追捕犯嫌就是維護法律尊嚴的表現，縱使情有可原，也不能全罪盡釋！」

「說得是，罪就是罪，情有可原只能罪刑減輕，不可勾銷罪責，更不得成為卸除罪名的理由！」

「對……對……有罪該罰，追捕有理、逃罪不饒……」

面對娘子軍的砲轟，本想藉著溫情的氣氛營造博取同情，不料弄巧成拙、適得其反。光色水晶羞愧地停止辯解，默默調製更醇烈的甜酒為每人滿上，化解尷尬。

「這……是什麼酒？味道是軍隊的素酒，卻好喝萬倍……」花色琴風已經喝得粉臉透紅，拿著冰袋雪枕降溫；其他人也各自取出降溫法寶，東倒西歪地繼續喝著光色水晶墮落的酒水。

「這是素酒沒錯，加入特製調味就能增添無窮風味，請盡情品嘗。」

「光色水晶，你真是天才，可惜是個罪犯……不然……」花色琴風讓光色水晶再斟上一杯，近距離的看著她更像薛琳，唬得光色水晶拚命眨眼。

「尊敬的官長，不然就如何？在下願聞其詳。」

「自然讓你到本座轄下，首席廚子。與你化腐朽為神奇的烹飪魔力相比，本座手下的廚子簡直是一群廢物……」聽到這句話，光色水晶心想：堂堂一級認證的監控官，去給妳當廚子？也太自抬身價了吧?!

不想再聽花色琴音放肆的醉話，光色水晶很快地轉個話題：「尊敬的官長，在下可以繼續故事了嗎？各位可想聽聽下文？」

「自然是。不准再有對極上層不敬，否則口刑伺候！說吧！」

「在下明白。說到在下犯罪被追捕，在街頭與水色冥王閣下交戰，不慎失手誤殺水色冥王閣下，至今仍悔恨自責不已……」光色水晶刻意淡化這段敏感過程，不想再引起眾人不快。

「水色冥王大官長？誤殺？這從何說起？」

「這……當時在下見到水色冥王閣下墜落，似乎……陣亡……」

「千錘百鍊的**強神力**追捕官，十個你都動不了他一根小指頭！水色冥王大官長不過受了點小傷，療養幾日，就能痊癒復職——你的威力只在料理上超群，哈哈哈……」花色琴風笑得花枝亂顫，一口喝乾了甜酒。

「是嗎？所以沒有追捕官因此犧牲？連昨日摔下雲端的隊員都安然無恙？」光色水晶的臉一陣白一陣青，很是驚訝。

「確實摔了，可那種高度要不了命的——強悍追捕官怎可能命喪卑微巡航官手下？別往自己臉上貼金了。」花色琴風一席話引得哄堂大笑，光色水晶只能訕訕地陪笑，巡迴斟完瓶中的甜酒。

「原來如此，害我白白內疚了好久。所以，追捕官只有自殺才會殞命……」光色水晶想到之前無思尊者網纏追捕官、全員身亡的恐怖經歷，暗暗慶幸自己不必背上殺人的罪名。

「光色水晶，快接著往下說，本座有些乏了，快講結局。」花色琴風醉眼朦朧，其他人也是迷離雙眸，硬撐著精神。光色水晶講到為拯救薛琳、棄械投降的來龍去脈，這群女子聽得心有戚戚焉，卻擋不住酒精催化，掛著淚水便醉倒睡昏了過去。光色水晶的深情故事說了四個多鐘頭才告一段落，看著睡得不省人事、衣衫不整的追捕官，他情緒平靜地坐下來，斟滿一杯甜酒，一口乾盡；空間不大的船艙裏杯盤狼藉，他把殘羹剩肴收拾出兩碟子，端著酒壺，小心越過沉睡的追捕官，走向駕駛艙的方向：「飽醉了追捕官，不能獨漏運補官——也該好生伺候才是。」

就這樣，光色水晶用我們俗稱的「菜尾」，收服了運補官的口腹與心腸，讓驚喜充滿了枯燥灰澀的運補船，慢慢開往遠處依稀可見的星際暗角分隊太空站。

離別的時刻，就在不遠的未來。

聖·愛隆尼亞王朝
母星巡航支部星際暗角分隊第五監視班
月球監視巡航官日誌
登錄時人：王朝曆第六帝王年六八零一代
太平洋西岸區域巡航官「光色水晶·安波提耶·坎優」

整個宇宙都不正常。正常的本官，勢將辭卸官職，離開不正常的崗位。
不完畢也必須完畢。

＊　＊　＊　＊　＊

地球紀元二〇××年二月十四日

這陣子分隊與支部，三天兩頭輪番臨檢找碴，當我善茬子嗎？不反抗是我已不在乎，才由得他們亂搞。分隊的那些人尚能聚在一起彼此照應，大小事兒還有團隊商量；單人孤站的這裏，如同漂浮的蕞爾荒島，想作亂也是獨木難撐——這點道理都不懂，長官的腦子究竟都裝了個什麼渣？

在監控站駐守，千年孤寂無人能懂，千年煎熬又有誰憐？寂寞的劇痛已痛到麻痺，太多感覺早就失去感覺；日復一日、年復一年，上級說：等待年限達標就能卸甲歸田、榮歸故里，回到紫血寶龍星頤享天年……鬼扯淡！

合格的監視巡航官養成不易，派駐監控的成本更高，現今巡航人數逐年遞減，之所以要控制心跳，不只延長壽命，主要是降低情緒失控發瘋的機率……說穿了，不過就是極上層極限延長年限、壓榨下屬的陰謀。我不該批判長官，可是極上層以降的各級領導，除了打壓還是打壓，絲毫不照顧部屬；萬年不改的苛酷待遇，很難讓我對上級不感到失望——不只失望，澈底絕望！長官們官官相護又官官相逼，互相傾軋又互相扶持，彼此猜忌又要保持信任，混亂矛盾的官場文化，我就是適應不良——這是我無緣升遷支部的原因之一。在唯群無我的社會化世界，不合群的人就會被排擠出群體，我就是順水逆行的怪胎——多愁善感、叛逆自私、自我自由。不過，之前幾千年我還真的逆來順受，叛逆的開始，就在初遇我的小不凡琳琳那天——人不輕狂枉少年！這真是一句好話，不用多說，全部心思都給說在裏面了！

提文至此，換個心思：今天是西洋情人節，聖．范倫泰日。這日子沒有太多意義對於我。

專屬螢幕傳來了畫面，琳琳正與上官詠晴共進晚餐，燭光、玫瑰、葡萄酒，盛裝、歡笑、牽著手，年年上演的老掉牙戲碼，卻讓熱戀的人們心嚮神往。

我看著，出了神，笑了。此生怕是沒這福份與琳琳共度此景——不能更不該。

雖然琳琳曾經情動，我卻不能自私的接受。我與琳琳的生命流速不同，我族均壽七千歲上下，地球人至多不過百年，若任琳琳晝晝夜夜愛著我，今日她正青春嬌豔，數十年後，隨著瞬逝光陰的花凋葉零，她將領著漸枯瀕殘的軀體，在皺紋中望著不變的我，喟嘆，變老，死去……這是何等殘酷的天罰？我怎能令烈愛的小不凡受此折磨？護疼我的愛，不讓愛承一絲委屈、莫給愛受半點苦痛，才是愛！

渴望琳琳給的愛說有多濃烈就有多濃烈！但是我不敢奢求，從愛上琳琳的那一刻就已覺悟：深愛她就別愛她……這糾結不解釋，我懂就好。

那天，琳琳約我到台北一〇一第八十六層共進晚餐，她只想用台北的夜景佐餐，不想破生毀態地食飽吞翅，所以點了頂鮮素食套餐。松露蒸豆腐讓我驚豔，不過白果炒蘆筍讓我皺眉——畢竟沒有一家餐廳可以百膳皆珍、萬人稱美，不苛責。席間談天說地，氣氛融洽；直到餐席尾聲、甜品瓜果奉上，琳琳再度用那被情愛攻陷的迷離眼神，看著我：「你是個迷人的外星人——如果你果然真的是。」

「琳琳小姐，說哪兒去了這是？這要在下如何接話？」

「說不被你外表吸引，很難；不被你的內在吸引，更難！」

「琳琳小姐，在下是您的騎士，不是王子——我們約定過的。」

「是，沒錯。就因為你什麼都不求，要忽略你，真的太難。」

這情況一而再、再而三發生，我都懷疑記憶刷白是否失靈？怎麼刷白這麼多次，她彷彿心靈暗藏了地圖，還會找回曾經愛過的痕跡。

「琳琳小姐，您累了，在下請保鑣送您回府。」

「你又開始逃避了。一說到這樣的話題，你就縮進自己的蝸牛殼裏。」

「在下沒有殼——您確然知道的。」

破壞琳琳的記憶是我極不願意，我族擁有抹去記憶的技術，卻從未檢測對身心是否有害，我擔心得無以復加。這一回是最後一次刷白琳琳的記憶——關於曾經動心於我的記憶。刷白記憶之後，其他存留的記憶會受到漣漪效應影響，空缺的部分會被重組、補白，整體記憶會呈現稀釋淡化；琳琳被攪亂的記憶，我會直白地補上我的註腳：絕不會對她釋出半滴感情，她也不可對我懷存一絲幻想，否則我將離開，永遠。

要消弭所有不該的情結，只有這樣破釜沉舟了！（這句成語是這樣用的嗎？）我計畫了第一次主動提出的邀約，希望能夠在完美的地點、完美的時間，寫下完美的句點——為我的情感。

我首選的舞台是台灣北海的金沙灣，遊人不多、破壞少，浪美砂白還有無敵夕陽海景，極適合做為告別的背景；三月白色情人節是絕佳的時間，表白分手絕對是揪碎心腸的淒美。想著我都要淚崩了……

就當我沉浸在梁靜茹〈分手快樂〉的歌聲中，煞風景的分隊渣又來突擊檢查了，這不明逼著我反了嗎？真是！

今日無心說了。下回續。

拾貳　衝突的轉折

星際暗角分隊太空站確如其名，隱身黑暗中，若非站內導航，還真不知道黑暗中有如此龐大的站體。運囚船緩緩開進停機坪，追捕官全副武裝押解光色水晶下船，戒護森嚴地走向看守所。

「光色水晶，本座就護送到這裏，千言萬語……」在看守所警戒線前，花色琴風欲言又止，雙眼透出傷感地嘆一口氣，只是無論如何都無可奈何，法律就是如此。

「一路上承蒙鈞長照顧，在下萬謝，鈞長保重。」

「是你照顧我們才是，本座不會忘記的。」

「我們都不會忘記。」這群娘子軍依依不捨地道別，夢色柔波還偷偷拭淚。

「諸位盛情，在下銘記在心，只可惜才剛認識就要永別——流放千年何日再得見？」光色水晶哀怨地低下頭，嘆氣不已。

「真是感傷！本座能為你做點什麼嗎？」

「官長閣下能這樣講就已是在下的榮幸，豈敢勞駕？」

「你有什麼心願未了，我可以幫你；你為我們做這麼多，算是回報。」夢色柔波自告奮勇跳出來，被花色琴風怒目一瞪，又縮了回去。

「感謝好意，在下不敢造次。」嘴上說不敢造次，但是心裏已經透著曙光，光色水晶緩緩吐出氣，繼續說著：「要真說有未了的心願，只有一件事讓我放不下……」

「是什麼事？但說無妨，或許本座能幫上忙。」花色琴風眼神堅定，那是胸有成竹的堅定。

「流放之前，不能見琳琳小姐最後一面，真真是我此生最大的遺憾……不過，事已至此，這樣的心願，應該是癡心妄想吧！」光色水晶轉頭看向看守所，門前站了幾位警備隊員，表情嚴厲又不耐煩。

「等等，待本座琢磨琢磨……」花色琴風無視警備隊的怒氣，低頭踱著方步，嚴肅地思考。

「官長，不耽誤您時間，進行移交吧！」光色水晶苦苦一笑，轉身面對警備隊員，正要邁步向前，花色琴風右手一擋，說了一聲：「且慢！」

「追捕官，按照規定妳早該移交囚犯、完成收監，這一聲慢，是怎麼回事？」警備隊員一臉橫肉，口氣粗暴。

「根據囚犯移交條例規定，追捕官必須連同現場查獲的證物一併移交，是不是如此？」花色琴風不知葫蘆裏賣什麼藥，看得光色水晶一頭霧水，其他追捕官也丈二金剛摸不著頭。

「沒錯！是有這個規定。」

「追捕罪犯法也有明文規定，須將所有蒐證清點齊全，方可移交。」

「妳打什麼啞謎？妳當警備隊很閒嗎？有話快說！」警備隊員發了怒，態度變得更不友善。

「方才本座清點證物、核對清單，仔細少了一件，可能是遺落在追捕現場；礙於規定，囚犯暫時無法移交，待證物點交齊備、符合程序，再行移交。」花色琴風一說完，大家才恍然大悟，紛紛暗讚她的機智。

「花色琴風！女流之輩跟本官耍什麼威風？這個犯嫌是支部重刑犯，不管妳拿什麼法條當藉口，本官都要將他收監，現在！」警備隊員一字排開，舉起武器示威，瞪著花色琴風。

「官長，屬下聽聞大法院和刑事院經常站在警備隊這邊，恃寵而驕、專橫蠻斷是他們的一貫作風，您不可不慎。」較資深的一位追捕官附耳上前，對花色琴風點提輕重。

「本座確實聽說過。」花色琴風略一沉吟，隨即看著警備隊：「規定就是規定，不符程序就不移交！帶上犯嫌，我們走！」

「人犯留下！否則誰也別想走！」帶頭的警備隊員暴怒吆喝，後面竄出更多支援的隊員，通通拔槍瞄準著花色琴風，想以人數優勢威逼就範。

「追捕官長在此，豈容你們放肆？」見到長官遭受威脅，夢色柔波不甘示弱地掏出雙槍反抗，其他追捕官見狀亦瞬時武器上膛；花色琴風有部屬的行動支持，得意地朝警備隊補上一句：「追捕官的槍法有多快多準，你們應該很清楚！」

「臭娘們！妳們這是敬酒不吃吃罰酒，本官倒要看看你們有多大能耐！」

雙方劍拔弩張地對峙，情勢緊繃的一觸即發；負責太空站維安的防衛軍團，很快就察覺到這場衝突，立刻調派大軍壓陣，把兩派人馬團團包圍。防衛軍主要是防止事態擴大、消弭衝突，並不偏袒任何一方，防衛隊長走下警衛車、擋在他們中間進行調停，可雙方各執一詞、針鋒相對，讓防衛隊長聽得頭疼。

「兩邊都克制一下。防衛軍團駐守的目的是抵禦外敵，不要老是讓本座處理內鬥，這已經是今天第三起了——當防衛軍很閒嗎？」個頭比花色琴風還小的防衛隊長，眼神疲憊又無奈。

「追捕官押解犯人到此就移交，自古皆然。這娘們竟敢跟本官拿翹……」

「玄色淡奶，嘴巴放乾淨點！」防衛隊長聲色俱厲，嚴重警告名叫「玄色淡奶」的警備隊長，引來追捕官一陣竊笑，她冷哼一聲繼續說：「不管刑事院多護著警備隊，用歧視言詞羞辱同僚，在我防衛軍管轄之下，休怪本長祭出紀律大法！」

「虛色冷華！既知刑事院站在警備隊這邊，妳就客氣點，打什麼官腔？」防衛隊長原來也是女性，難怪歧視女性的玄色淡奶瞧不起她。

「玄色淡奶，按照階級本座是你的上級長官，你才該客氣一點！」

「那不能！警備隊有刑事院管，防衛軍歸國防廳管，咱們井水不犯……」

「你眼中還有國防廳嗎？你這跋扈態度……」

當衝突的兩造變成警備隊與防衛軍，追捕官反而被晾在一邊。趁著雙方吵得不可開交的時候，花色琴風悄悄帶隊退出包圍，直奔還在停機坪的運補船。

「官長，這樣不說一聲就離開，可妥當否？」

「自然是不妥。妳們跟著本座就是，本座會負全責。」花色琴風不改漢子脾氣，豪邁的說著，隨從追捕官聽著，都興奮地應諾。還在檢查機體的運補官，見到她們折返是又驚又喜，不待他開口問緣由，花色琴風搶著先問：「沒時間說明了——運補官接下來要前往何處？」

「貨物還有兩處要送，一處歐洲、一處大洋洲。」

「極好，煩請載運在座追捕官『順道』至西太平洋，諒係不多推辭？」

「哪兒的話？求之不得，豈有推辭之理？何時出發？」

「現在可方便？」

「沒問題，機體檢查已完畢，在下馬上起飛。」

在看守所前沸騰爭執的兩隊人馬，終於發現追捕官帶著人犯跑了，玄色淡奶怒不可遏地問著部屬：

「人呢？把人顧丟了都不知道！一群飯桶！」

驚恐的警衛隊員，慌張地解釋：「我們正想告知，但是您和防衛隊長……屬下不敢插嘴……」

「隊長，她們在那裏！」防衛軍發現追捕官正要登上運補船，大聲地向虛色冷華報告，但是她只是冷眼看著，沒有動作。玄色淡奶氣急敗壞地對她大吼：「妳還楞著幹什麼？快去抓人！」

「別忘了，防衛軍歸國防廳管，本官可不受你越權指揮。花色琴風鐵面無私，必然是依律辦事，本官斷無置喙之理；況且運補船歸後勤一廳管轄，防衛軍也無權登船——若不然，貴單位去抓，本單位絕不攔阻。」虛色冷華冷笑一聲，給玄色淡奶一個揶揄的表情。

「混帳東西！明知道警備隊不能跨越管轄警戒線……」玄色淡奶氣得咬牙切齒，臉色漲成紫紅豬肝色，模樣十分嚇人。

「這就是了！放著你去都不敢，別說本官沒賣這個人情。既然衝突原因已經消滅，收隊。」虛色冷華轉身上了警衛車，領著防衛軍揚長而去。氣到說不出話的玄色淡奶，額上青筋虯虺暴冒，轉身踹倒兩旁倒楣的隊員之後，悻悻然走進大門；其他隊員面面相覷，也魚貫進入看守所，關上厚重的大門。

原班人馬齊聚的運補船，一路歡樂的開往地球，再次展開歡食暢飲之旅：酒更醉、飯更飽，被食慾擒伏的愉悅，不在話下。

至於人在台灣、歷劫歸來的薛琳，經過兩天調養，身心皆已恢復，不過光色水晶沒回來台灣與她會面的事情，一直耿耿於懷。薛夫人也無法理解，怎麼好端端的一個人就這樣憑空消失？薛夫人要海爺找出他來，深愛妻子的海爺第一個就找了ＦＢＩ的朋友幫忙，就算透過祕密管道，竟然也查不出光色水晶的任何入出境紀錄。

「太詭異……從沒遇過如此詭異的事。」海爺大感意外的掛上電話，一臉不可思議。管家拿著藥丸和溫水進書房，輕聲提醒海爺吃藥的時間到了。

「包管家，一個怎麼查都查不出來歷的人，到底會是什麼樣的人？」海爺接過藥丸，就著溫水吞服下肚。

「老包經歷淺薄，沒碰過這樣的人。所以，沒辦法回答您。」管家再替海爺斟上一杯溫水，他握著溫暖的杯子，側著頭思考，然後平靜的看著管家：「你相信有外星人嗎？」

「老爺，雖說眼見為憑，老包相信有些事情眼不見卻存在。」管家接過喝空的水杯，微笑地繼續說：「例如空氣沒人看得見，卻都相信空氣的存在；如此類推，應該也能解釋外星人存在不存在的疑問。」

「有一個人，確實存在，可是他『存在』的證據卻跟外星人一樣找不到——有可能嗎？」

「老爺說的可是夫人小姐遍尋不著的那個人？此等神祕的事件，老包不敢妄自揣測。」

「對，的確很神祕。他捨身救過夫人和琳兒，沒道理避不見面；要說他和攻擊事件扯上關聯，更是講不通。除非……他是有預謀的接近……」海爺眉頭一皺，撇起嘴唇，站到窗邊陷入沉思。管家一旁候著，看海爺沒吩咐，出了聲準備告退，海爺向他要威士忌，管家提醒吃了藥不宜飲酒。

「也是。我小睡一會兒，你先下去吧！」海爺打發管家出去，躺在一旁的午睡椅上，思考著要如何找出一個蒸發掉的人——尤其老婆跟女兒都懷疑這個人不見，是他搞出來的事。日理萬機都不曾困惑的海爺，竟然因為洗刷不了老婆孩子的疑慮而感到手足無措，自己想著都好笑。他就在雜思亂想中，不知不覺睡著了。

在房裏和朋友聊天的薛琳，手機、筆電、平板齊開，還是應付不了雪片般湧來問候的訊息。南宮靖也在這些訊息海浪中忽隱忽現，訊息瀑布不斷更新，硬生生把他的留言往底層沖走，他想想這樣不是辦法，乾脆撥打薛家的電話。除了可以直接和薛琳溝通、費用低廉以及沒有電磁波等等的優點，最重要的是：只有少數真正的好朋友，才會有這支電話號碼。

「薛琳，我跟妳說，這次肯定是外星人惡意攻擊事件，我找到最新資料……」電話一接通，南宮靖連問候都省略，劈哩啪啦說了一大串自以為是的陰謀論，聽得薛琳一陣煩一陣躁，又沒機會插話。

「……所以，這一切都是外星人幹的，無誤！」南宮靖終於說到一個段落，施捨薛琳片刻的寧靜；她根本沒在聽南宮靖說些什麼，只有一個關鍵字，磁吸她的耳朵：會飛的棒球。

「等等，『會飛的棒球』？誰說的？」若是她沒聽錯，這個「東西」應該只有在她身邊才會看到——至少光色水晶是這麼說的。

「會飛的棒球……我找找……有了，是在柏林鋼鐵巨人大戰之後，一個法國客偶然拍到的視頻，形容是會飛的棒球，在街上高速穿越；不過，質疑是作假的聲浪太大，讓原PO受不了已經移除貼文。想看的話，我手上有備份……」

「所以，只拍到球，沒拍到人？」

「人？旁邊都是人……我覺得，能拍到這個畫面已經很屌……」

「南宮靖，你能找到拍攝的人嗎？」

「我有帳號，可是我不懂法文，去找詠晴應該會有辦法。」

「法文我勉強可以，你把帳號傳給我，我去聯繫。」

「薛琳，妳怎麼突然對這件事有興趣？妳不是一直都在吐槽我？還是你『又』遇到什麼事？」

「呸呸呸！烏鴉嘴，什麼又遇到？沒有，你想多了，純粹好奇。」

「一定有，對不對？妳一定遭遇什麼才會一百八十度大轉彎，被我說中了吧！薛琳，快把詳情跟我說，我的粉專已經四萬多粉絲，若是有直擊外星人的獨家內幕，肯定直破十萬都沒問題……」

「說來說去還是為你自己，不跟你說了，快把帳號傳給我，就這樣子，掛電話。」薛琳也學著南宮靖不給回嘴，說完就收線，讓他連哀求的機會都沒有。

「那顆會飛的棒球，從柏林之後，就跟著水晶一起消失了。問那個法國人在什麼時間地點拍到的，說不定就能找到水晶。」薛琳心中暗忖著，就看到南宮靖哀怨的將帳號傳過來，信件主旨竟然是：薛琳絕對只把獨家內幕交給南宮靖爆料，否則就會沒朋友!!

「這個幼稚鬼。」薛琳一笑置之，按照帳號聯絡到法國人，可惜獲得的資訊十分有限，對找到水晶沒有任何幫助；薛琳謝謝不聯絡之後，只得到一個結論：會飛的棒球不會自動消除蹤跡，會被拍到表示也會被追蹤。

「我記得那些惡徒是要攻擊這顆球……但是為什麼要攻擊一顆球？他們要攻擊的是水晶才對……哦！我的頭好痛……」如墜五里霧的薛琳，拚命抓撓著頭髮，撓著撓著發現到手上戴了一陣子的戒指──那只拔不下來的戒指。薛琳想著戴上戒指琳星子就出現在柏林的畫面，她試圖串想起所有事情，只可惜優秀但缺乏想像力的她，串得很吃力。思前想後依然理不出頭緒，唯一的想法就是跟薛夫人一樣：把事情都怪到海爺身上，覺得是海爺從中作梗、找人逼走水晶。她愈想愈不甘，沒意識的磨起拳頭，再度摸到那只戒指。

「也許能和天方夜譚一樣。」薛琳看了看戒指，真的開始摩擦起來，默默閉眼念禱希望真心可以感動天……摩擦了半天、祈禱了半天，什麼事情都沒發生。薛琳很是氣餒，強大的無力感襲來，讓她莫名悲憤的跪坐下去。

「我真愚蠢！小時候的瘋病，難道到現在還沒好……我……」

薛琳沮喪得欲哭無淚，忽然窗外似乎有動靜，她慢慢推開窗、探頭出去，此刻她緊張的心跳加速，緩緩抬頭往上看，頓時頭皮發麻、血液都凝結了：琳星子就停在屋簷角落！

「太好了……你出現了……我果然沒有瘋……」薛琳伸出手希望琳星子靠過來，可是它像個蜂巢掛在那裏，一動也不動。

「我都召喚你過來了，要怎樣才能讓你聽我的控制？」一籌莫展的薛琳退回房間，坐在床上抓著抱枕生悶氣。她看到筆電閃著新郵件通知，無精打采的開啟之後，看到又是「薛琳絕對只把獨家內幕交給南宮靖爆料……」那封信的回覆，南宮靖問她法國人的後續。薛琳心中一動，想到了什麼事，抓起電話就打給南宮靖。

「南宮靖，我問你。」

「偉大的薛琳小姐打電話給我，真是榮幸！您問，儘管問，我是知無不言……」

「停！不要廢話。我問你，如果你有一個……空拍機好了……」

「妳要空拍機喔？我有三台，妳要用就拿去，別客氣……」

「閉嘴啦！要不要聽我講完？」

「好，我閉嘴聽，嘶……這是拉鍊聲……」

「不要耍寶，幼稚！」雖然快要受不了，為了弄清楚疑問，只能耐心跟他耗：「如果你有遙控器，卻不知道怎樣控制空拍機，怎麼辦？」

南宮靖把故障排除的正常程序說了一遍，不過都不能解決薛琳的問題，她只好換一種方式提問：「如果你的遙控器是一枚戒指，你覺得該如何控制？你最有創意，發揮一下。」

「戒指？我知道有一種戒指投影遙控裝置，可以操控無人機——妳是說這種嗎？」

「投影遙控嗎？我試試看。」薛琳伸出戒指，東甩西挪都沒反應，她試著隨意按壓戒面，沒想到戒面亮了起來，她的手指感到微微刺痛，嚇得她叫出聲音來。

「薛琳，怎麼了？如果不行我可以過去看看。」

「沒事，我沒事。」薛琳甩了甩手，戒指似乎已經啟動，但是要如何操作？

「試試看手勢、指頭動作、語音、體感……都沒用嗎？真奇了怪了。」電話另一端的南宮靖提供各種方式都無效，同樣陷入了苦思。

「到底該怎樣？難不成用心電感應喔？」南恭靖一句話驚醒薛琳，連電話筒裏都能聽出她跳起來的聲音：「對耶！心電感應！我怎麼沒想到？」

「我是亂說的……心電感應不科學，真的有也太高端了吧！我不確定……」

……

「我試試……真的行嗎？專心……」嘴上說得猶豫，心裏已經在發號施令：飛過來……飛過來……飛過來我身邊……

薛琳半天不說話，電話另一頭的南宮靖等得心焦如焚，終於耐不住性子出聲問道：「薛琳，情況怎麼樣？行不行？」

「……」

「喂，薛琳，妳睡著了嗎？」

「……」

「薛琳……」

「真的……有用……」

「妳說啥？我沒聽清楚……」

「……我再CALL你。」

薛琳掛上電話，目瞪口呆地看著飄浮在眼前的琳星子，不知道該做什麼反應，腦海一片空白；薛琳嚥了一口唾液，深呼一口氣，在心裏問著：告訴我，水晶在哪裏？

一陣機器運轉聲，琳星子投影出光色水晶的立體影像。興奮的薛琳經過數十次嘗試，終於抓到控制的訣竅──主要還是因為光色水晶把琳星子改造的簡單易控，所以她才能很快上手。薛琳這邊解決問題正高興著，另一邊不知所以還被掛電話的南宮靖可就不是滋味，他再次撥了電話進來，薛琳安撫他一頓之後，也就沒事。

這一天，薛琳跟琳星子「聊」了很久，光色水晶的祕密幾乎被出賣光了，也解了薛琳多年不解之謎：「經過這樣一求證，那些不合常理的事情，都有了合理的解釋……能再多說一點關於水晶的事情嗎？」

「例如？」琳星子用投影文字的方法和薛琳溝通，她則是直接以心靈發言，她心想：若要了解更深入，看看日記或是私人紀錄之類的，不是更快？

「水晶的日記或是日誌，有嗎？」

薛琳不經意問出這件事，琳星子突然中邪似的，紅燈狂閃、嗶嗶聲大作，一陣瘋狂運轉之後，琳星子靜止在半空中，投影出這樣的文字：「重新啟動中，預計一小時恢復。」隨著畫面消失，琳星子也慢慢降下來；不管薛琳怎麼發號施令，它都紋風不動，靜靜躺在地毯上。

「搞什麼呀？想看個日記就裝死，這招忒爛了！」意識到自己踩到紅線地雷的薛琳，無可奈何的坐回沙發上，這時才聽到急促的敲門聲：原來保鑣聽到房間內傳出不尋常的聲音，警覺的衝過來查看狀況。薛琳開門讓他們再三確認沒事之後，警告他們別給海爺打小報告，打發他們到娛樂間去喝茶打彈子

——她不希望又有人坐在門口監視，太犯人了。

「雖然沒看到水晶，不過得到這顆『飛球』，也算是收穫不小。看來，水晶的失蹤跟爹地沒有關係——我應該跟媽咪去找爹地，把誤會說開才好。」打定主意的薛琳，換上外出服裝，讓琳星子鎖在房裏，繼續裝死。

在返航地球的運補船上，正在將熱炒辣物盛盤上桌的光色水晶，發現他的小型通訊器閃著燈號——那是琳星子被啟動，發出的獨特訊息。他微微回頭看著那票鐵娘子，喝得放浪形駭、滿臉通紅，沒人注意他。他小心翼翼投影出訊息，得知是薛琳啟動了琳星子，光色水晶便放下了心中的大石頭，至少不必擔心祕密曝光，說不定還有機會透過琳星子和薛琳講到話。

喝到眼瞇髮亂的花色琴風，招手要他再多調幾缸子甜酒過去，他應諾就開始調製酒水，心中則在盤算如何灌倒這一群人；想著想著，很自然的把酒調得更猛更烈、更醇更香，給每人杯杯滿上，一杯接一杯殷勤地勸酒。如此喝法，老酒鬼都得醉翻，何況這群酒齡極淺的女子，不到一刻鐘，倒的倒、躺的躺，全都爛醉如泥、不省人事。

「原諒在下不得不如此，為了能再見一眼我的小不凡，就算流放宇宙邊陲的罪與罰我都甘冒！只要一眼，我心足矣！」

光色水晶躡手躡腳溜進通訊管線間，將小型通訊器連上傳送端子，準備連線；無奈琳星子正在重啟，無法連上，光色水晶一顆心急得油澆火燎。左等右等，終於等到連線訊號燈亮起，薛琳卻不在房間裏——海爺聽到薛琳陪著薛夫人要與他共進晚餐，樂得馬上推掉原先飯局，交代祕書一定要訂到號稱全台最難訂位的餐廳三位一席；前兩天江主廚特地把新菜單傳給海爺，正是他喜歡的料理，重要一宴，非RAW莫屬；這一晚，海爺一家三口其樂融融的享用頂極美食、酒談天倫。

光色水晶在狹窄的管線間癡癡空等，昏了又醒、醒了又暈，等得頭昏腳麻、腰痠背疼，眼看外面的醉貓有甦醒的徵兆，他才不甘心地關閉連線。

不料，光色水晶前手拔掉通訊器，薛琳後腳就踩進了房間，此時是台灣時間深夜十一點廿六分。薛琳還沒打開燈，就看到幽暗影像投影在牆上，畫面剛好停留在光色水晶蜷縮在狹窄管線間，癡情等待的模樣，令人動容地不捨。

「水晶！」薛琳以為光色水晶正在線上，外套都急不待脫掉就撲到琳星子前面，一直叫喚他的名字；當她明白畫面凍結是因為斷線的緣故，不知為何悲從中來，眼淚竟然流個不停。

「到底是安是危也不說，留個縫兒讓我瞄一眼，還看不清全貌，這是什麼跟什麼？臭水晶！」

夜深了，薛琳睡不著，盯著光色水晶的畫面發愣；光色水晶在運補船上收拾杯盤，懊惱的尋思沒能看到薛琳的遺憾。兩個失魂落魄的眼神，交織在無知的黑暗中。

運補船在靜謐的外太空，無聲無息地航向地球，航向西太平洋，航向住著薛琳的台灣——住著光色水晶小不凡的地方。

聖・愛隆尼亞王朝
母星巡航支部星際暗角分隊第五監視班
月球監視巡航官日誌
登錄時人：王朝曆第六帝王年六八零一代
太平洋西岸區域巡航官「光色水晶・安波提耶・坎優」

誰要我給報告，我就跟他著急。本爺不幹了！
完？畢！

＊　＊　＊　＊　＊

地球紀元二〇××年四月三日

原本三月十四日要對琳琳心情告白，卻因為某一日支部監察官長視訊會議，遭到群起彈劾的我一時情緒失控，與官長言語齟齬，被罰以糾正處分還連坐三級，分隊長和五班班長都被參上一本。他們怒氣沖沖的要我親自到隊部報告，往往返返耗去許多時日，連擠出半絲空檔都不能，甚至還排定下個月到支部作「忠誠答辯」……這些不食人間煙火的長官瘋了嗎？說是母星巡航支部，卻遠在月球背面，最快的宇宙船極速來回也要花上十天左右，我若乘坐接駁運補船光單程就要耗費半個月以上……不說了，總而言之，我和上級單位已經毫無轉圜餘地、澈底撕破臉，離開監控崗位，早晚的事。

近日與上級關係的緊張，影響層面是全面性的，生活、工作和身心，完全大亂。身心靈暴動的狀態，要如何整頓恢復原狀？不可能，已經回不去了。鎮日與剛愎自用的無能長官明爭暗鬥，心情如野火燎原，難以撲滅；已被焚焦熱燬的心，又得不到我的小不凡那春風甘霖的滋潤，常此以往，官將難官，難保哪一時超越崩潰臨界點，就與隊部玉石俱焚、同歸於盡！

前一周我在分隊接受第三次質詢，終於掐到一個喘息點，溜到管線間私接通訊線路，趁機和琳琳通話——礙於設備簡陋，僅能傳遞聲音到琳琳的手機中。

「你很忙嗎？這麼久沒出現。」

「在下與上級長官之間出現狀況，前一陣子都在處理善後。」

「之前沒聽你說過，怎麼回事？」

「這……說來話長，在下時間緊迫，容後見面再細說。」

「好吧！你什麼時候會出現？上次說白色情人節見面，結果讓我白等了一個鐘頭。」

「請琳琳小姐恕罪！在下真有萬不得已的苦衷。」

「你不是輕諾的人，肯定有突發狀況才會放我鴿子，這我能理解。不過最近有一件事很奇怪，不曉得和你有沒有關係？」這句話聽得我是心頭一緊：別是無恥長官找麻煩找到琳琳頭上吧？發生了什麼事呢？

「最近可疑的光點出現頻率變多了，雖然距離遠沒傷到我，可是很難忽略——那光點是什麼東西？你知道嗎？」

「……依在下推斷，最有可能是準備交接在下職務的巡航官所為，推測應是偵察星子，不具攻擊力，料無隱憂。」上級已對我失去耐性，派新人接管我的位置，也是意料中事。但是派出偵察星子跟蹤琳琳，這又是為了什麼？

「我並不擔心這些『螢火蟲』會對我怎樣，因為有幾次都衝到眼前了，卻忽然像煙花一閃，然後一陣煙就不見了——我也覺得莫名其妙。」聽她大致描述，九成九是無老闆的傑作——若非危險在眼前，無老闆不會貿然出手——無老闆確實值得信賴。監控巡航官官卑職小，不可能無故對手無寸鐵的小女孩發動攻擊，除非有上級的指令……這讓我更疑惑：攻擊行動是何人發動？有何意圖？

「幸好琳琳小姐平安無事，萬幸！琳琳小姐近期可有出遊計畫？」

「我沒有計畫。不過南宮靖找我去花蓮賞螢，我還在考慮。」

「賞螢？在下不了解這詞彙……呃，琳琳小姐不需現在解釋。敢問時間地點？」

「四月一號開始，在花蓮鯉魚潭。」

「那地方在下有點印象，僻靜人稀，山水潭影、適合長談。琳琳小姐若能前往，在下會排除萬難趕赴。」

「真的？不可以黃牛喔！」

「千真萬確——不過在下是人非牛，琳琳小姐何此一說？」

「算了，當我沒說。我這就去跟南宮靖說吧！」

「琳琳小姐，在下還有一事相問。」

「什麼事？」

「要陪您去花蓮的南宮靖，他……是什麼人？可靠嗎？」南宮靖雖然被我監控過，認定不具威脅性，不過那是片段表面，內性如何一無所知，我懷有不小疑慮，對他。

「南宮靖？那個長不大的小鬼，你可以放一萬個心，他是我的哥兒們，我有事他絕對第一個跳出來挺我，雖然迷迷糊糊，還算靠譜。」

「琳琳小姐這樣說，在下就放心了——靠譜是什麼意思？」
「這個……算了，當我沒說。你還要告訴我什麼嗎？」
「在下時間緊迫，一切見面再談。」
「好，四月一日見。」
這次談話結束，我決定深入調查，要找出攻擊琳琳的幕後黑手——雖然攻擊沒有得逞，也要查個水落石出，否則琳琳將永無寧日。
回到監控站，就發現遭到侵入的跡象，監控紀錄也被複製過。這樣的狀況我早有防備，關鍵文件已被我移到地球上，對方複製的只是一般資料，入侵者如此大費周折，根本白費功夫。這樣一來，更確定有人要找我麻煩，才會牽扯到琳琳身上，是我連累了她。
在監控站待了幾千年，任何東西擺哪兒、怎麼擺，閉著眼睛都知道，只要挪動過絕對逃不過我的法眼；清查被動過的地方，大致就能推測入侵者想找什麼：他們想要搜尋我能夠來去地球的裝置。傳送裝置是我親手設計打造，藏匿的地方，只有我知道——就算被找到偷走，不曉得使用方式，還是白搭。清點一下失竊的物品，都是些無關緊要的廢銅破鐵，偷出去剛好替我清出空間——一群菜渣米蟲（這句話是跟琳琳學的）。會幹這種偷雞摸狗事兒，肯定是無能的上級長官指使。這群貪功無能膽子小的官僚，想跟我鬥，那就別怪爺不留情面！
我不是戰鬥官員，格鬥搏擊本非必學，因為太無聊，就把西太平洋能見的武術練得精熟，也正好利用這機會活動筋骨、驗收所學；監控官不需作戰，所以沒有配備武器，因為過得太閒，將原本貧弱的防禦裝置，改造成具有殺傷力的攻擊武器；火力雖然不能與正規軍相比，但要擊倒敵手絕對綽綽有餘！
當一切準備就緒，我開始研擬最後一次告白的內容——這一次，要清清楚楚我的立場，不容有一絲模糊曖昧的情愫產生；即使發生，也絕不接受——不再讓琳琳受情傷苦，就是如此堅決，就是如此無情，這樣做最好：對我，也好。

有時候，事情的發展詭譎多變到令人傻眼。講好說定是花蓮鯉魚潭，還是南宮靖自選的地點，居然都可以出錯、訂到七星潭的飯店！他的理由極其離譜，先說訂房網站標錯地址，又說看到折扣超划算就訂了，想說都在花蓮以為兩潭離很近……這都是事後得知的說詞，這二百五不知道這個迷糊的疏失，差點害死我的小不凡！

四月一日是地球的愚人節，聽說這天可以盡情愚弄別人——一點都不好笑！那天下午依約到了鯉魚潭，左等右等不見兩人的蹤影，心中浮起不好的預感，但還是繼續等待。等了老半天，等到天都黑了，愈想愈不對，趕緊啟動琳星子搜尋——非到必要我是不會啟動，這樣盲目搜尋難似大海撈針，而且長時間發訊很可能會被上級攔截到訊號，引來不必要的麻煩；當下情況急迫不明，唯有冒險啟動搜尋一途，才能弄清原由。徹夜搜索到天亮，終於搜尋到了琳琳的蹤影，結果令我捏一把冷汗（當然也只是形容，我不會流汗），琳星子顯示：琳琳在花蓮慈濟醫院。

這還了得！急忙升空正準備起飛，最擔心的狀況發生了：果不期然，琳星子訊號被鎖定、我的行蹤曝光，追捕者已在周邊佈下天羅地網，等著將我逮捕。

「光色水晶．安波提耶．坎優！你目無法紀、擅離職守，已被本長當場查獲犯罪事實，快快束手就擒！」說話的是年紀比我還小的五班班長，階級僅僅高我一級，我根本不把這種貨色放在眼裏。

「班長，若論階級，本官還會讓你幾分；倘若你仗勢欺人，別說本官不給你留臉。」

「廢話少說！死到臨頭還嘴硬，來人，上刑具！」話剛說完，一群人全都拿出捉捕犯人用的制動夾射向我，我冷笑著心想：同樣是官卑職小的巡航官，我可不像你們這麼不長進，想抓爺？沒那麼容易！抽出我設計發明的的反動磁力索，一鞭子過去，十幾個制動夾全給打爛在地上，驚呆了這幫無知的傢伙。

「八百萬年前的破玩意兒，想嚇唬誰?!」我說八百萬年，不是講假的，制動夾還真發明在八百萬年前，就不明白這麼落伍的老東西怎麼沒人改良？爺的科技水準已經超越這些化石級老骨董太多太多，極上層真是愈來愈難超越的癡呆領域……

「奉勸各位省點力氣，念在同事一場，本官不刁難各位，你們走吧！」

「笑話！本長不發威，不就白讓你看扁？大家上！」

「天堂有路你不走、地獄無門闖進來！既然如此，休怪本官無禮——得罪了！」

應付粉拳繡腿的草包，只用三成功力也能打掛一串；不到半刻鐘，一群嫩草全給打趴在地，哭爹喊娘的好不心酸。

「哼！這是你們自找的。班長，帶著你的敗將回去療傷吧！」我撥了撥亂掉的頭髮，拍拍身上的灰塵，好整以暇的說著話。

「光色水晶．安波提耶．坎優，今天算我們大意，你等著，本長會找來更強的幫手，不拿你歸案誓不罷休！」

「隨時奉陪！」

看著這幫喪家之犬夾著尾巴、落荒而逃的狼狽模樣，其實也擔心接下來出現愈來愈難纏的追捕者；繼而一想，既然開了第一槍，後無退路，只能硬碰硬了。我沒多做停留，馬上飛往慈濟醫院；半個鐘頭不到，當我降落在僻靜的靜思堂草地上，看到慈濟醫院門口萬頭鑽動，發生什麼事？正疑惑著，無老闆幽幽緩緩從空梯走下來，搭住我的肩膀說：「找小不凡嗎？平安。」

「她怎麼了？」

「想終結她的人，再度用星子下手，反被我終結。」無老闆用手指劃了兩圈，掉下一片星子的殘骸，上面的塗裝我很熟悉——第五監視班的標準色。

「是他？可惡！我饒不了他們！」

「莫要！不可衝動，安助小不凡平安為先。」

「是，感恩無思尊者。」我不在琳琳身邊的時候，幸虧有無老闆比我更周全、可靠的守護，我好羞愧！

「稱無老闆就好。不需感恩，都是命定的緣……」

無老闆對我略述整起事件的始末：當第一波星子逐漸接近琳琳，無老闆就已發現；星子伺機發動攻擊時，無老闆馬上出手摧毀，化解危機。對方不死心，隔天計誘琳琳得逞，可憐琳琳中計不慎落海；無老闆聚起了海中細碎的靈魂破片，包覆住昏迷的琳琳，沉到海底以障眼法欺敵，讓對方以為琳琳已經葬身大海；等到攻擊星子全數退散之後，才浮出海面讓救難人員帶到醫院急救。

「感恩尊者！讚嘆尊者！光色水晶．安波提耶．坎優無以為報，請受在下一拜！」

「請起！其實，靈魂包覆有礙於小不凡，情勢所迫，也是該有此劫。」

「在下駑鈍，請尊者明示。」

原來，靈魂包覆雖然救了琳琳一命，可是貼近琳琳的靈魂破片，會像海棉一樣吸走身體裏的靈能。縱然被吸走的數量極少，已足以帶來不小的影響：首當其衝的就是大腦，之前被我刷白好幾回的部分已很脆弱，這樣的衝擊導致更大範圍的記憶喪失——永久的。也就是說，她可能忘掉關於我的一切，甚至連我這個人都不記得。

「看來，是謬運的巧合。今天來這裏就是想做個了結，這樣……也好。」無形中，我最想做也最不想做的事，都在「巧合」中解決了。但是，總覺得哪裏不對勁……

「然也！看來我『不小心』做了一件正確的錯誤。走了。」正確的錯誤？無老闆還是心懷萬仞、深不可測。

「在下恭送尊者。」

「稱無老闆，可。」

「謝謝無老闆！」

我總覺得無老闆是故意這麼做。他知道我苦惱，也清楚我猶豫，是不是利用這次事情切斷我的苦疑，不得而知。不過確然是替我完結了不想決定的決定。

與巡航單位正面交鋒之後，情勢急速惡化，監控站已非久留之地，我不會坐以待斃，我早早佈好下一步棋的局，就等對方出手時迎頭反擊，務求全身而退。

可是，我要抗爭到何時？想到後路茫茫，我的心也一點一點茫茫然。

我聽過虛擬歌手初音未來演唱的〈被生命所厭惡〉（命に嫌われている），不同於我習慣聽的爵士味道，卻很貼近厭世憤世又入世的心境；搜尋出來播放，聽著聽著，我茫茫然地更茫然了。

等等，運補船怎麼這時候出現？我先去查看，看他們又再耍什麼花招。

筆下暫擱，改日再續。

拾參　似曾的相識

穿過暗黑外太空，運補船平緩地滑進大氣層，以繞著地球航行的方式慢慢下降，減低高速磨擦的衝擊。花色琴風酒醒之後，頭昏腦脹的走進淋浴間，門也沒關就脫個精光，開始蒸氣淋浴。不巧光色水晶拿著剛洗好的餐具經過，看到這一幕，嚇得將杯盤摔了一地；赤身裸體的花色琴風和驚呆的光色水晶對望，三秒鐘後，她大叫一聲，本能地揮拳就打，光色水晶一個散手擋住拳頭、順勢扭住她的手，反手將她制伏。

「太無禮了！快放開本官！」花色琴風羞憤地不停掙扎，光色水晶這才意識到行為失了當，一秒放開手，從臉到脖子迅速充血、一片緋紅，不斷九十度鞠躬道歉。花色琴風快速閃進門後，虛掩著門露出半張臉，小聲問道：「剛才……可有其他人看到？」

「在下認為……應該沒有。」光色水晶頭壓得低低的，用眼角餘光瞄著四周，其他追捕官仍睡成一片，諒是無人發現。

「那就好……這件事就當沒發生過，收拾收拾你走吧！」花色琴風並沒把門關緊，透著門縫說話。

「感恩閣下的寬容！」光色水晶彎下腰去收拾杯盤，他的視線不經意看到花色琴風雪白的腳掌，還有白皙的腳趾頭，非常不合時宜地想著：好美的腳呀……

「你剛剛……那招，挺厲害的。是什麼來著？」花色琴風看著在收拾東西的光色水晶，隨意搭個話化解沉默的尷尬。

「那是散打，地球人發明的武術。」光色水晶被花色琴風的聲音拉回現實，別開視線，不讓那綺麗畫面也綺麗了應如止水的心。

「散打，沒聽過。你怎麼學會這些東西的？」

「在下監控母星數千年來，閒暇便以學習各種事物為樂；各類武術也略知一二，經年累月操練下來，懂得些皮毛。」

「你不像只懂皮毛，倒像個練家子。你和本官認知裏的貧弱監控官很不同，本官很是驚訝。」

「敬愛的官長，雖然在下很想繼續與您談論學習，但……」

「怎麼？有什麼不妥？」花色琴風往下一看，才發現門板開了大半，半邊春光又洩了一地，難怪光色水晶收好了杯盤仍是彎了腰不敢抬頭。她發現糗態立即掩了門，驚巴巴地說：「這……也是，不是說話的時候。本官掐時間，再與你談。」

結束令人發窘的場面，光色水晶將杯盤歸回定位，此時其他人也慢慢甦醒，光色水晶又要去準備娘子軍的餐點，大步往倉庫走去；淋浴完畢的花色琴風再度和他在狹窄的走道不期而遇，兩人尷尬的點了點頭，光色水晶謙卑地垂手一旁、閃身讓過；兩人錯身的一瞬間，花色琴風的手指頭碰觸到了光色水晶的手背，突然一股電流竄流全身，兩人同時在腦海閃現難解的意象，花色琴風從未有過這樣的經驗，猛抽起手擱在嘴邊，對這感覺莫名其妙，然後倉皇地快步離開。光色水晶對這情形並不陌生：碰到琳琳的手也是這種感覺……可是為什麼和花色琴風接觸也會如此？因為她們容貌相似所以有了移情作用嗎？或是……

「就別多心了，還是多點心思伺候這幫姑娘——多虧她們幫忙，才有重返地球的機會。」光色水晶站在走道上喃喃自語，笑了一笑，便走進了倉庫。

隔天早上，薛琳一起床就急忙啟動琳星子，看看能不能有光色水晶的訊息，可惜她失望了。

「他，到底要怎樣才會出現？」薛琳正要把琳星子抓起來看看，想到曾被它電擊的事，便縮回了手，改用心電感應下命令：去把水晶帶過來。

「星子無法載運人員。」琳星子用投影的方式回覆，明確表示薛琳的指令辦不到。

「換個方式問好了。水晶現在在哪裏？」

「無法得知。」

「什麼意思？不懂。說白話一點。」

「高速行進，無法定位。」

「是在飛機上嗎？還是高鐵上？」

「無法辨識。」

「為什麼無法辨識？」

「無法回答。」

「什麼都無法無法，你去撞牆好了。」一問三不知的回答，讓薛琳有點惱火，隨口講了一句氣話，沒想到琳星子真的往牆壁撞去，牆上應聲撞出一塊凹痕，琳星子掉到地上、滾了幾圈，竟然燈號全滅，一動也不動。

「哎呀！這個笨蛋頭！」薛琳趕緊起身去檢視琳星子，任她怎麼發指令都沒了反應，把她給急得不知如何是好。一籌莫展的時候，偶而會靈光一現，迸出個想法來——此刻薛琳就是閃現一個點子——就不知道是好辦法還是餿主意。

「電腦當機，重開就好；蛋頭撞到短路，重開也許還有救。但是，哪裏有重開鍵？」薛琳仔細轉動琳星子，尋找類似按鍵的東西；反覆找了幾回，終於讓她發現一個可疑的小突起，她試著推開來，裏頭是一個小小的暗匣，有三顆不同顏色的小按鈕。問題來了，她要按哪一顆？

「作得這麼隱密，肯定是厲害的按鈕；但是，按錯了，會不會爆炸？」薛琳心中閃過電影情節，通常胡亂摁下按鈕的結果，都沒有好結果……繼而一想，光色水晶特地做這蛋頭來聯絡她，沒理由胡搞個自爆功能才是……

「都按按看吧！」薛琳這樣想著，深呼吸、閉著眼，按下第一顆孔雀綠的按鈕。她眼睛睜開一條縫偷看，不過，什麼事都沒發生；她又按下第二顆鈷藍色的鈕，星子依然紋絲不動；於是她放開膽，毫不猶豫按下了第三顆胭脂紅的鈕。過了十秒，沒有任何動靜，薛琳頹然地垮下身子，失望的把琳星子擱在床邊，走出房間，準備和薛夫人共進早餐。可惜薛琳沒能多等一下，關上門之後不到三十秒，琳星子就默默的重新開機，燈號明明滅滅、機械不停運轉，熱熱鬧鬧執行薛琳賦予的作業。

琳星子意外重新啟動，訊號再度傳送到光色水晶的通訊器上；正在如火如荼炒菜煮湯的他看到訊號燈亮起，不禁心浮氣躁，接下來幾道菜就草草了事、隨意上桌。別看娘子軍嬌滴滴模樣貌似細膩，其實跟個大老粗一般，就算略焦稍鹹賣相差也毫不在意，照樣大口狂嗑、開懷暢飲。照料完這群女漢子，光色水晶托詞要去倉庫整理食材，偷偷鑽進黑寒的管線間接上通訊器，苦苦守候連線，祈禱薛琳的身影早些出現。

可憐癡心的他，注定又要苦守寒窯、飽嚐寂寞無人知的辛酸，因為薛琳失望的離開房間，先和薛夫人吃了早餐，無心回房的她在庭院散步，走到盡是珍貴藏書的薛家書院前，進去找出停讀一陣子的脂批本紅樓夢，裏頭的書籤夾在「琉璃世界白雪紅梅，脂粉香娃割腥啖羶」的第四十九回；她抽出罕見的一八八〇年Stevengraph絲綢書籤，隨手擱在書桌上，好生坐下來靜靜讀著，一讀就是幾個鐘頭。也是光色水晶運氣不好，和薛琳見面的時機再次錯過，枯等三小時之後，只得黯然拔掉訊號線，熱淚盈眶地走出管線間，繼續準備餐點，餵食那群腸胃長在無底洞的姑娘，聊慰枯乾傷懷的心靈。

到了午餐時間，薛琳在睡夢中被傭人叫醒，她伸了個懶腰，問了話得知薛夫人到大甲鎮瀾宮拜拜，午餐就她一個人吃，聽得她食慾闌珊；薛琳緩緩把絲綢書籤夾入紅樓夢、歸回書架上，緩慢無神地走出書院。外頭陽光耀眼，廿八度的氣溫略微炎熱，薛琳百無聊賴的走回房間，才發現又錯過了光色水晶，難過的跪坐在地；少女精緻美麗的臉龐，染著落寞哀愁的顏色：「我們就這麼無緣嗎？三番兩次的擦身而過……」

薛琳胡亂整理起房間，想藉此也把心中積累的雜亂捋一捋；有一搭沒一搭的反而弄得一團亂，就如同她不識愁滋味的少女心，第一次感到心亂如麻的心情。此刻她決定作一件事，先召喚了傭人過來把凌亂的房間整理妥貼，她則換上輕便的外出服，拎起繡著HL縮寫字母的burberry後背包，把琳星子裝進去，邊打電話邊往外頭走：「南宮靖，我心情不好，出來陪我。」

「我的大小姐，我等一下有課……」電話另一頭傳來南宮靖哀怨的聲音，薛琳坐上車子，跟司機交代目的地，接著說：「你又不是沒翹過課。我不管。」

「可是……下一堂課的教授出名的嚴格……」

「不來拉倒，我找別人分享我的神祕事件好了。BYE！」薛琳很懂南宮靖，關鍵字一灑，不怕他不乖乖聽話。果不其然，南宮靖馬上急切切說：「蝦密？神祕事件?!早說嘛！我去，我一定要去，等我，我馬上到。」

半小時之後，她到了新生南路上薛氏夫婦經常與友人茶敘的紫藤廬，與坐計程車趕過來的南宮靖一起走進店門。大廳人多，店家請他們移步紫青房的包廂落了座；店裏此時播放的音樂是〈櫻花雨〉，悠揚婉約笛音與大珠小珠落玉盤的鋼琴聲，交織美好的雅境。聽了好音樂，讓沒胃口的薛琳起了一些食欲，點了鳳眼糕、核桃糕、杏仁糕等幾盤茶點，淡泡著最愛喝的廣林岩大紅袍，舒心地品茗聞香起來；南宮靖點了清燉金萱肋排簡餐，一邊吃著，一邊問著：「到底什麼神祕事件？快告訴我，好急喔！」

「急什麼？你專心吃飯，吃完再說。」薛琳就喜歡抓狹南宮靖，單細胞生物整起來特有效果。好整以暇的薛琳沾唇細品熱茶、雀嘴輕啄茶點，對比囫圇吞菜、大口扒飯的南宮靖，在雅緻的廳院之中，別有一番幽默韻味。

「吃完了，快告訴我吧！」南宮靖撤掉了盤碗，拿出筆記本就對著薛琳認真的「採訪」起來。薛琳的心情被眼前的景象染樂了，開心的替南宮靖斟上一杯茶，推過鳳眼糕的碟子給他。

「唉呀！大小姐，我都快急死了，哪有功夫慢慢喝茶？」南宮靖舉起茶杯一口喝掉，薛琳不疾不徐又為他上了一杯。

「別緊張，我是怕你太激動，先喝點茶，定定神。」薛琳打開後背包，拿出圓呼呼的琳星子，放在南宮靖跟前，他一臉疑惑的問道：「妳拿一顆球給我幹什麼？」

「這就是神祕事件的一部分。」

「別開玩笑了，這是玩具吧?!反斗城賣的都比這個炫。」

「真心不騙，這是很厲害的……蛋頭。」

「蛋頭是吧？看不出來哪裏厲害，證明一下。」

薛琳用心靈指揮琳星子映出光色水晶的相貌，並且向琳星子發問，它都一一回答，毫不遲疑；南宮靖臉色難看的看完表演，對著薛琳說：「搞了半天，這是一台投影機——還算精良的投影機。」

「這不只是投影機，你知道它要如何操作嗎？用這裏。」薛琳指了指太陽穴，雙手交插胸前，眼神犀利地瞪著不肯相信的南宮靖。

「薛琳，妳不能因為我對神祕事件狂熱，就隨便弄這種東西忽悠我；這種玩意兒，淘寶上可以買得到千百種……」南宮靖不屑的擺出要用手指彈琳星子的動作，薛琳見狀大驚，還來不及出聲阻止，他已經中指一彈、擊中琳星子。

「哎呀，有電……」南宮靖差點從座位上摔下來，緊緊抓住被電到的手，怨怒的看著薛琳：「妳去一趟德國就帶這種屁孩惡作劇回來嗎？妳學得太壞了……薛琳，這樣不行啦！」

「我想阻止你，誰知道你動作這麼快，手癢活該。」

「我是受害人耶！妳這電人兇手。」

「信不信由你，這顆蛋頭，就是如假包換的外星產物。」薛琳有些得意忘形，不停用手拍著琳星子，南宮靖的話才提醒了她：「為什麼妳不會被電？」

「咦？對喔！我之前也會被電……現在不會了……嗯，我明白了，因為我現在是它的主人，它認得我了……」

「主人？妳在說什麼呀？」

「我告訴你，事情是這樣的……」薛琳秀出手上的戒指並講述琳星子的來歷，以及這段時間如何被攻擊、如何獲救的來龍去脈，巨細靡遺說給南宮靖聽，聽得他是眼睛發亮、揮筆如風，恨不能親臨現場參與一切。直說到夕陽西斜、華燈初上，薛夫人都電話找人了還意猶未盡，南宮靖認真地反覆翻閱筆記，興奮的約定下一回見面的時間。

「……就是這樣子。終於把我哽在心裏的話說出來，舒服多了，南宮少爺，真是謝謝你了。」

「別謝我，我謝妳都還來不及。薛琳，這些我整理整理必能在論壇上變紅火大獨家！」
「不行發表，現在還不是時候。」
「不准我發表，那妳幹嘛跟我說？這真真要憋屈我！」南宮靖難掩失望地扁起嘴，眉頭皺得可以夾蒼蠅。
「我自己就是憋得又悶又慌，想來想去只有你懂我，所以才講給你聽，你不憋屈，你應該要歡呼；可只我能講，你不能洩漏半個字出去。」薛琳喝下一口茶，吃完最後一塊糕，眼神銳利的瞪著南宮靖。
「這不能！只許妳大鳴大放，不准我透露一字，這忒沒道理，我可不能依。」
「南宮少爺，我可鄭重嚴重警告你，如果你現在露了口風，我就永遠不讓你見到這個外星人。」
「真的假的？妳會讓我看到外星人本尊?!」南宮靖舉起童子軍手勢，對著薛琳鞠躬哈腰的說：「我發誓，絕對保密到家，妳放心！美麗漂亮又大方的薛大小姐，拜託您一定要讓我看到外星人，不然我會遺憾終身……」
「行了，少肉麻兮兮的。」
「我就說妳肯定是有這種特異體質，會吸引奇特的事物——從那天在鯉魚潭……不，七星潭事件，我就猜到個五六分，果不其然……」南宮靖哪壺不開提哪壺，說起這件烏龍事，惹得薛琳想起來就上了火氣：「你不提我還沒想到，你還敢說？要不是你這超級散仙搞錯地方，我和我媽哪會遭受這些要命的事？我還沒找你算帳……」
「我的姑奶奶，薛媽媽找妳了，這件事，我們下次說吧！我明天要交作業，不聊了，BYE！」南宮靖說完就一溜煙跑個無影無蹤，薛琳又好氣又好笑的搖搖頭，自言自語道：「這個單純的寶貝蛋——幸好有他，除了他大概也沒人會相信這些事，苦了他了。」

結了帳，保鑣護送薛琳回新店，薛夫人答應參加一場時尚晚宴，希望薛琳作陪；她回到家，管家已經打理妥當，把這對母女妝扮得雍容華貴，兩人搭上禮車連袂出席在W飯店舉辦的宴會，當晚豪門賓客冠蓋雲集、名媛淑女爭綺鬥妍，不在話下。

天空另一邊，環繞著地球的運補船，在一萬六千公尺的高空定速巡航，避免與地球民航機高度重疊。船艙內的追捕官已將滑翔裝備著裝完畢，光色水晶的裝備遭到扣押，不能取出使用，所以由五位追捕官採取鉤掛防護網的方式，讓光色水晶與她們一起滑翔、定點著陸。飛行對這群外星客來說是家常便飯，但是用防護網載人飛行對他們來說倒是頭一遭，追捕官們既興奮又緊張，光色水晶則是擔心得臉色發白。

「別怕，本官會保護你的。」花色琴風很豪氣的拍了拍光色水晶的肩膀，再度確認防護網安全無虞，便扳下電閘開啟艙門，一陣強風狂掃進來，強得光色水晶話都說不出來，燈號一閃，她們毫無懼色地張開防護網就一起跳出去。按理說，五位追捕官飛行中同時承載一個人絕對綽綽有餘，不過壞就壞在她們只看過教案、完全沒演練過，跳出去之後沒有同步，竟然就在雲端失速往下墜落！

「各位！冷靜！聽著本官的指令……」花色琴風趕緊指揮大家重整隊形，無奈眾人亂了方位，反而讓防護網不停打轉，光色水晶被轉得暈頭轉向，早已分不清上下左右，連害怕都忘記了。墜落的速度是驚人的，沒多久他們就衝破雲層，陸地山脈與海洋清晰可見，時間已經萬分緊迫，她們卻仍然調整不到滑翔模式，只怕光色水晶就要摔個粉身碎骨！

「卸掉防護網，準備好衝擊！」

花色琴風眼見整隊無望，更遑論準確降落在預定地點，只能拆散隊伍、各自自救；情況十萬火急，花色琴風無暇思考其他，緊緊抱住光色水晶，使出**強神力**拚命減緩猛烈的高速，甚至捨身把自己當做緩衝墊保護光色水晶。除了花色琴風之外的追捕官，都還能專心觀察墜落環境，儘量衝擊到無人地帶；不消幾秒鐘，轟隆一聲巨響，花色琴風筆直墜落到大安森林公園，砸出一個又深又廣的大洞，光色水晶撞暈了過去，被壓在他下邊的花色琴風一動也不動。周圍民眾以為發生氣爆，紛紛逃命走避，沒人敢接近。

其他追捕官安全落地，但是分散範圍太廣，一時半刻也趕不過來；光色水晶有花色琴風緩衝，很快甦醒過來，他脫掉花色琴風的頭盔檢視傷勢，發現她沒了呼吸，立馬抽出她腰際上標配的醫療包替她急救。花色琴風失去了意識，光色水晶只得以口對口方式將氧氣含片用力吹進她的咽喉深處，然後持續人工呼吸加速含片釋放氧氣，不讓她缺氧下去。強壯的花色琴風經過搶救，果然恢復了自主呼吸，當她睜開眼看到光色水晶近距離為她人工呼吸，雖馬上意識到他只是在進行急救，仍然羞臊得一把推開光色水晶。

「官長閣下，您醒了！太好了！」

「這件事情，不許洩漏半個字出去……」

「在下明白，事關威嚴，必然保密到底。」

塵埃落定之後，四周的民眾逐漸靠攏圍觀，光色水晶提議目擊者變多之前，快點離開現場。面紅耳赤的花色琴風當然不反對，可是方才**強神力**過度使用，體力大大衰減，連爬出洞外的力氣都沒有。光色水晶想抱著她爬出去，無奈鋼鐵盔甲加上花色琴風的體重，實在抱不動。

「唯一的辦法，在下先跟您致歉，得罪了！」光色水晶動手卸除花色琴風的甲冑，她衰弱的無力反抗，只能任他擺布。除去重達五十公斤的鎧甲，光色水晶輕鬆就將纖瘦苗條的她上了肩、爬出洞外，快步跑向樓梯間下到停車場，把花色琴風安置在無人的安全角落，再衝回墜落處扛回所有的裝備，氣喘吁吁地拎回花色琴風身邊等待救援。

「官長，請恕在下冒犯，事態緊急、萬不得已……」

「這事不怪你，畢竟你是要救本官。」

「感謝官長體諒，官長唇舌綿軟……」光色水晶還沒說完，就被花色琴風一掌劈來，大喊一聲：

「放肆！」

「官長莫要誤會！在下是說官長如此，才能急救成功。」光色水晶連她的重拳都能閃，何況是虛弱的一掌，輕輕一抓就把她的手握個緊實。

「放手……」花色琴風僅著內衣斜倚在牆邊，羞紅了臉的嬌弱模樣，還冷得顫抖，這才讓光色水晶驚覺應該幫她穿上盔甲；花色琴風有氣無力的嘆口氣，接著說：「等等吧！現在的我要穿上，萬一又有危險，恐怕連累到你……」

「可是您在發冷顫……」

「過來抱住本官，幫本官取暖……」

「這不合禮儀……」

「你都有膽把本官扒光，抱住還不敢？這是命令！」

光色水晶默默的移到花色琴風身邊，雙手摟抱著她，果然讓她暖和了些許。追求舒適是萬物的天性，身形不高的花色琴風，索性鑽進光色水晶懷裏，讓他環抱著更添溫暖。這溫度不僅來自體熱，還有兩人不停升高的血壓；不習慣身體碰觸的外星客，第一次無距離的親密接觸，雖然臉紅心跳到頭暈目眩，不過感覺是十分美好的：原來，身體接觸是有這樣魔性的吸引力，難怪極上層要千令萬申、禁止人民碰觸彼此的身體，這會喪志成癮的……

花色琴風的盔甲上有追蹤器，二十分鐘之後，四位追捕官紛紛趕來，並且幫她著好盔甲裝備。這一趟自由落體的飛行，驚險得讓大家都累了；停車場裏，五位鐵娘子和一位高個子，靠著牆根閉目養神，等待花色琴風元氣恢復，便要進行下一步行動。

不知不覺夜晚已來臨，幾個人匆匆走出停車場，消失在大安森林公園的夜色中。（十二日這天是雁子先生生日）

聖．愛隆尼亞王朝
母星巡航支部星際暗角分隊第五監視班
月球前監視巡航官日誌
登錄時人：王朝曆第六帝王年六八零一代
前太平洋西岸區域巡航官「光色水晶．安波提耶．坎優」

無話可說。

完畢。

＊　＊　＊　＊　＊

地球紀元二〇××年四月四日

昨日支部最後一趟運補船，非為運送補給而來，而是下達最後通牒：「限令三天內繳械投降、自首認罪，否則調派重兵追捕、傷亡不論……」云云，好大的威風！當我嚇大的？我吃了秤砣鐵了心，決心負嵎頑抗。況且我已做好萬全準備，何懼之有？

今天起，我不屬於巡航支部管轄了，正式成為叛軍——說是軍，也只有我一個兵。

我想和琳琳道別。琳琳現在對我幾乎不認識，道別，是奇怪的說法。這些天利用琳星子跟琳琳通話，講了許多往事給她聽，不論她有沒有放在心上，對我來說，彷彿溫習著小不凡的成長，好溫暖，好感傷……小不凡，已經大大不凡了。

明天她要與薛夫人去柏林，歐洲不是我的轄區，貿然前往不甚妥當……不對，我已是叛軍，還管什麼管轄權？我先派琳星子過去偵查，摸熟了地頭我就過去。

成為叛軍，要做的事情有許多，第一件事，就是怠忽職守、停止監控。不必執行極上層賦予的任務，時間更充裕了！「任務」這個名詞，對而今的我來說，不再是不能講的神聖字彙——我是叛軍。

這個監控站不能再待下去，得立馬走人。爾後，這本日記我該隨身攜帶，免得落入敵軍之手。先收拾重要的東西到新店倉庫，然後調查柏林。

無老闆最近沒見到蹤影，不知道他在忙些什麼。

＊　＊　＊　＊　＊　＊

前監視巡航官日誌

登錄時人：王朝曆第六帝王年六八零一代

前太平洋西岸區域巡航官「光色水晶・安波提耶・坎優」

這是最後的報告，以後不會有。

完畢。

＊　＊　＊　＊　＊　＊

地球紀元二〇××年四月五日

早上琳星子已經把柏林地形勘查一遍，看起來無有問題；我要親自到那裏守著，總不能小不凡到了國外只能靠無老闆保護，我該出點心力——現在我無事一身輕，是個不受何人管轄約束的叛軍，自由。到柏林需要點時間飛行，就先紀錄這一些吧。

＊　＊　＊　＊　＊　＊

地球紀元二〇××年四月六日

我太疏忽了！我自稱叛軍，可是上級單位並不知情。昨天我讓琳星子越區偵察，就被北歐巡航官發現，我竟還輕心大意跑來柏林；支部的官員肯定是急了，我才一有動靜，他們就立即出馬；支部這回玩真的，不再隨便派一支廢物巡航官的雜牌軍，而是調派正規的追捕官過來。

和他們交手幾回，慢慢摸清楚他們的模式，在追捕行動中才能險勝過關。我不是戰鬥單位，僅憑單槍匹馬和不甚精良的武裝，竟能擊敗強悍的正規軍，連我自己都不可思議——值得驕傲！

不過，真槍實彈的戰鬥，難免受傷。我受了點傷，該找個地方療傷。先這樣，擱筆。

＊　＊　＊　＊　＊　＊

地球紀元二〇××年四月七日

上級調派的人手愈來愈兇殘！我已經快要招架不住。

我要找個地方躲一躲，不然，這樣一波又一波的攻擊，難保哪一槍成了致命一槍。地球人的飛機真是慢，琳琳預計晚上才到柏林，我卻已在這裏被轟了好幾回……不過，無老闆有出現短短一下子，他來問我撐不撐得住？需不需要幫助？我只是客氣說頂得住，無老闆竟然微笑上了空氣梯、丟了一句保重，就消失了……我不懂呀！

小不凡，我還是要頂住，不然還不知道會發生什麼事。

先這樣吧！

（以下空白）

拾肆　最終的決定

花色琴風一行人離開了大安公園，就直接飛往光色水晶的新店倉庫。各位看倌猜猜看，她們到了倉庫第一件事情是什麼？不是整理裝備，也不問倉庫的來歷，而是問：有什麼吃的？光色水晶當然不會辜負她們的殷殷期盼，就地弄了一些簡單食物，先填飽娘子軍的肚皮，其他事情才好談。

「你居然會有『龍血草心葉』！本官自從離開紫血寶龍星之後，就沒喝過故鄉的茶，好懷念呀！」花色琴風吃飽了飯，喝了一口故鄉茶飲，滿足又感傷，鄉愁油然心起。

「在下這裏尚有許多申請來的故鄉好物，爾後若有機會再與各位分享。」

「當監控官好像挺愜意的，不像追捕官，整天除了訓練還是訓練，一身髒還渾身傷。」夢色柔波扁著嘴，哀怨不已的喝著茶。花色琴風拍拍她的肩膀，勉勵她要以帝國光榮為重，畢竟她還年輕。

「本小官自然以榮耀帝國為己任，想我帝國億萬年來……」外星人的毛病又上身，愛講空話、發大論，很像政府官員的派頭。光色水晶在這方面已經覺醒，在夢色柔波要發表長河大論之前，就打斷她的話：「夢色柔波閣下請稍等，請容在下一問：這帝國的春秋大夢真值得您鞠躬盡瘁、死而後已嗎？您甘願就此埋沒才能嗎？」

「光色水晶，你真是大膽無禮！竟說出如此大逆不道的話！」花色琴風面有慍色的出聲斥責，隨即掃眼過夢色柔波，厲聲問道：「妳仔細告訴這沒臉的，妳會這樣想嗎？」

面對正色疾聲的花色琴風，一群人面面相覷，不敢回嘴。沉默半晌，夢色柔波才囁囁嚅嚅低頭說話：「本小官……確實……曾經……懷疑過……請官長恕罪。」

「信仰愈堅定，疑惑愈高深——這點本官清楚，不怪妳。」花色琴風臉色沉下來，為自己的難堪緩頰：「我族美德之一就是不說假話，妳堅持傳統這一點，本官嘉許。」此話一出，其他的人以為這是鼓勵，竟然爭相說出真心話：「本小官也是！也是……」

「妳們……」始料未及的花色琴風，有些傻眼的不知該接什麼話。光色水晶在一旁半天不說話，這時打鐵趁熱地鼓動煽惑：「敬愛的官長，她們說得出實話，您何妨說說真心話？您心中可有一絲絲遺憾？」

「這……」花色琴風一下子被問倒，頓時語塞無言。光色水晶見縫插針的本事真不小，抓緊時機就炒熱有利自己的場面，慫恿這群單純的娘子軍，把心裏話一股腦兒吐個痛快；一群嘰嘰喳喳的姑娘鬧騰起來，任是花色琴風也壓不住，只能搖頭嘆氣。

「官長閣下，在下斗膽再問一句：您就真要為這虛無縹緲、遠在天邊的極上層，賣命奔波、犧牲青春，還要盡心費力燃燒生命嗎？」心機頗重的光色水晶，眼見花色琴風心意活動、即將淪陷，火上添油地鼓動三寸不爛之舌，硬是逼出了她的心裏話。

「縱使本官曾有懷疑，但是忠誠之心不會改變！」

「在下經過太多的事情，體會出不盲從才是生存之道；以極上層教誨為本，以自由心志為依歸，作自己想作之事。」光色水晶突破了娘子軍的心防，讓她們一步一步落入陷阱。當她們對光色水晶的話深表認同，他便開始搬弄自由無價、青春無敵的觀點，唬得她們一愣一愣的、點頭如搗蒜。

「本小官認為光色水晶君的話很有啟發，我們是不是該重新審視內心？」最年輕的夢色柔波被鼓動得最徹底，其他人還在猶豫，她已經傾斜在天平的另一端。

「讓自己更好，才對得起自己的心；對得起自己，才是真真對得起使命。」光色水晶彷彿直銷商似的，和夢色柔波一搭一唱，鼓吹自己的理念。

「雖然聽不完全懂，似乎也在理，本小官覺得應當如此，對自己好。」

「就像，美饌佳釀，妳們值得這人生美好的事物。」

「沒錯，若不是嚐了光色水晶君的好料理，這人生就要淡苦過盡，連遺憾是什麼都不知道的終其一生。本小官，決定做自己！」

這個例子馬上獲得熱烈迴響，眾人歡呼起來——為了慶祝大家有了共識，光色水晶搬出烤爐，烤出一串串香噴噴、油滋滋、熱辣辣的肉串，配上他調製的雪花釀冰酒，就在這偏山荒郊，熱鬧的開起了野宴——講半天大道理難解疑惑，不若美食獻祭五臟廟，一點就通。

這烤肉趴鬧得火熱，同座山頭不遠處的薛家宅邸，薛琳與薛夫人晚宴結束回來，已經深夜，喝了一盞去膩的洛神菊花茶，聊了一會席間見聞，便回房沐浴更衣準備就寢。坐在梳妝台前保養肌膚的薛琳，眼睛卻頻頻掃著放在一旁的琳星子；心不在焉的她，趁著敷面膜的時候，用心靈問著琳星子：水晶現在在哪裏？找得到嗎？

「新店區。」

「什麼？他在新店？那他怎麼不來找我？」出乎意料的回答讓薛琳幾乎跳了起來，迫不及待等著琳星子的回答。

「……無法回答。」果不其然的答案，讓薛琳啐了一聲、不屑的說：「除了無法，你還會什麼？你真的比Sili還遜……」

「回答需要發問，否則無法回答。」

「我知道，你當我笨瓜嗎？」薛琳翻了個白眼，要不是正在敷面膜，肯定翻到了頭頂。

「妳是嗎？」

「欸！還敢回嘴？跟誰學壞了?!」

「我不是人工智慧，不需學習。」

「算了，不跟你扯這些。可以和水晶聯絡了嗎？」

「是光色水晶．安波提耶．坎優先生嗎？」

「對啦！對啦！該不會又要回答『無法』了吧？」

一陣機械聲音之後，琳星子伸出支架固定好，然後投影出光色水晶的影像，一旁還有幾個字：連線中。

「真的假的？是通話還是視訊？」薛琳緊張地坐直身子，琳星子卻停格在同一個畫面，持續數分鐘之久；薛琳耐不住性子，揭掉面膜到浴室洗臉，素著一張粉顏坐回琳星子前面，抱怨連連。其實不是光色水晶不願意聯絡，而是等著餵食的十幾張嘴，忙得讓雙手沒時間停下來——原本只伺候五個娘子胃，殊不知在運補船留守的其他追捕官，當表定用餐時間，要吃著已經回不去的苦淡餐點，根本無法下嚥。苦餓了兩餐，她們實在餓得受不了，就追蹤訊號追到了新店、追到了光色水晶，剛好追上療飢止餓的烤肉趴，一群姑娘就毫無形象、轟轟烈烈的海嗑起來。

「各位，在下有一個不情之請……」光色水晶終於忍不住，把薛琳等待連線、心急如焚的狀況說出來，出乎意料的是眾人都同意他一邊烤肉一邊和薛琳通訊。

「本官也想與這個人照面，瞧瞧是個什麼樣……」喝著冰酒、咬著肉串的花色琴風，微醺半醉，熱得解下盔甲武裝，再度露出白皙的肌膚。

「我們也想看看這小病毒如何神似官長……」追捕官們熱得臉紅，也學著花色琴風半裸著身子，吃肉喝酒。

「感謝各位的體諒！」光色水晶喜出望外的邊架設備邊指導她們烤肉刷醬，一群人玩得興高采烈，在這靜夜荒野吵得是熱鬧哄哄。巨大螢幕、十幾個女子烤肉喝酒，像極了要看世足賽轉播。

薛琳這邊的琳星子投射了「視訊訊號即將連線」字樣，十幾秒後，牆上就出現了光色水晶，以及一群半裸美女狂歡的畫面。

「水晶……你……」薛琳被畫面震撼得張口結舌，倒是對方很是好奇的湊近來看著薛琳，七嘴八舌的品頭論足，有說確然神似花色琴風，也有說並不相像，還說只有眼睛像的，意見不一。

「琳琳小姐，唐突連線，請見諒！」

「水晶，這些女人是誰？你在哪裏？這都是個什麼樣子？」薛琳看到光色水晶身邊一群火辣女子，怒目圓瞪燃起無名火，醋味飄滿地的質問光色水晶。

「情況複雜，一言難盡。在下身後乃是直屬支部的追捕官，負責押解在下接受審判……」

「真的嗎？你們比較像在開烤肉趴吧?!押解？鬼才會信！」

「琳琳小姐，請容在下解釋……」光色水晶費了好大的勁，才把整件事情說個完整——中間還要出鏡去雪櫃拿取食材供應她們燒烤，這幫吃貨娘胃口真的很驚人。

「……事情大約就是如此，所以追捕官才會聚在這裏。」光色水晶說到一個段落，薛琳聽了依然怨氣未消，但也不好發脾氣；此刻，花色琴風緋紅著一張臉，開口說了話：「姑娘，妳的事光色水晶君沒少說給本官聽……還真有些相似本官，榮幸……妳的榮幸……」

「水晶，這些人是不是喝高了？醉言瘋語的。蛋頭說你在新店，究竟在哪裏？」

「距離您府上不遠的山區，之前您來過，在下的私人倉庫。」

「倉庫？我不記得有這一段。」

「想來也是，琳琳小姐的記憶被抹滅許多，這段還未及詳述。」

「既然這麼近，你怎麼不乾脆過來我家？飛過來很快的，不是嗎？」

「在下乃帶罪之身，行動自由已被褫奪；況且這兒人多，要過去都是困擾重重。」

「那麼……你什麼時候，能恢復自由？」薛琳講到這一點，光色水晶沉默了。他自知犯了流放千年重罪，一旦流放荒星，恐怕再也無法見到薛琳。心如刀割的他蹙緊了眉頭，淚水在眼眶不停轉動；夢色柔波隱約明白箇中哀愁，跟著無言嘆息，揪心喝下一口酒，再含淚吞下一塊焦香的烤牛排。

「他，受審判之後，就要……執行……」花色琴風半閉桃花眼，像個缺心眼把話說得老實：「他的罪刑至少八百到一千年，流放異星。」

「什……什麼？」薛琳瞪大了眼睛，不敢相信的跪坐在地：別說八百年，關八個月都要人命了……

「琳琳小姐，再怎麼拖延，過兩天都必須回去受審；之後，就是永別了……」光色水晶講到傷心處，再也止不住淚水，一顆一顆掉了下來，一旁的女子也感染悲哀，默默抹淚。

「嗚……這……實在……太……太讓人難過了！嗚嗚……」薛琳再也擋不住心傷，哭得泣不成聲；門外的警衛被驚動，輕輕敲門詢問情況。她哽咽開門，推說在看悲劇電影，講不到兩句又悲從中來，涕淚泗零的關上門，坐靠門邊，埋首抽泣。

「怎麼這樣？我才開始有點喜歡這個人……怎麼會這樣？」

「琳琳小姐，您別難過了，在下永遠記住有您陪伴的日子；在流放的漫長歲月裏，時時刻刻不會忘記您的好。惹您傷懷真是抱歉，在下不哭，琳琳小姐也別哭。」看到薛琳淚人兒梨花帶雨，心疼她哭啞了嗓子，強忍傷心的光色水晶拭乾淚水，微笑著安慰她。

「可是……可是……我還是好不甘願，就這樣……失去你……」

「並不會失去，在下是流放，不是死刑。您莫要誤解。」

「我知道啦！當我笨瓜喔？」

「您是嗎？」認真到蠢的光色水晶，滿臉疑惑地問著。

「我知道蛋頭跟誰學壞了，就是你。」光色水晶萌懵小狗臉的表情，讓薛琳破涕為笑，起身取了面紙把鼻水淚水擦乾淨，腫著一雙汪汪眼到鏡頭前，鼻音濃重地說：「害我哭成這樣，好醜喔……」

「琳琳小姐，您是在下心目中最美，即使哭岔了的模樣，依然不減您的美麗。」

「說來說去你就是覺得醜，你跪安流放去吧！」薛琳說氣話的時候，腦中閃過一個想思，轉過頭，嚴肅的問著不知所措的光色水晶：「你一定會被流放，對吧？」

「有罪受罰，自然如此——您何有此問？」薛琳搖頭晃腦踱著步，眼珠子骨碌碌轉著——光色水晶經常看到這動作，是她想餿主意的標準行為——當然也有好點子出現的時候。

「你是不是有說過，你們犯罪的人都是自己服刑？」

「正確說，罪己求刑，唯心為牢……我族榮譽，比命還重要……帝國無疆，女皇聖哉！」花色琴風醉醺醺的說完這句話，就靠在一旁樹上呼呼睡去。

「到底是喝了多少？醉成這樣？」薛琳看著跟自己如同雙胞胎的花色琴風醉酒姿態，心情複雜的露出難以言喻的表情，然後繼續方才的話題：「服刑的人，會關到流放的地方嗎？」

「我族沒有監獄，判決之後官署會將罪人載送至流放星，刑期結束再派船接回。」

「所以，有專門收容罪犯的流放星嗎？」

「並無特別指定，唯一規定是必須距離紫血寶龍星五千萬公里以外。根據統計目前有為數上千的流放星，熱門的流放星上有不少聚落，甚至有小型國家產生。」光色水晶很正經的解釋，可是不清楚薛琳問這件事情的用意。

「成立國家？說來你們罪犯挺多的……所以，不會強迫到哪顆星球流放？」

「是的，流放星可以自行選擇，若要自我放逐到無人星也可以——罪孽深重需要。」

「原來如此。」薛琳迷濛著眼睛，若有顧忌的輕聲問道：「你說這些女人是要押解你的官吏，你要去哪裏流放被她們知道，會影響你的審判嗎？」

「審判和執行不是追捕官的職權，也無權過問。」夢色柔波從頭到尾仔細聽他們的對話，此時才插話，薛琳看了她一眼，又看看光色水晶，他安靜的點了點頭。

「那我就放心了。水晶，如果，你真的被判流刑，你要選擇流放何方？」

「這……在下還沒想過。」

「如果，我要求你，選擇流放到地球，你願意嗎？」

光色水晶驚訝得張嘴結舌，眼睛睜得老大；夢色柔波震驚得酒醒了大半，其他人還搞不清楚情況，疑惑的看著光色水晶。因為太驚嚇，臉色漲紅的他舔舔乾燥的嘴唇，把一旁夢色柔波手上的酒杯搶過來，一口飲盡，擦了擦嘴角，才喘著大氣的說：「不愧是我的小不凡！太聰明了！」

「最好確定一下，有沒有不能選擇地球的規定？」薛琳緊張的心都快跳出來，很擔心真有這條例外但書，那就白費心機了。光色水晶斬釘截鐵、激動地告訴薛琳：數千萬年前頒布流放規定之後，就不曾修法過——完全沒有排除海茨柏拉雅母星的規定！

「所以，你若被判有罪，就可以選擇地球，無誤嗎？」

「完全無誤！小不凡我的琳琳，妳太棒了！」光色水晶興奮的大叫，連睡著的花色琴風都被吵醒，醉眼朦朧的看著又叫又跳的光色水晶，咕噥兩句又倒頭睡去。冷靜下來之後，光色水晶很不好意思的跟大家道歉，自己得意忘了形，只因為太高興。

「你剛才叫我什麼？小不凡？我有聽錯嗎？」薛琳對這個稱謂不以為然，很窘的皺起眉頭。

「請恕在下一時失態，得罪了。在下恨不能馬上飛到支部受審，快快流放！」光色水晶開心的手舞足蹈，夢色柔波卻一臉憂鬱，放下肉串，嘆氣。薛琳查覺到這個「年輕」女生的異樣，關切的問她怎麼一回事。

「不論流放何處，本小官都再也嚐不到光色水晶君的美食——想著就心碎。」

「我問妳，地球是妳們的管區嗎？都在這裏抓人嗎？」

「本小官隸屬母星巡航支部，管轄母星與月球。在座追捕官，都是。」

「那不就好了？呵呵……」薛琳笑得戲謔，覺得這些外星人的腦袋是怎麼了？

「怎麼說？」

「妳們可以飛得來去自如，水晶又不能亂跑，要找他簡直易如反掌？」

「所言極是！沒錯！本小官怎麼沒想到這層？」夢色柔波恍然大悟，拍了一下額頭：「出勤捉拿罪犯之時，亦可『順道』探視光色水晶君。極好、極好！」

「說得是，感謝琳琳小姐的提點，所有的問題都不再是問題。」光色水晶迫不及待的叫醒花色琴風，請她盡速把他送到支部受審、完成程序，就能名正言順的在地球定居。半夢半醒的花色琴風聽聞這好消息，竟然更忘形地抱著光色水晶大叫——看著這一幕的薛琳，眼睛是一陣冰冷寒霜的醋火燃燒。

匆匆結束喧鬧的烤肉派對，光色水晶依依不捨的和薛琳道別，跟隨著這一票娘子漢飛去與運補船會合，重返支部，交給警備隊監禁在看守所，等候審判。

光色水晶躺在監禁房冷硬的床鋪上，縱使玄色淡奶對他挾怨以待，他也不以為意；想到不久之後，就可以常守在薛琳身邊，什麼苛薄言語、非人待遇，都拋到九霄雲外——他，已經在九霄雲外的天外天上，心中快樂如置身天堂。

這天過後，薛琳對薛夫人預告光色水晶即將返台，海爺也十分期待這厲害角色的到來；南宮靖常常跑來找薛琳討論外星人的事情，一直央求薛琳引薦他與外星人會面，每次都失望而歸。

地球一如往常的轉動，藍天白雲如幾億年前一般，不曾改變。

＊　＊　＊　＊　＊　＊

地球紀元二〇××年四月廿七日

已經在看守所多日，明日即將審判，心中焦急難耐。

我的小不凡確然冰雪聰明，竟然能想出如此絕妙方法，把哀痛心傷的罪罰，變成了皆大歡喜的恩惠，我太高興了！每日都要歡呼，樂得連尖酸刻薄的玄色淡奶都莫名其妙，以為我精神異常。

明日，快快來！

＊　＊　＊　＊　＊　＊

地球紀元二〇××年四月廿八日

今日審判，不出所料，數罪並判，皆然成立，判決流刑。

判決之後，恢復自由身的我快步離開，登上事先約好來接我的運補船——沒錯，那一群追捕官，全員到齊在停機坪迎接，上了船，就直奔母星，「順便」吃上幾餐我的拿手桌頭菜，「順便」送我到新店倉庫，「順便」展開我的流放生涯。

小不凡我的琳琳，等我，我即將回去，守護妳，一輩子！

（以下空白）

尾聲

新店山區，薛家宅邸的草坪上，舉辦一場小型青春派對。薛琳以小主人之姿，往來交際、四處招呼，忙得不亦樂乎。賓客中見到南宮靖的身影，他望著遠處高大的光色水晶，一臉茫然。

「南宮少爺，你在發什麼呆？」薛琳從後面拍了一下南宮靖，他轉身很是不快的說：「妳說要給我看的外星人，就是那個大個子——有沒有搞錯？」

「貨真價實，如假包換。」

「薛琳，妳不可以唬嚨我的感情。我是很認真的。」請來熱場的ＤＪ正在播放Kesha演唱的Cannibal音樂，和南宮靖甚是哀怨的眼神，形成強烈對比。

「就在眼前你還不信，我也無法。」薛琳兩手一攤，聳聳肩膀。

「要找個又高又帥的保鑣，妳爸絕對有辦法；但是我就是沒辦法相信，他是外星人。」

「為什麼？」

「外星人，不是長這樣的。」

「不然要長怎樣？」

「至少要像《終極戰士》那樣，不然像《第三類接觸》也行。總之，長的跟人類一模一樣，誰信呀？」

「刻板印象，那就隨你囉，開心玩吧！」薛琳笑著離開南宮靖，走向光色水晶；他被幾個眼神冒出粉紅火花的女子圍住，正無助的跟薛琳求救。

「小姐們，舞會開始了，去盡情搖擺吧！」薛琳柔軟的趕走這一波女浪，這已經是半小時內的第三波。

「謝謝您。一直麻煩琳琳小姐，在下認為暫且迴避較為妥當。」

「迴避？那就失去請你擔任『首席保鑣』的意義，我爸媽很看好你，所以，你該多學學如何躲蒼蠅、閃蝴蝶。」薛琳笑得光芒綻放，銀鈴般的笑聲，讓光色水晶酥醉得心跳加速。

「琳琳小姐的吩咐，在下必當竭力盡心學習。不過，學習閃躲昆蟲……在下不明白。」

「算了，當我沒說。我媽咪來了。」薛夫人雍容華貴的走來，光色水晶迅速上前伸出手臂讓她攙扶著，薛夫人滿臉笑容的說：「就水晶最體貼，真好。」

「媽咪，是不是音樂吵到您了？」

「不會，我過來沾沾年輕人的氣氛，『嗨』一下——是不是這樣說？」薛夫人想是喝了點酒，臉色微紅，手心也發燙。

「夫人，要不要坐著說話？」光色水晶察覺到薛夫人的情況，想扶著她到一旁坐下歇息。

「水晶真懂，陪著我旁邊坐坐，我愛聽你說話。」薛夫人拍拍他的手背，笑得燦爛如少女。

「媽咪，水晶是我的保鑣耶！」薛琳醋酸發酵，嘟著嘴向薛夫人抱怨。薛夫人給個「不然怎麼辦」的俏皮笑顏，硬是把光色水晶帶走，毫不理會在後頭呼喚的薛琳：「媽～～咪～～～」

當天深夜，曲終人散之後的寧靜，鬧騰大半天薛琳已經睏乏得沉睡夢鄉；例行檢查完畢、交代夜班警衛之後的光色水晶，還沒有要休息的跡象：到了地球「流放」之後，他捨棄按表作息的習慣，睡眠時間壓縮許多，用來做自己的事情。

他飛到山區倉庫，那裏多了一座停機坪——他和運補官聯手打造的。運補官自己打開倉庫門，運送物資進去，已經開喝的花色琴風，拿著酒杯，甜美的對著光色水晶揮手；夢色柔波賢慧的在烤肉串，她歡喜烹飪，這幾回都認真跟光色水晶學習做菜。

「敬愛的官長，還勞您親自動手，請恕在下怠慢之罪。」光色水晶腳還沒落地，就忙不迭道歉，豪氣的花色琴風不改本色，一掌拍過去：「別這麼見外……」

話沒說完，光色水晶反射性的抓住她的手掌，一把摟進懷中就要劈掌下去，驚覺失禮才急忙放開花色琴風，繼續道歉。

「你功夫這麼了得，本官該拜你為師，教我們幾手吧！」

「豈敢、豈敢……」光色水晶拱手推辭，卻喜形於色的開始教她們基本武術，與這群朋友邊吃邊鬧，到了明月西偏的凌晨時分，幾個女子醉得東倒西歪，就地呼呼大睡。

光色水晶還無倦意，坐在火堆邊，遙望著城市遠方稀疏明亮又寂寞的燈光。無老闆無聲無息地從空氣階梯走下來，坐在光色水晶身邊，拿起剩下的肉串，咬了一口，再拿起不知何人的酒杯，喝乾。

「無老闆近日不見，可安好？」

「好，這肉，挺好。」無老闆吃著冷肉，笑瞇瞇的。

「殘羹冷炙，對不住尊者。」

「冷肉寒食，不掩其美。」

「無老闆今日大駕光臨，可有指示？」

無老闆丟掉竹籤，咂了咂嘴，依然笑瞇瞇的說：「爾等當有此『結』，歷劫後所有人都將結在一起，糾結聯結，結束在命，結果在運。」

「無老闆，莫非您早已知道事情發展？」光色水晶聽著話有玄機，想繼續追問，無老闆站起身，笑著說：「莫問莫知，心安理得。我要去仙境，找仙精朋友談談未來。」

「仙境？在母星上嗎？」

「有許多祕密連貴族女皇都不知——仙境，在地球的反面。最近認識一位有志氣的小仙精，名喚慈雨，無老闆要去幫她獵捕海馬龍。」空氣階梯出現，無老闆邊踏上去邊說著。

「愈說愈讓在下糊塗，無老闆能說得明確嗎？」

「那是另一段故事了，改日再聊。」說完話，無老闆消失如空氣，在空氣中。

「真是莫測高深。看來，我要學的還很多。」

光色水晶熄了餘火，東方隱現魚肚白，黎明將現，霞雲朵朵，當又是一個晴朗好日——光色水晶如是想。

隔天，薛夫人和貴婦團約了吃早午餐，早早出了門；薛琳上午沒課，就想著要光色水晶陪她去碧潭渡船頭。她講了好多次想去走走，卻都恰巧臨時有事變了卦，擇日不如撞日，就興沖沖的輕裝出遊，一償夙願。

「這個渡船頭，從一八八一年開始經營，已經有一百多年歷史了。」坐在輕搖緩擺的渡船上，寧靜安逸的薛琳，享受難得的悠閒時光。

「在下看著這裏興衰起落，對此十分清楚。」

「是喔！忘記你是前文明神人，什麼都知道。對了，你有沒有看過紅樓夢？」

「拜讀過不下百回，是相當不錯的中文典籍。」

「那你有沒有看過最早發行的版本？」
「看過，不只最初的版本，每一版改版都看過。」
「真的假的？賈寶玉真的出家了嗎？後四十回真的是程、高兩人續的嗎？」薛琳一臉急切，想馬上知道這兩百年的謎團。只不過，不消幾分鐘，輕舟已到對岸，光色水晶先讓小姐安全下船優先，閒談架語壓後再說。
「文學步道太適合談論文學了——快告訴我紅樓的答案！」
親眼目睹過百年風華滄桑、千年歷史風雲，光色水晶知道的懸案真相太多太多；紅樓夢的祕密熟得如數家珍，聽得薛琳驚呼連連，在寧靜的步道上，迴盪得格外清晰。
「太出人意料了！沒想到曹雪芹竟會如此……」薛琳興奮得紅著一張粉臉，吵著要知道更多細節；穿著薛夫人在德國訂製的西裝，光色水晶更見挺拔，就在薛琳耍賴拉扯時，意外從他口袋中扯掉了一本小冊子，迅速讓眼尖的薛琳給撿了去。光色水晶驚覺本子被拿走，立刻伸手就搶；薛琳仗著光色水晶不敢對她動手，有恃無恐的戲弄他，將小冊子左右換手、到處亂跑，一整個調皮。
「琳琳小姐，懇求您將本子還給在下。」無可奈何的光色水晶將薛琳逼到一處竹林前，手足無措的哀求。跑到流上汗的薛琳把本子藏到背後，喘吁吁的說：「這是什麼本子？好像很重要。」
「不過是在下的日記，並不重要。」
「日記？」一聽是日記，薛琳迅雷不即掩耳的速度馬上拿起來翻閱，啪啦啪啦翻完了整本之後，疑惑又惱怨的問著：「全部都是空白，你在耍我？」
「琳琳小姐，我族的文字不是以印刷方式呈現，而是運用『活』字系統。」
「畢昇發明活字版，這我當然知道——你當我三歲小孩？」

「非也！在下絕無輕視之心。此『活』非彼『活』。」光色水晶伸出手，將薛琳手上的小冊子拿起來翻開，依然一片空白。

「活在哪裏？根本死的。竟敢戲弄本姑娘，你跟誰學壞了？」根據觀察，八成是跟他的「主子」學的。

「琳琳小姐，請容在下解釋。這文字的『活』，用淺顯的說法，不是寫上去的，是用精神波『燙』上去的神文。這種文字平常都是靜眠狀態，必須喚醒之後才會浮現。」光色水晶閉眼對著本子默念，空白的本子果然出現了幾行文字——薛琳看到的是中文。

「你都是用中文書寫呀？是還不錯，可是歪歪斜斜，失敗。」薛琳斜揚起嘴角，嘲笑那不是很優美的字跡，報上一箭之仇。

「這不是在下的字跡，在下苦練書法已有數百年，不論行草隸篆楷等字體，或是鋼鉛墨珠毛各種筆，都……」江河大論即將氾濫潰堤之前，薛琳右手舉高，一個拳頭緊握：「停！說重點！」

「抱歉，在下碎碎念的習慣一直改不過來……」

「囉哩巴嗦的，跟雁子先生一個德性，快說！」

「是。神文字活就活在這裏，文字直接投影到腦部，以觀閱者腦中的文字知識組出其人可懂的視覺文字。所以，不需翻譯，直接呈現，全宇宙都看得懂——不過，雁子先生是誰？」

「算了，當我沒說。水晶，為什麼我還是看不到半個字？」薛琳湊近日記，仍是一片雪白。

「這……隱私，總是要做點保全……」

「給我看，我要看！」驕縱小姐忽然現身，讓光色水晶很是惶恐。薛琳一把搶走日記，又開始玩起追逐遊戲：「不告訴我怎麼看，就沒收不還你。」

「琳琳小姐，您行行好，這無用之物您留著何用？不如還給在下……」

「你說服人的技巧真爛！來追我呀……哈哈……」

跑著跑著，一個不小心手滑了一下，小冊子就往天空拋了出去，兩人同時驚慌抬頭，就給刺眼陽光閃得閉上眼睛，竟然都沒看到小冊子摔落何方。

「唉呀！對不起，我不是故意的……快來找找……」薛琳歉疚的四處尋找，光色水晶沉默了一陣子，然後拉住薛琳的手臂，用神祕的微笑對她說：「琳琳小姐，別找了，都是過去式了，遺失也許是命中注定的結果，要我擺脫過去、迎向未來也不無可能。」

「真的嗎？怎麼突然……」

「琳琳小姐，在下從今而後的任務就是守護您，所以，過去就別再留戀。」

「是這樣嗎？」薛琳緩緩直起身子，感動的無以復加，略帶抖音的說：「你真的會一直守護我、永不離開我嗎？」

「是的，琳琳小姐。生命為誓、天地為證，無論發生任何事，誓死保護琳琳小姐！」光色水晶炯炯有神的看著薛琳，面對突如其來的忠誠告白，她抬望高大的光色水晶，和煦陽光剛好剪影出背光的他，宛如天使下凡：「我的老天兒，你真的是上帝派來的保鑣，是不是？」

「上帝派來的保鑣？不，在下是自願的，沒有任何人指使。」

「光色水晶呀！」薛琳有千言萬語想說，卻說不出半句話，嘆了一口長氣，只念著他的名。

「琳琳小姐，這是您第一次完整稱呼在下的名字！真感動。」

「呵呵……是這樣嗎？……」薛琳再度凝望著光色水晶，看著他一臉正經又無辜的表情，她輕輕嘆口氣：「如果……你不是外星人，該多好……」

「在下嚴格來說，還是地球人……後裔。」

「如果……你不是，我們或許……」

「琳琳小姐，或許什麼？」

「沒什麼！」薛琳擦了擦就要奪眶而出的淚水，笑著摟住光色水晶的手腕，微微顫抖的說：「我以後很可能會是上官夫人，你要一直當我的騎士，保護我，好嗎？」

「在下遵命。」

「只能……是我的……騎士……」薛琳還是在燦爛陽光的燦爛笑容裏，灑下淚珠一串。

風輕雲淡的步道，騎士陪伴公主散步其間；水靜波平、綠綠水色的潭面，幾隻白鷺鷥劃過；藍天中的白雲緩緩游移，岸邊的青草跳出草綠色的蚱蜢，又是平凡美好的一天。河岸對面店家還在忙碌的準備，一邊工作一邊播放著性感的 Addie Nicole 演唱的 *Love like this*，輕快悠揚又甜膩的歌聲，讓人好生溶化了情感，與平凡的不凡。

碧潭，小不凡在這裏，有了不平凡的故事。

（完）

慢著！

碧潭發生的這一幕，讓直屬女皇御用的強神力巡航官捕捉到，用精神波傳送到了紫血寶龍星女皇宮殿的極上層御用絕對機密顯影幕上。當那個高達七十公尺、巨大無比的女皇體接受萬官朝拜之後，緩慢移動回到了只有兩位極上層王官可以進入的女皇宮殿，看到地球傳來光色水晶與薛琳的畫面，女皇體開始劇烈的震動、冒煙，一會兒女皇體的頭部突然打開，煙霧瀰漫中，走出了一位僅僅一米四的銀髮老婆婆——原來，這才是女皇的真正體。

「這個小子還挺聰明的，和別的笨蛋完全不同。」老婆婆女皇坐到龍椅上，一旁的王官謙卑的攙扶，遞上女皇御用水菸壺，老婆婆大口吸菸，噴出一口烏煙；王官咳了兩聲，才輕聲問道：「敢問尊貴的女皇陛下，這離經叛道、敗德壞紀的光色水晶，讓他在母星囂張下去可妥？」

女皇對著王官的臉又噴出一口濃重的烏煙，皺紋揪在一起的笑著說：「你懂什麼？這是本皇的計策，放他在母星看他能玩出什麼花朵來，也許……」

「也許？也許如何，還望尊貴的女皇陛下明示。」

「也許，他能創造我族重返海茨柏拉雅的契機。等著看吧！」

「女皇英明！聖哉女皇！佑我聖族……萬歲……」王官跪拜在地上，親吻著老婆婆女皇的鞋尖。

「哈哈哈哈哈……」

又一口烏煙瘴氣的水菸中，雁子先生點播一首The Platters演唱的*Smoke Get In Your Eyes*，在懷舊歌聲中，故事真的講完了。

也許，下一個故事，我們再見。

——完——

要青春45　PG2100

要有光 FIAT LUX

遇見光年以外的你

作　　者	雁　子
責任編輯	陳慈蓉
圖文排版	周妤靜
封面設計	王嵩賀

出版策劃	要有光
發 行 人	宋政坤
法律顧問	毛國樑　律師
印製發行	秀威資訊科技股份有限公司 114台北市內湖區瑞光路76巷65號1樓 電話：+886-2-2796-3638　傳真：+886-2-2796-1377 http://www.showwe.com.tw
劃撥帳號	19563868　戶名：秀威資訊科技股份有限公司 讀者服務信箱：service@showwe.com.tw
展售門市	國家書店（松江門市） 104台北市中山區松江路209號1樓 電話：+886-2-2518-0207　傳真：+886-2-2518-0778
網路訂購	秀威網路書店：https://store.showwe.tw 國家網路書店：https://www.govbooks.com.tw
總 經 銷	聯合發行股份有限公司 231新北市新店區寶橋路235巷6弄6號4F 電話：+886-2-2917-8022　傳真：+886-2-2915-6275

出版日期	2019年5月　BOD一版
定　　價	330元

Printed in Taiwan

國家圖書館出版品預行編目

遇見光年以外的你 / 雁子著. -- 一版. -- 臺北市 :
要有光, 2019.05
面；　公分. -- (要青春 ; 45)
BOD版
ISBN 978-986-6992-12-4(平裝)

857.7　　108004209

讀者回函卡

感謝您購買本書，為提升服務品質，請填妥以下資料，將讀者回函卡直接寄回或傳真本公司，收到您的寶貴意見後，我們會收藏記錄及檢討，謝謝！如您需要了解本公司最新出版書目、購書優惠或企劃活動，歡迎您上網查詢或下載相關資料：http:// www.showwe.com.tw

您購買的書名：________________________________

出生日期：________年________月________日

學歷：□高中（含）以下　□大專　□研究所（含）以上

職業：□製造業　□金融業　□資訊業　□軍警　□傳播業　□自由業

□服務業　□公務員　□教職　□學生　□家管　□其它_____

購書地點：□網路書店　□實體書店　□書展　□郵購　□贈閱　□其他

您從何得知本書的消息？

□網路書店　□實體書店　□網路搜尋　□電子報　□書訊　□雜誌

□傳播媒體　□親友推薦　□網站推薦　□部落格　□其他__________

您對本書的評價：（請填代號　1.非常滿意　2.滿意　3.尚可　4.再改進）

封面設計____　版面編排____　內容____　文／譯筆____　價格____

讀完書後您覺得：

□很有收穫　□有收穫　□收穫不多　□沒收穫

對我們的建議：________________________________

____

____

____

請貼
郵票

11466
台北市內湖區瑞光路 76 巷 65 號 1 樓
秀威資訊科技股份有限公司 收
BOD 數位出版事業部

（請沿線對折寄回，謝謝！）

姓　　名：＿＿＿＿＿＿＿＿　年齡：＿＿＿＿　性別：□女　□男

郵遞區號：□□□□□

地　　址：＿＿＿＿＿＿＿＿＿＿＿＿＿＿＿＿＿＿

聯絡電話：(日)＿＿＿＿＿＿＿＿＿＿ (夜)＿＿＿＿＿＿＿＿＿＿

E-mail：＿＿＿＿＿＿＿＿＿＿＿＿＿＿＿＿＿＿